豆瓣街的谜案

百年江南·范小青中短篇小说集

范小青 著

四川文艺出版社

图书在版编目（CIP）数据

豆瓣街的谜案 / 范小青著. — 成都： 四川文艺出
版社，2020.1
（百年江南·范小青中短篇小说集）
ISBN 978-7-5411-5525-3

Ⅰ.①豆… Ⅱ.①范… Ⅲ.①中篇小说—小说集—中
国—当代 Ⅳ.①I247.5

中国版本图书馆CIP数据核字（2019）第220601号

BAINIANJIANGNAN FANXIAOQINGZHONGDUANPIANXIAOSHUOJI

百年江南·范小青中短篇小说集

DOUBANJIE DE MI'AN

豆瓣街的谜案

范小青　著

出　品　人　张庆宁
策划统筹　崔付建　陈　武
责任编辑　荆　菁
特约编辑　罗路晗
责任校对　汪　平
封面设计　叶　茂

出版发行　四川文艺出版社（成都市槐树街2号）
网　　址　www.scwys.com
电　　话　028-86259285（发行部）　028-86259303（编辑部）
传　　真　028-86259306

邮购地址　成都市槐树街2号四川文艺出版社邮购部　610031
印　　刷　山东泰安新华印务有限责任公司
成品尺寸　149mm×215mm　　开　本　16开
印　　张　20　　　　　　　　字　数　230千
版　　次　2020年1月第一版　印　次　2020年1月第一次印刷
书　　号　ISBN 978-7-5411-5525-3
定　　价　38.00元

目　录

清　唱

一

　　评弹老艺人蒋凤良退休以后就在家里歇歇，每月五号到单位去领工资，大家见了，仍然是很尊敬地称他为"蒋老师"或者"蒋先生"，有些小青年是在蒋凤良离开以后才进团的，不认得蒋先生，就有人介绍这是蒋凤良蒋先生，然后总要把蒋凤良先生形容一番，比如有"享誉中外"，有"功力深厚"，还有"脍炙人口"等等说法。其实许多小青年虽然没有见过蒋凤良的面，但都是久闻其大名，十分敬重的，所以小青年们也一律恭称他为"蒋老师"，蒋凤良很开心。他有时候甚至想一个月的工资倘是分作两次发，或者分作三次、四次发，那是很有意思的。但蒋先生也明白他的这种想法不切实际，因为他现在虽然很空闲，但别人仍然是很忙的。不说其他的人，倘是一个月的工资真的分作几次发，财务上的同志做账就忙不过来了。

蒋凤良每个月去领工资，熟悉的人见了他总是说："喔哟，蒋先生，长远不见了，你怎么不来走走呀，把我们都忘记了吧。"

蒋先生觉得不好意思，想想确实是这个道理。从前在一个团里，很热络的，现在退休了，每个月来拿工资，拿了就走，是有点不大好，所以后来，蒋凤良每次拿了工资之后，不急着回去，他在团里转一转，和大家打打招呼，闲谈一会儿。

但是评弹团和别的单位不大一样，一般时间，在团里是没有什么人的。演员要去跑码头、包场子、演出，偶尔轮空回家休息，也总是要在家里忙一些家务，不会到团里来泡工夫，领导么也有领导的公事，也是很忙的，一般只有个别的一两个人坐在办公室里。况且自从蒋凤良离团以后，领导也已经换过好几批了，现在做领导的他们都晓得蒋先生，但是蒋凤良对他们不是很熟悉的，所以也不大好随便闲聊。剩下来只有几个管理人员，会计出纳什么的，长年坐班，变动也不是很频繁。蒋先生在他们那里坐一坐，说几句家常话。他们不给蒋先生泡茶喝，蒋先生也不会不高兴，因为他对团里的情况很了解。然后蒋先生就到门房去，传达室的老张蒋先生是很熟的。老张虽然没有什么文化，但蒋先生同老张倒是很谈得来。蒋先生到传达室，没有看见老张，有一个和老张差不多年纪、长相也差不多的人坐在那里，蒋先生看这个人很面善。

这个人见蒋先生伸头伸脑，他板着面孔问："你找谁？"

蒋先生说："我不找谁，我看看。"

这个人说："有什么好看的？"

蒋先生想这个人虽然很面善，但却不是个与人为善的人，真是人不可貌相，不过也可能他有什么不开心的事情吧。

蒋先生说："我来看看老张。"

这个人说："不在。"

蒋先生说："请问他到哪里去了？"

这个人说："跟你说他不在，你找他有什么事？"

蒋先生找老张没什么事，所以他也不好再问什么，他想老张可能也退休了。老张如果退休了，以后他可以打听老张的住址，到老张那里去坐坐谈谈。关于老张的住址，以前老张好像告诉过他的，但是蒋先生没有放在心上，忘记了。

蒋先生已经走出大门，这样一想，他又回头了，问："请问你知道老张家住在什么地方？"

这个人朝蒋先生看看，他不回答老张家住在什么地方，却问蒋先生："你是什么人？"

蒋先生说："我是蒋凤良。"

这个人嘀咕了一声："蒋什么，你是哪个单位的？"

蒋先生说："我是评弹团的，退休了。"

这个人想了一想，稍微笑了一笑，说："噢，你就是蒋凤良，这几天广播书场播的《啼笑因缘》，是你的书吧？"

蒋先生是不听广播书场的，但是他也晓得电台广播书场有好多节目都是他的，所以他笑笑，谦虚地说："说得不好，还是从前的书，说了好多年了。"

这个人说："我是不懂的，我又不听书场，我是听我阿哥说起来的，他这几日躺在医院里，还天天开只小收音机，一日两场，不落的。"

蒋先生问："你阿哥喜欢听书吗？他在哪里做事的？"

这个人说："他么就是原先在这里看大门的。"

蒋先生开心起来，说："噢，你就是老张的兄弟啊，怪不得我说面孔像呢，老张怎么啦，我是很牵记他的。"

老张的兄弟说："生毛病住在医院里。"

蒋先生说："他怎么会生毛病的？老张一向身体很好的，很壮的。"

老张的兄弟没有说话。

蒋先生说："他什么毛病，不要紧吧？"

老张的兄弟说："怎么不要紧，是癌。"

蒋先生只是"哎呀"了一声，没有说出话来。

邮递员送信和报纸来，老张的兄弟因为对团里的人头还不熟，对照着一张名单分发信件，不再和蒋先生说话。

蒋先生站了一会儿，心里有点难过，后来他忍不住问："是什么，哪个部位？"

蒋先生不能说出那个"癌"字。

老张兄弟说："肺癌。"

蒋先生叹息了一声，说："他烟抽得太厉害了，我跟他说，叫他少抽一点。"

老张的兄弟说："不关抽烟的事，天生命里注定，有什么办法，天生要生癌，不抽香烟也要生的，天生不生癌，香烟当饭吃了也不会生的。"

蒋先生听了，觉得这话也是有点道理的。

　　老张的兄弟分信，拣出一封是蒋凤良的。

　　蒋先生拆开来看看，是一个听众写来的。蒋凤良常常收到观众的信，大部分是表扬他的书说得好，他看了当然很高兴，很受鼓舞，也有一些人认真而热心地提出一些意见、建议，或者指出一些不足之处，都出于希望蒋先生把书说得更精彩的好心。蒋先生看了这样的信，也绝不会不高兴。对于批评，蒋先生一向是很虚心的，只要有时间，他都要一一回复，有则改之，无则加勉。蒋先生对群众是真正的英雄这样的道理是心服口服，并且是很有切身体会的。蒋先生说了五十多年书，说到妙处，获一个满堂彩，大家喊一个"连"很光彩，说得糟糕，台下叫"倒面汤""绞手巾"，甚至也有被轰下台来的，就算不被轰下来，看场子里的人数跌落，就是很尴尬了，所以蒋先生常常是把听客当作自己的老师。蒋先生的技艺能不断提高、发展，精而又精，和他的谦虚也是分不开的。

　　现在蒋先生手里这一封听众来信，却有点奇怪，是提意见的，而且还有一点指责的味道，捉住蒋先生一回书中讲到一个精神病患者，用了"痴子"一词，写信的人认为这是一个相当大的错误，他（她？）认为精神病患者听别人叫他"痴子"，等于是给患者加了一顶甩不掉的沉重的帽子，使患者失去希望，而患者正是因为抱着治愈的希望，才可能配合医生治疗等等。

　　蒋先生对这个意见觉得有点不理解了，因为在苏州方言中，精神病人就是叫作"痴子"，如果说精神病患者称作痴子是给病人戴帽子，打棍子，破坏精神病治疗工作，蒋先生觉得有点委屈。蒋先生记得在说这回书之前，对这个词也是有过考虑的，他特地查了字典，字典上对"痴子"一词的解释是这样的：［方言］指精神病患者。所以蒋先生认为这个意见提得稍微有点上纲上线，有点象牙筷子上扳鹊丝了。蒋先生想是不是写一封回信，诚恳地向这位观众解释一下，但写信人没有留下地址，蒋先生也只好作罢。

老张的病，加上这封信，使蒋先生的心情有点沉重，他问老张的兄弟："老张住在哪家医院，我要去望望他的。"

老张兄弟说："在二医，不过你去不要跟他多讲，现在他自己还不晓得，屋里人都瞒住他的。"

蒋先生沉重地点点头。

这一日蒋先生回到家里，跟蒋师母说了老张的事，虽然蒋师母跟老张只是点点头、说几句家常话的交情，但是听说老张得了这样的病，也和蒋先生一起叹息了一会儿。

从前蒋凤良在团里的时候，开码头去做大场子，一去就是几十天，到发工资那一天，倘是蒋先生不在家，蒋师母就去代领，经过门房，跟老张点点头，老张因为对蒋先生尊敬，对蒋师母也是很客气的。老张这个人是蛮幽默的，平常喜欢开几句玩笑，来个小噱头。老张看到蒋师母，就说几句笑话，称赞蒋先生和蒋师母，总是说得蒋师母很开心的。蒋师母说："老张你真会说话，你这个人真发松。"

老张总是说："我有什么发松，你们蒋先生说书放噱头，才叫人发松呢，蒋先生的噱头是肉里噱，不是嘴皮子上噱，真功夫呀。"

老张说的都是内行话。

现在想想一个活生生的老张，就要去了，实在有点叫人心酸。

蒋先生和蒋师母说："过日我要去望望老张，你说买点什么？"

蒋师母说："总是要买点营养品啦，再拎点水果什么，犯上这种毛病，吃不吃都差不多的。"

蒋先生说："我去买两盒人参蜂王浆吧。"

蒋师母"喔哟"了一声，说："你说起人参蜂王浆，我倒差一点忘记了，后面的刘国平两夫妻刚才来过了，拿来两盒蜂王浆，讲是给你吃的，叫你补补。"

蒋先生说："后面的刘国平，哪样的一个人，我怎么想不出来？"

蒋师母说："你名气大呀，人家认得你，你不认得人家。"

蒋先生笑笑，说："说戏话了，这同名气大不搭界的。"

蒋师母也笑笑。

蒋先生他们住的房子，是从前老式的大房子，一扇门里有几落几进几十间，前有天井，后有小院，前进有厢，后进有楼，所以前前后后、上上下下，一个门牌里住几十家人家，老老小小几百人，不要说蒋先生这样忘性大的老年人，就是一般记性好的年轻人，也不一定全部能叫出名头，对上人头的。居委会的老潘，人人说他是一本活的户口簿，人头应该说是很熟悉的了，他有时候也会出一点张冠李戴的洋相。

蒋先生一时想不起刘国平的样子，蒋师母说："就是上次婆婆媳妇吵相骂上吊寻死路的那家人家，姓刘么。"

婆婆媳妇吵相骂这种事情在一个大院子里恐怕不只是一家两家会有，但是吵到上吊寻死路也是不多的，幸亏后来救过来了。但说起来总是很难听。蒋先生所以对这家人家也是没有什么好感的，其实，老话说家家有本难念的经，一家不知一家，这样的说法都是很有道理的，刘家这一本经实在也是很难念。

刘家的难，难在房子上，两间房，大儿子一家住东面，小儿子一家住西面，老娘的床没有地方放，推到大儿子屋里，大儿子说我自己的儿子也要分房子了，推到小儿子房里，小儿子说你进来，我的女人就要回娘家，拆散人家怎么办，老娘没有地方落脚，只好吊到梁上去了。

蒋先生说："我们跟他们从来没有什么来往，送东西做什么？"

蒋师母说："你以为人家会白送给你吃？两盒蜂王浆，两块敲门砖，告诉你，人家小芸姑娘要来磕头拜师傅。"

蒋先生说："谁是小芸姑娘？"

蒋师母说："咦，就是刘国平的女儿呀。"

蒋先生问："刘国平，是他们家的大儿子，方面孔的那个叫刘国平吧。"

蒋师母说："你冬瓜缠在茄门里，刘国平是小儿子么，大儿子不是叫刘国强么，大儿子养一个儿子，十八岁了，小儿子养一个女儿，就是小芸姑娘么。"

蒋先生说："我是不认识的，见了面也不认得的，拜什么师傅，谁叫你去收人家的东西，你答应人家，你去做师傅啊，我是不做的。"

蒋师母有点生气，说："你做不做关我什么事，你自己去跟他们讲，他们这家人家的绕劲，我看你吃得消。"

蒋先生赌气说："你让他们来找我好了，我来回头他们，异想天开的，我退休下来，就是要清闲一点，团里多少小青年要拜我师傅，我都回头了。"

蒋师母因为要忙晚饭，不再跟蒋先生啰唆，到下晚他们的孙子蒋天星下班回来，家人吃饭，听蒋天星吹吹外面的新鲜事情。

蒋天星是他们的长孙。蒋先生共有二子一女，女儿和小儿子的小家庭都在本城，各有住处，大儿子在北方工作，把孙子蒋天星托在这边，户口也落在蒋凤良的户口簿上，所以蒋天星中学毕业，就地安排了工作，看上去回北方的可能性是很小的，好在蒋先生这边住房还算宽裕，日后蒋天星成婚，勉强也过得去。

蒋天星在市里一家棉纺厂工作，单位不太理想，但工种尚可，保全工，这应了招工中的诀窍：女进重工，男进轻纺。蒋天星也没有什么不满意，做做吃吃，日子也不错，新近交上一个女朋友，日子就更多了一点花色。

蒋天星在吃饭的时候感觉出两个老人情绪不是很高，蒋天星说："摆什么面孔呀。"

蒋师母说："他们单位的老门房老张生癌。"

蒋天星说："老张生癌，你摆什么面孔？"

蒋先生说："她去答应人家什么拜师傅。"

蒋师母说："你不要推到我身上，我是没有答应谁，找我是不算数的，他们自然会来找你的。"

蒋天星问明了原因，笑起来，说："什么呀，刘家里，不临市面的，现在还叫小姑娘学什么评弹，老宿货，还有什么人听呀，小姑娘么，学学跳舞倒还可以，学评弹，拎不清的。"

蒋先生说："你这是什么话，你说评弹什么？"

蒋天星说："我不是说你啊，我是说人家，拎不清，评弹这样好的艺术，居然听众越来越少，有眼不识泰山。"

蒋先生朝孙子看看，说不出话来。

蒋天星又说："照我想起来，阿爹你在家里也没有什么事情，闷也闷煞了，收几个学生也应该的，培养评弹下一代。"

蒋先生说:"我的事你少管。"

蒋天星说:"收几个学生,收点学费,补贴补贴穷孙子,也是好的。"

蒋先生马上说:"你说得出。"

蒋天星说:"你不好意思,我来代办,怎么样,三七开分钱,你看人家现在办什么培训班,哪有不收钱的?你也办一个班,多收点学费,我就不到厂里去做了,下来做你的代理人。现在外面最行的,叫好男不上班,好女嫁老板,对吧?"

蒋天星正在滔滔不绝地开导蒋先生,听得外面清脆甜嫩一声喊:"蒋天星。"

蒋天星弹跳起来。

蒋师母拉住他,问:"是谁,是不是你谈的?"

蒋天星说:"就算是吧。"

蒋师母说:"叫她进来呀,我们看看。"

蒋天星说:"有什么好看的,两只眼睛一张嘴,还有一只鼻子,不比别人多,也不比别人少。"

一边说一边就走了出去。

蒋师母跟出去,就看见一个姑娘和蒋天星挽着手臂朝外面走。姑娘很矮,腰身看上去有点粗壮,看体形实在不怎么标致,蒋师母不明白,蒋天星平时对别人的事说长道短,指东指西,这也不顺眼,那也看不惯,临到自己轧女朋友,怎么找这么一个矮胖子。

蒋师母回进去,跟蒋先生说了,蒋先生说:"你管他呢。"

二

夏天的夜里，很闷热，大家都在天井里乘凉。乘凉的时候，大家就说说自己单位的事情，或者说说马路新闻、小道消息，说到夜深了，都很疲劳了，可是热气仍不散，进不了屋。后来就有人提议，说："蒋先生，你说一段书吧，解解闷气。"

大家都提起精神来。

蒋先生摇头，说："不来事了，长远不说，生疏了。"

大家说："不生疏的，不生疏的。"

又说："蒋先生你不要客气了，你的名气大家晓得的。"

蒋先生说："还是不来事，琵琶弦子都给老太婆放起来了。"

蒋先生说书演评弹演了五十几年，真是有点厌倦了，也有点力不从心，退休以后，不想再弄了。蒋师母就把他的琵琶弦子吃饭家什包好了放起来。现在夜半三更，热天热时，怎么去找出来？没有琵琶弦子，不好唱，如果说大书，是用不着乐器的，但是说大书原本不是蒋先生的拿手，况且大书的内容是很长的，一小段就要讲几个钟头。蒋先生晓得，这种书说不得，一旦开场就收不拢了。

听说没有琵琶弦子，大家就说："不要琵琶弦子，清唱，清唱。"

蒋先生推辞不过，再推辞人家要说他搭架子。蒋先生不怕人家说他别样，最怕人家说他搭架子。蒋先生是从来不搭架子的，所以蒋先生就应允了大家的要求，清唱一段开篇《蝶恋花》。

蒋先生开口唱一句，"我失骄杨君失柳"，赢得一片叫好声，再往下唱："杨柳轻扬直上重霄九，问讯吴刚何所有，吴刚捧出桂花酒……"

待开篇唱完，蒋先生居然一点也不气短，反倒觉得吊起精神来了。

大家先是给蒋先生叫一声好，接下去听蒋先生唱得入迷，等到蒋先生刹了车，才回过神来，咂咂滋味，醇浓无比，姜到底还是老的辣。

大家忍不住就议论起来，自然是称赞蒋先生的水平，说蒋先生的曲调行缓软糯，舒徐圆润，是名副其实的"糯米腔"；又说蒋先生虽然年近古稀，唱起来，仍然口齿清晰，层次清脱，一点不漏风，不含糊；再就是说蒋先生唱腔的正宗，没有一点夹杂货色。其实这些都用不着多说的，蒋先生说书倘是没有一点长处，也不会有今天这样的名声。称赞过蒋先生的好，自然就要批评一下不如蒋先生的演员。现在唱评弹的，不如蒋先生的，多得很，照样上台出风头，尤其是一些新演员，年纪轻轻，把评弹当流行歌曲来唱，不三不四，老听客是很有意见的。

这种表扬蒋先生，批评别人的话，蒋先生是常常听到的，不光听客有这样的反映，就是同行道里一些专家、好手，也有这样的想法。尽管如此，现在蒋先生听了街坊邻居的议论，仍然是很开心的。他很想乘兴致再来一段，不过大家没有再提起，蒋先生就不大好主动提出来再唱一段。

以后夜里乘凉，只要有人提起，蒋先生总不再推托。开始他还是自己做主唱一段，或者说一段，后来就叫别人点，点到什么他就说什么，一时间在他们一进的天井里，好像开了书场一样，十分热闹。

　　当然这样的唱，还是清唱，也没有人提出要蒋先生用乐器配，大概蒋先生的清唱已经很够味了。蒋先生倒是叫蒋师母把琵琶弦子拿了出来，放在一边，倘是有人提出，他也会用起来的。

　　如此唱了几个夜晚，蒋先生对于说书唱评弹的兴趣本来已经淡了，现在又浓起来，本来觉得厌倦了，现在觉得一点也不厌倦了，蒋先生心想，厌倦是因为不唱不说的缘故。

　　一日夜里，蒋先生连说带唱放单档，来了一段拿手的《珍珠塔》。说来也真巧，正好这几日居委会办的茶馆书场下昼那一场，也在说《珍珠塔》。听过蒋先生的，和书场里的说书先生一比，就把人家比下来了，大家难免又是一番感叹。

　　柳三婶婶对蒋先生说："蒋先生，你这样的水平，笃定去占一个场子，我们街道居委会的书场，倘是你去，肯定是要轰动的。"

　　蒋先生听了柳三婶婶的话，面孔上仍旧是笑眯眯的，嘴里只是说："我老了，不来事了，别不过人家了。"

　　其实在蒋先生心里，稍微有一点不开心，蒋先生从前开码头，从来不进百人以下的书场。像他这样走到东走到西挂头牌的好角色，到一个居委会办的小地方去做场子，总有点跌身价。不过蒋先生也没有往心上去，蒋先生不是那种听不得一点话的人。别人听了柳三婶婶的话，也没有谁往心上去的，大家想蒋先生总是不想说书了才退休的，要是蒋先生还想说书，他完全可以留在评弹团里挂头牌的。

　　想不到隔日下午，柳三婶婶到蒋先生家来串门了。

　　说起柳三婶婶迷评弹，在这一带是无人不晓的。柳三婶婶做姑娘时就喜欢评弹，后来嫁了人，自己也有了小孩，仍旧迷评弹。有一回还差一点跟一个年纪轻轻的小先生跑了，到底没有跑成是因为那个小先生没有要她。小先生不要柳三婶婶不是嫌她长相，也不嫌她已经是人妇。小先生问，你要跟我，喜欢我哪一点？柳三婶婶说，我喜欢你的书。说到底，柳三婶婶要跟的不是人，而是书。她心里想，跟了说书的，就可以天天听书了，小先生一听这话，拔腿就跑了。

现在柳三婶婶也有六十出头的年纪了，迷评弹虽是迷评弹，总不会再有那种事情出来了。不过为了听书，柳三婶婶和家里人生的气总是不断。柳三婶婶的老男人已经去世，两个儿子两堂媳妇和她住在一门里。柳三婶婶上午做家务烧饭，一吃过中饭，就甩手不管了，天天要去赶场子听书的，有时候一段书说尴尬，时间拖一点，有时候碰上风雨避一避，就把一顿夜饭耽误了。小辈们总有一些意见，不过意见也不很大，因为吃过饭一般没有什么要紧事情的。后来添了一个长孙，媳妇月子里，柳三婶婶总算帮忙，下午不再去赶场子，到媳妇月子满了，柳三婶婶实在憋不住了，再不听书要憋死了。从此又是天天下午不见人影，到媳妇三个月产假满期，要上班了，柳三婶婶就提出要把小毛头送到亲家母那里去，她不能天天在家里守小毛头。亲家母又有亲家母的事情，不肯带外孙，这样家里的矛盾就大起来。外人晓得这样的矛盾，多半是以为柳三婶婶不好，人到老了，自己还图什么快活惬意？总要为小辈多想想，多做做，小辈的日子还刚刚开始呢。可是柳三婶婶想不通，她听了大半辈子评弹，不能因为添了孙子就断掉，她是下决心要听到底的。老太婆宁可不抱孙子也是要去听书的。

后来有一阵听说居委会办这样办那样，说大单位能办的事，小小居委会也能办，柳三婶婶就天天跑居委会，要求办书场。居委会原本是没有条件的，一没有场所，二没有钱财，到哪里凭空弄个书场出来？不过居委会干部本着一切为了方便群众的精神，硬是白手起家，办成了一个书场。

书场就在柳三婶婶家隔壁，房子是朱老太的前厅，有两间屋的地方。为了动员朱老太腾出这间房子，柳三婶婶没少磨嘴皮子。到书场开出来，下午前厅叽哩哇啦，朱老太开心的时候，也一起来听，不快活的时候，就怨柳三婶婶，说都是她惹出来的事情。柳三婶婶一张嘴，平时不肯饶人的，可是朱老太说她，她总要赔着笑，不敢出大气。

人迷评弹到这份上，朱老太也没有什么话好说了。柳三婶婶有时抱着孙子到隔壁听书，孙子在说书声中过来，小小年纪，一张嘴，居然也有些糯声糯调、音正腔圆的味道，惹得柳三婶婶合不拢嘴，说："长大了学说书，一块好料子。"

柳三婶婶这样说，媳妇就不高兴，抢白婆婆说："谁稀奇说书呢，当什么宝贝呢。"

关于说书，引出多少话来，柳三婶婶总不计较。

现在柳三婶婶找到蒋先生，一本正经把隔夜里随便说说的话，又强调了一回，提议蒋先生去包居委会的场子。

蒋先生说："三婶婶，你寻开心。夜里大家乘凉，说两句还可以，我怎么可以到那里去说书呢。"

柳三婶婶说："蒋先生你可以的，你的水平比他们高，我是老听客，我有数的，包你说得比他们好。"

蒋师母说："不是水平高低的事情。"

柳三婶婶又说："你怕居委会不同意呀，我已经跟他们讲过了，他们求之不得，只怕请不动蒋先生呢。"

蒋先生说："我说书要拼双档的，我年纪大了，一个人做单档，恐怕不行了。"

蒋师母应和说："是呀，我们蒋先生，从前都是响档，你也是晓得的，同周小鹏说《西厢记》，同沈凤珍说《珍珠塔》，都是有搭档的。"

柳三婶婶说："喔哟，找一个档，还不容易啊，一般的说书人，要搭蒋先生的档，只怕还搭不上呢，一般的人，有几下三脚猫的，被蒋先生一带，不就带上去啦。蒋先生总归是响档。"

柳三婶婶说了，蒋先生听不进去。她说过也就算了，只要不是书场里明天要炒冷饭，她总不会很急。

柳三婶婶难得来，来了总要同蒋师母说说家长里短，后来就谈到了刘国平帮女儿拜师的事。

蒋师母说："我弄不明白，他们要学，怎么不去考评弹学校，现在评弹学校是年年招生的，还管分配呢。"

柳三婶婶说："怎么没考过，你不晓得，那个小姑娘考不取，笨坯，功课常常挂红灯的。"

蒋师母说："怎么会，看上去小姑娘蛮伶俐的。"

柳三婶婶说："看看伶俐有什么用，有这种爷娘，养得出什么好小人。"

柳三婶婶这话就说得有点过了。蒋师母虽然也常常要说说别人的闲话，但她从来不说过头话。所以蒋师母说："还是不要说坏人家。"

柳三婶婶说："我没有说坏他们，他们的事情都是他们自己做出来的。"

柳三婶婶这样说，蒋师母也不好再反驳什么。刘家的事情，确实是刘家人自己做出来的。蒋师母只是不明白，刘国平为什么要叫女儿学评弹。

柳三婶婶走了以后，蒋师母对蒋先生说："这个人真是的，天天有书听，也算是有点福气了，还要挑肥拣瘦呢。"

蒋先生没有把蒋师母的话听进去，他现在觉得心里有点乱，被柳三婶婶讲得心里有点痒了。

过了一日，天气不太热，蒋先生早饭后散步，就走到评弹团去。

蒋先生是直接到团长那边去的。

团长是蒋先生学生的学生，算起来要跟蒋先生差两辈，不过现在做了行政工作，也不再说说唱唱了。

蒋先生坐下来，先扯了几句闲话，憋了好一会儿，才支支吾吾地把自己的意思讲了出来。

团长听了，只是叹气。

蒋先生说："是不是嫌我老了？"

团长说："蒋先生怎么这样说，您是宝刀不老，要是在从前，我们只怕请还请不来您呢，现在，唉……"

团长叹着气，就把评弹团目前的状态情况根根底底告诉蒋先生，也是诉诉苦，团里真正可以上台演出的，有六十来人，现在分作三个分团，各个分团又分作几个小分队，四个人成为一个小分队，正好两档，赶码头，包场子，都可以兜转来。不过现在的小分队，有的根本不在外面唱评弹，两三个小分队一拼，出去演歌舞节目，唱唱流行歌曲，跳跳新潮舞，反正都是吃艺术饭的，艺术是相通的，唱得成评弹的人，别的歌也能唱。

蒋先生听了，有点火冒，说："这怎么可以，这像什么样子？"

团长说："是不像样子，是要整顿的。可是整顿了怎么样呢，说到底，是说书赚头小呀，你算一算，四个人，一个下午，说两档书，能赚几个钱？一般书场，有一百只位子的，算是很大了，一只位子收一块钱，碰顶了，说书不像人家跳舞唱歌，票价可以瞎叫。书场坐满了，不过百来块，场子里分去四成，听客来，要泡一杯茶给他，茶钱也在这里边开支，一场唱下来，五筋扛六筋，赚几块钱，大家积极性不高。"

蒋先生说："说书人讲究清心淡欲，才能说得好书，一门心思铜钿眼里翻跟斗，有了本事也说不好书的。"

团长说："话是这么说，现在不比以前啦。风气呀。"

蒋先生想想团长的话也有道理，就说："既然这样，团里不能想办法补贴一点？"

团长苦笑笑，说："蒋先生你是老皇历了。你晓得的，我们团是集体性质，老早承包了，国家不管了，团里哪有钱来补贴呀？照理演出收入，团里是要提取基金的，现在他们收入只有一点点，团里也不好再去拆份了。说出来不怕你笑话，还幸亏得那几个挂羊头卖狗肉的小分队，上交一部分给团里，团里的日常开支，全靠他们了。"

蒋先生听团长叹了一番苦经，心里气闷胀。他从团长那里走出来，走过传达室，他向老张的兄弟打听老张。老张的兄弟说："这几日愈加不好，饭也吃不下去了。"

蒋先生心里"咯噔"一下，心想再不去看老张，恐怕来不及了。

所以蒋先生出了门，就去赶公共汽车，转了两趟，转到医院。

等蒋先生看见躺在病床上的老张，果真吓了一跳。几日不见，老张已经瘦得落了形，蒋先生心里难过，张张嘴，不晓得说什么才好。

倒是老张，人虽瘦，精神还不错，见了蒋先生，连忙从床上坐起来，说："哎呀，难为你来看我，意不过的，意不过的。"

蒋先生看老张的床头柜子上放了一些吃的，营养品什么，蒋先生"呀"了一声，说："我一时心急慌忙，忘记给你带点东西了。"

老张说："蒋先生你说得出，你来看我，我就很开心了，带什么东西呀，我也吃不下去了。"

蒋先生说："不管怎么样，你吃还是要吃的。"

老张说："哎呀，也不知道是什么妖怪病，就是不想吃，蒋先生你看我瘦了吧？"

蒋先生不敢如实相告，只是说："还好，还好，你原来也不胖，你多吃一点。"

无关紧要地说说老张的病，说说医院的事，又说说外面的事，谈了一会儿，病房里别的病人，还有病人的亲友，也一起谈起来。

后来有人问老张："这位老先生，很面熟的，是你什么人？"

老张的眼睛亮起来，很骄傲地说："他就是蒋凤良蒋先生呀。"

于是大家都朝蒋先生看。

有人说："噢，就是你常常提起的说书先生呀。"

老张开心起来。

有人对蒋先生说："老张对你，服帖，天天听你的书。"

又有人说："我平常不大听书的，现在同老张住一个病房，也被他带出来了，蒋先生你的书，着实有味道。"

大家又谈了一会儿，探房时间过了，护士来赶人，蒋先生就和老张告别，老张挣扎着起来送蒋先生，蒋先生坚决不让。老张说："我有话跟你说呢。"

两个人互相搀着，到走廊里，老张压低嗓音说："我跟你说，我生的是癌呀。"

蒋先生吓了一跳，说："你瞎猜。"

老张说："是真的，我们这里是癌病房，里边的人都是这种毛病，他们有几个自己都不知道呢，我是早就知道了。"

蒋先生说："你不要紧张。"

老张说："我一点也不紧张，我是想得穿的。"

蒋先生说："我是说不一定的。"

老张说："是不一定的。"

护士小姐又来赶蒋先生，并且叫老张回病房。老张说："蒋先生你慢点走，我进去了啊。"

蒋先生点点头，就往门口走，走到门口，他回头看看，老张还站在走廊里，向他招招手。

三

小芸姑娘要正式磕头拜师，刘国平办了酒席来请蒋先生。蒋先生是横竖不去，他并没有答应收小芸姑娘。蒋先生觉得刘国平这样的人不大懂礼，懂礼的人，是不会强人所难的。

蒋先生不去入席，刘家的人就轮流朝蒋先生这边跑。不管蒋先生和蒋师母怎样地推托，怎样地解释，怎么给脸他们看，他们只是不动气，像牛皮糖一样粘住蒋先生。

后来蒋先生倒有些感动了，他说："饭我是不吃的，你们一定要叫小芸姑娘学书，也不是不可以，不过我先要考考她，试一试，看看有没有前途。"

刘国平他们觉得蒋先生的话有理，也不再讲究什么仪式规矩。把小芸喊来，由蒋先生考她的试。

小芸姑娘十一岁，上小学四年级，读书不用功，成绩不好，一张小嘴巴却是了得，恐怕也是跟家长学来的。

见了蒋先生，不等大人调教，小姑娘先自乖巧地喊了一声"师傅"，蒋先生虽然板着面孔，但心里却是甜滋滋的。

刘国平对女儿说："你立好，贼骨兮兮！站没站相，坐没坐相，你放点魂在身上，蒋先生要考你。"

小芸说："师傅考我我也不怕。"

蒋先生说："先慢点叫师傅，还不到时候，我先问你，小小年纪，怎么想要学说书？"

刘国平抢先说："她从小……"

蒋先生说："你不要说，我是问她的，要她自己讲。"

小芸姑娘眼睛一转，说："什么小小年纪呀，我十一岁。师傅学书，是八岁学起的吧，对不对？你那时候小小年纪，怎么的要学书呢？"

蒋先生居然无以对答，只是说："这张嘴皮子。"

蒋先生学书，确是在八岁时。蒋先生的家，原先在苏南农村，蒋先生原本也不姓蒋，姓赵，叫赵良生。良生从小父母亡故，跟着哥嫂过日子。他们的家乡是有名的绣乡，那一带乡间的农妇大多能绣善画，良生的大哥当时做的就是放绣的事，就是把绣样、绣线和底料放给农妇，由她们绣成了，再收上来，付给手工费，做这样的行当，在乡下诸多不便，后来就把家搬到镇上。良生跟着兄嫂一起到了小镇上，在镇上的小学堂念书。

在赵家放绣站的隔壁，有一茶馆，每日下午、晚间有两场书，小小年纪的赵良生就被说书先生吸引住了。那时候，小学堂里的功课不很紧，良生一下学就赶回来听书。兄嫂本来指望兄弟懂事以后，可以帮一把手，哪怕下了学回来看看柜台，守守门面，哥嫂就可能腾出身子做别的事情。现在兄弟迷上了听书，一下学就钻书场。那一阵日场两回书和夜场两回书是一样的，听了日场不必再听夜场，良生却是听了日场连夜场，百听不厌。

一日说书的蒋鸿翔先生得了急病，不能上台，急坏了书场老板，临时开场，老板正要向听客作揖赔礼，身边冒出个小孩子来，对台下抱一抱拳，说："今朝夜场，小蒋代老蒋书。"

书场老板当然认得这是隔壁赵家放绣站的小孩，以为他瞎胡闹，要赶他走，可是台下听客，也有不明真相的，以为果真是老蒋的儿子代老子的书，反倒起劲起来，催他开场。

这样八岁的赵良生被抱上书台，开出口来，喉咙又清又响，别具一格。他对那一回书，只是当日下午听过一遍，到夜里居然能说出了七八成来，自己再加以噱头，倒也应付得可以。

事后，蒋鸿翔先生亲自上门道谢，并且执意要收良生为徒。赵良生的哥嫂是相信读书，不相信说书的，坚决不肯，直到赵良生对兄嫂说，你们倆是不同意，我再也不进赵家之门，不吃赵家的饭，兄嫂才勉强答应良生学书，但不许荒废学业。

　　蒋鸿翔根据良生自己的意思，给他起了艺名叫蒋凤良。蒋凤良学了一年，九岁时就跟随先生上台唱开篇，十一岁，与先生拼双档，到十五岁，就开始独自出门放单档了。

　　蒋凤良有了小名气以后，出去接场子，即使放单档，一般也要带几个学书的人在身边，这些人的开销，书场老板当然是不负责的，他们吃蒋凤良，用蒋凤良，人多，开销就大，一处码头跑下来，说书赚的钱，还不够大家吃用。兄嫂难免有意见，别人家说书是撑人家，蒋凤良说书是败人家。其实蒋凤良带几个人在身边，既不是摆派头，显身价，更不是要他们照顾他的生活起居。这些人自己说书往往说不好，但听别人的书，最会扳错头。蒋凤良就是出了钱请他们跟住他，扳他的错头。比如说《描金凤》中《父子相会》一回书，金度元有两次捋须的动作，第一次蒋凤良做好的是捋长须的手面姿势，第二次却像《三笑》里的祝枝山看人捋须的样子，是捋短须的架势。跟随的扳了蒋凤良的错头，一个角色在一回书有两种捋须是不对的。蒋凤良虚心听取以后，说书就加以注意了。所以蒋凤良对兄嫂说，我叫的人是不会白吃白跟的，你们不要只看见我花钱，不见我"进账"，这种进账，是出了钱也买不到的。

　　现在回头想想几十年前学书的事情，蒋先生觉得还是很有意思的。

　　蒋先生回过神来对小芸说："你不要笑，你先唱一支歌我听听，放开来唱，放开来你懂不懂，唱响一点。"

　　拜师说书，第一桩就是听喉咙，要有小喉咙，才可以唱小书，没有小喉咙，只能学大书。从前小书中的人物，大都是公子小姐，没有小喉咙，起不了这两种角色。小芸一个小姑娘家，当然唱小书比说大书更合适一点。

小芸听说要她唱歌，眼睛眨巴眨巴，就唱起来："这是心的呼唤，这是爱的奉献，……"放是放得开，但唱得又尖又响，刺耳朵。

小芸还要再唱，蒋先生连忙说："好了好了。"

小姑娘喉咙倒是不错，可惜不会用，只会尖叫。蒋先生想自己八九岁年纪就晓得怎么运用喉咙，该高则高，该低则低。不过再回过来一想，怎么可以把现在的小孩同从前的小孩比呢，这一点蒋先生也是不能明白的，现在的小孩，要说聪明的地方，比以前的小孩聪明一百倍也有，要说笨，比以前的小孩笨一百倍也有。

听过喉咙，蒋先生再问会不会什么乐器，小芸说不会，没有学过。刘国平夫妻说买过一架电子琴，小姑娘不肯学。

蒋先生说："不要电子琴，她既然乐器方面没有基础，还是从扬琴学起，扬琴是必须要学的，然后再学琵琶弦子。"

刘国平说："我们去买一只扬琴。"

刘国平女人问："扬琴多少钱？"

刘国平说："管他多少钱，总要买一只。"

蒋先生说："要学本事，总要投资的。"

听蒋先生的口气，好像收小芸已有八九成账了。刘国平有点性急，拉了女儿要给师傅磕头。

蒋先生连忙摆手："你不要给我磕头，我不做你师傅，我是代别人考你的，叫余一飞做你师傅，余一飞是我的师弟，也有我这点水平。"

刘国平失望地"咦"了一声，想说什么，蒋先生说："你们不要多说，我是不收徒弟的，打出牌子不收的，我已经同余一飞讲过了，他肯收，这算是小姑娘的福气了。"

当然蒋先生其实并没有同余一飞说过，但是蒋先生了解余一飞，余一飞为人随和开朗，不像蒋凤良一板三眼。余一飞收徒弟，是有传统的，他的徒弟，有名无实的，有名有实的，有实无名的，各种各样，什么样的人，只要人家求到门上，他总要答应人家。自然，余一飞也调教出几个好徒弟，帮他扬了名。但也有几个不学好的，就在外面败余一飞的名声，余一飞居然也能容忍。

在蒋凤良想起来，好徒不多；不好的徒弟，坍自己的台，他是一个也不要的。所以蒋凤良平时很少收徒弟，这是事实，倒不是针对一个小芸姑娘的。

刘国平着急地说："我们不要拜别人做师傅，我们就是因为蒋先生本事大，名气大，专门要拜蒋先生的。"

蒋师母说："你们不要看不起余一飞，他也是有本事的，蒋先生在他面前说了就算数的。"

大家都很尴尬，没有落场势。这时候，小芸突然说："算了算了，我晓得的，你是看不起我们，所以不肯收我们。"

别人听了小芸这话，都很吃惊，以为蒋先生要火冒的。不料蒋先生却不火冒。小芸的话，倒使他想起了从前的事。看得起看不起，现在是小芸这样的说法，从前又是另一种说法。从前听书的人虽然多，但说书的地位是很低下的，规定要受甲头（乞丐头）的管束，不光如此，在同行道里，新说书的人，对前辈老艺人，也是卑躬屈膝。蒋先生曾经听师傅说，师傅刚上台时，甚至说过"请各太翁比如买只乌龟放放生"这样作贱自己的话。

蒋先生出了一口气，说："好吧，看你一张嘴皮子，我收你了。"

先是小芸一愣，后来一下子高兴得快跳起来了。

蒋先生说："收是收了，但是有几个条件我要讲在前面的。"

"师傅你说什么条件都行。"

蒋先生说："第一，不许捅了我蒋凤良的牌头到外面招摇；第二，不要性急，读书第一，学书第二，今年十一岁，打算学个五年，到十六岁也出师了，正好派用场；第三，虽然不急，但是不许偷懒，倘是偷懒不肯好好练习，我是不卖面子，要骂人的；第四，日后学到什么程度，我不敢打包票，要看你自己的运气。"

对蒋先生的要求，刘国平无不应承，最后他说："师傅总算是拜成了，让小芸磕头吧。"

蒋先生说："不磕头，现在新法，磕什么头。"

刘国平说："不叫小芸磕个头，我们心里总不安逸的。"

小芸说："你说是新法，规矩这么多，就是老法。"一边说一边也不管蒋先生受不受，跪下去就磕了三个头。

自此，小芸姑娘每日下午放学以后，就到蒋先生这边来学弹扬琴，左邻右舍的人，看小芸姑娘拜蒋先生说书，都不明白，背地里议论纷纷，不晓得刘家里吃错了哪一帖药。蒋师母听这话，跟蒋先生说。蒋先生说，学书就学书，有什么明白不明白的。

居委会的老汤一日在巷子里碰到蒋先生，他把蒋先生挡住了，家长里短地讲了一会儿闲话。

蒋先生是不大习惯站在马路当中聊天的，他问老汤到底有什么事。

老汤说："就是你要到我们书场说书的事情，我们研究过了，同意了。"

蒋先生说："什么？"

老汤说："现在做场子的两档是常州那边来的，说到礼拜六就剪书，礼拜日开始，就是蒋先生的场子，蒋先生是单档还是双档，什么书目，你跟我说了，我们好做宣传广告。"

蒋先生很生气，说："谁说我要到你们书场说书的？你缠错人了。"

老汤发急了，说："蒋先生你不可以开玩笑的，我们是当真的。平时请说书先生，至少要提前半个月联系，这一次因为你蒋先生就在眼门前，所以也不急，有几家来联系，我们都回头了。"

蒋先生说："我是不说的。谁告诉你我要说书，你找谁去。"

老汤一把拉住蒋先生，哭出拉呜，说："蒋先生你的为人大家都晓得，你不会做拆台脚的事情的，到礼拜日还有四天，到时候你不接场子，叫我们找谁？蒋先生你不可以拆台脚的。"

蒋先生说："谁拆谁的台脚？你不要搞，你们这种人，办事情就是这样，毛手毛脚的。"

老汤又说："老古话讲，救场如救火，蒋先生你也是过来人。你夜里乘凉倒肯唱，就不肯救一救我们的急？"

蒋先生哭笑不得，说："既然如此，我先应下来。不过你们还是要去联系的，礼拜日接得上，最好；接不上，就由我来。不过我不肯说长的，你们早一点叫人来接我。"

老汤听了蒋先生这番话，心中一块石头落地，连忙说："蒋先生准备说什么书目？"

蒋先生是想拿一回比较短的书来说，比如《双金锭》，说个七八十回就可以剪书了，可是开出口来，却报了一个他最拿手的《描金凤》。这一书目，蒋先生年纪轻的时候，有一回整整说了三个月。那时候说大书的比如说《隋唐》、说《英烈》，这样的书，也有说满一年的，年初一开场，说到年三十剪书，逢到闰月还可以多说一个月，像说《隋唐》可以说程咬金活到一百二十八岁，看程家三兴三败，最后"啊哈"一笑而死，有四百多回书。但是小书说到三个月的，是很少见的。那一阵蒋凤良实是大出风头。现在说《描金凤》这样的重头书，再压缩也起码在一个月上下。

老汤听蒋先生报了这个书目，笑起来，说："蒋先生是有道理的。"

老汤自己原本虽然不大懂评弹，但是既然开了书场，他是负责人，日久天长，慢慢地也熟悉起来，晓得《描金凤》这样的书目是叫得响的，受欢迎的，所以十分开心，咧开嘴笑起来。

蒋先生说："老汤你先不要笑，还要找一个拼档，我一个人恐怕撑不下来，人老了，气也短了，天气又这样热，我要拼档，你有没有办法去请来？"

老汤说："这个就难了，下手是做蒋先生的下手，一切总要蒋先生满意才行，我就算有本事找一人来，怎晓得是不是中蒋先生的意呢。"

蒋先生想想也是的，自己拼档总要自己称心，弄一个跟我逆反的下手，反倒坏事。所以蒋先生说："好吧，拼档的事情，你就不要问了，我自己想办法解决，你做广告宣传，只讲是蒋凤良等拼双档就是了。"

老汤开开心心回去，叫人写了宣传广告四处张贴，一时间大家都晓得蒋凤良先生又要出台了。

四

蒋先生先要找到一个合适的下手，这件事情，叫余一飞帮忙，是最牢靠的。

蒋凤良和余一飞虽然师兄弟相称，但并不是一个师傅教出来的，只是后来一同在评弹团里，相处得不错，随便叫叫，这就叫惯了。

蒋先生和余一飞都已经退休，平时不大来往，余一飞的工资，常常是余一飞的老婆去领的，问余一飞在家里做什么，说不做什么，大家就奇怪余一飞为什么不出来走走，像余一飞这样的人，坐在家里要闷出毛病来的。

蒋先生和余一飞算起来，也有年把不曾见面了，现在找上门去，多少有点贸然。但是除了余一飞，别的人恐怕办不成这桩事情。

蒋先生到余一飞那里，敲了门，余一飞来开门，戴老花眼镜，上身打个赤膊，下面只穿一条短裤，把蒋先生吓了一跳。余一飞从前上台说书，长衫一套，很有台风的。

蒋先生说："大热天，关了门做什么？"

余一飞把蒋先生引到桌子边，说："写写。"他把桌面上的纸压好，再去开电扇。

蒋先生正想看一看那些纸上写的什么，余一飞已经从旁边的书架上拿来两本书，给蒋先生看。

蒋先生看封面上的字，一本是《评弹艺术初探》，另一本是《评弹漫谈》。

蒋先生说:"都是你写的?"

余一飞笑笑,说:"瞎混混,反正在家里也没有事情。"

蒋先生随便翻翻书的内容,都是一些零星的小文章,比如《说唱经验漫谈》,比如《小议扳错头》这样的文章。蒋先生说:"是呀,退休下来是很厌气的,我是荒废了,还是你好,写出书来了。"

余一飞说:"我这种书,水平有限的,要请师兄指教的,有不少经验,都是学你的呢。"

余一飞给蒋先生倒了茶,问:"你难得到我这边来,有什么事情吧?"

蒋先生说:"没什么事,随便来望望你,有日子不见了。"

余一飞笑起来,说:"你还是少客气,你这个人,我有数的,有什么事情你讲好了。"

蒋先生支吾了一会儿,才把找下手拼双档的事告诉余一飞。

余一飞惊讶地看看蒋先生,说:"你也坐不住了?"

蒋先生说:"这叫什么话,我有什么坐不住?是人家逼上门来拜访,实在没有办法,我想你这边路子活,人多,能不能帮我介绍一个,要上得了台面的。"

余一飞说:"我也有年把不跟他们来往了,叫我介绍人,一时上还介绍不出呢。"

蒋先生说:"那就算了,我也要走了,不打扰你了。"

余一飞说:"你不要性急,我跟你说,有一个人你可以试一试,是江局长那边的,前日江局长来找我,托过我的。"

蒋先生说:"是江局长的什么人?"

余一飞说:"好像是江局长的什么亲戚,外甥还是什么。"

　　蒋先生点点头，文化局江局长，他是不能忘记的。几十年里，蒋凤良说书的名气虽然是很大的，但是他的经历却是坎坎坷坷，曲曲折折，在几个关键地方，若不是江局长鼎力相助，蒋先生真是不晓得以后会怎么样的。有一阵剧团精简下放，本来要把蒋先生放到苏北农村去做农民的，江局长说，像蒋先生这样的老艺人，中央那边也是晓得的，不能随随便便动的。就因为这句话，蒋凤良才没有到苏北去做农民，只是下放到一郊县的评弹团。那些下放去做农民的演员，过了十几年才回来，吃苦受累不要说，专业都荒废了，再也上不了台了。蒋先生在县评弹团倒是一直操老本行，技术上也是精益求精了。后来蒋先生回了原单位，几个子女又是江局长帮他四处奔走，一个一个弄回城来。蒋凤良从小就知道滴水之恩涌泉相报的道理，但是对于江局长，蒋先生却只有受他的恩，没有报答他的时候，他只是逢人就讲，共产党的干部，做到江局长这样，实在叫人敬佩。

　　蒋凤良报江局长的恩，这当然是一个机会，和蒋先生拼双档，是很容易出名的。但是蒋先生最担心的是拼档砸台，蒋先生是不允许滥竽充数的。

　　蒋先生对余一飞说："既然江局长那边有人，我过去看一看。"

　　余一飞说："大热天，你这把年纪，犯不着奔来奔去了，我帮你打个电话问一问再说。"

　　蒋先生跟余一飞出来，走到巷口烟纸店打公用电话。

　　江局长一听是蒋先生要找拼档，很高兴，连忙说明日一早他带人亲自到蒋先生府上去拜访。

　　挂了电话，余一飞说："好了，你慢慢回去吧，这桩事情看起来是牢靠了，江局长推荐的，总不会差到哪里的。”

蒋先生说："我想也是的。"

隔日下午，江局长就带了一个叫陈瑞文的到蒋先生这边来了。

蒋先生这边，自然早已让蒋师母备了西瓜、冷饮，客人一到，先把浸在井水里的西瓜吊上来，剖了瓜吃。这一年雨水不多，瓜很甜。

吃瓜的时候，蒋先生就注意看陈瑞文。陈瑞文年纪在三十七八岁的样子，看上去蛮忠厚老实，蒋先生心里就有了几分喜欢。

吃过瓜，洗了手擦了嘴，江局长说："蒋先生，你真是不简单，发挥余热呀。"

蒋先生说："江局长过奖了。"

江局长就对陈瑞文说："你要虚心向蒋先生学习，跟蒋先生你是一辈子也学不尽呀。"

陈瑞文点头称是。

接下去蒋先生问陈瑞文几个问题，陈瑞文一一回答了。说到上台说过的节目，陈瑞文报了好几种，有《双珠凤》《珍珠塔》《白蛇传》等等。

蒋先生一边点头，一边又问："《描金凤》呢，《描金凤》你说过没有？"

陈瑞文说："《描金凤》是我最喜欢的书，从前听蒋先生的书，最服帖就是《描金凤》，蒋先生说《描金凤》，真是到顶了。可惜我没有说过。"

蒋先生笑笑，说："你熟悉，就好办。不过我还是要试你一试。我们说书，就是要包拍西瓜，江局长，你说对不对？"

江局长说:"是这样的,就是要有包拍西瓜的可能性。瑞文,你跟蒋先生,蒋先生是很严格的,对你有好处。"

蒋先生说了《描金凤》中的一段:(表)钱笃笤,走到里边,见灶间里有火光,走过去一看,女儿在灶头上洗碗。钱笃笤走到女儿背后,看了半天实在熬不住了,说好女儿,你在做什么?

陈瑞文接蒋先生,说钱玉翠白:爹爹,女儿在此洗碗。

蒋先生又说了一段,放了一个噱头:汪宣请钱笃笤吃酒,钱笃笤嫌酒杯太小,就说了一个笑话:说他父亲一次去朋友家喝酒,因为酒杯太小,父亲性子太急,一不小心连酒杯吃下去,梗在喉头憋死了。

陈瑞文接着也放了一个噱头(这是一个外插花),说,钱笃笤其实酒量并不大,他第一次醉酒是五岁的时候,看到大人喝酒,一声不响,用小匙子舀了一匙,喝下去就倒在旁边的木凳上,呼呼大睡了。

陈瑞文这个噱头,放得也不比蒋先生逊色。但是蒋先生说:"你这个噱头,不应该放。按老规矩,上档刚刚放下噱头,下档接下去不能再放噱头,这一条你要记住;再有,噱头不是为噱头而放噱头,要根据内容来,主要还要靠情节和功力技巧抓住听客,噱头说到底,只是一种调料。"

陈瑞文听了,连连点头。

对于《描金凤》这目书,看来陈瑞文相当熟,蒋先生用不着多操什么心,只要分配角色,让他自己去体验就行了。作为下档,陈瑞文接的大都是下三路人物,表演下三路角色,蒋先生告诉他,要做到嘴动,手动,面动;嘴动面风到,手动眼风到,脚动身不到,面动音不到。

陈瑞文听了，当场又表演了一下。蒋先生看了，虽然中意，但是面孔上并没有表现出来，说："要演得深，还要下功夫。"

江局长也说："虽然你对书情、人物比较熟悉，但是接蒋先生的书是不容易的。蒋先生说书，生动活泼，千变万化，不下深功夫是接不好的。"

陈瑞文对这些话一律虚心听取，末了他说："蒋先生，我有日子不上台了，心里有点发慌，分成上，能不能来二八分？"

蒋先生说："我看三七分你是可以承担的，还是三七分吧！"

事情讲停当，江局长谢过蒋先生，就告辞了，陈瑞文留下来，和蒋先生商量切磋。

下午，小芸姑娘来练琴，看见陈瑞文正在请教蒋先生，小芸老三老四地说："你比我晚来，叫我师姐！"

蒋先生笑骂道："你这张嘴皮子。"

陈瑞文也笑起来，问小芸几岁了。

小芸说："十一岁。"

陈瑞文说："我女儿比你大一岁。"

小芸说："你女儿在哪里？"

陈瑞文说："在读书。"

小芸说："我是问她在哪里读书？"

陈瑞文说："在乡下。"

小芸说："怎么会在乡下呢，你们是乡下人吗？"

蒋先生也问陈瑞文："你家属小孩在农村吗？"

陈瑞文说："是的，都是农村户口。"

　　蒋先生说："不便当的，想想办法弄上来，叫江局长帮帮忙，江局长是肯帮忙的。"

　　陈瑞文说："不好办的。"

　　蒋先生叹息了一声。

　　陈瑞文听小芸在一边敲扬琴，敲得音不是音，调不是调，一副无所用心的样子。陈瑞文说："小姑娘学琴，要放点心思在身上，这样子不用心，要学到哪一天？"

　　蒋先生说："这个小丫头，懒得出奇，笨得出奇。"

　　陈瑞文说："笨就要笨鸟先飞，我们那时候学书，吃了多少苦头噢。"

　　小芸朝他翻了个白眼。

五

　　由蒋凤良先生和陈瑞文拼档的长篇弹词《描金凤》，在衙前居委会书场开演，听客空前。因为照顾到蒋先生七十有三，就取消了夜场，一日说两回书，一个小时一回，中场休息半小时。

　　头场这一日，正是礼拜日，人尤其多，到开场前几分钟，还有不少人排在门口等票。

　　老汤很高兴，到处去借凳子，把一间书场塞得实实足足，梁上一只大吊扇，四角四只落地扇一起转，屋里还是热浪腾腾。

　　蒋先生和陈瑞文身着长衫，手抱琵琶上台，大家热烈鼓掌。

　　蒋先生这时候精神抖擞，一点也不觉得热，看到听客这么多，晓得是冲他的名气来的，心中高兴，开场说几句感谢的话，里边就放了一个噱头，书未开场，已经赢来一阵笑声。

蒋先生的开场白是这样的：

"今朝天气热不热？热，各位听客心肠热不热？热！两热并一热，热上加热！此刻，我的心里不只是两热，而是百热，百热沸烫。话讲回来，倘是一颗心，不是百热沸烫，却是冰冰冷，那就不灵了，要一脚去了，今朝的书也说不成了，到了钱笃笤那里，钱笃笤非到阎龙王门前告我一状不可……"

大家笑过之后，蒋先生抓起弦子一拨，正式开说了。

第一回书，自然是从头说起，絮絮叨叨，从姑苏城盘门开讲，说盘门的来历，盘门的名气，再说到盘门外吴门桥，吴门桥堍有一所低门矮囷，形容一番，在钱志节出场之前，就足足讲了三十分钟。然后，说到钱志节的行当、脾性、外貌、衣着，再说钱志节怎么样"七分门槛，三分道理"，凭着他那鉴貌辨色的本领和一张口吐莲花的巧嘴，糊口谋生，在苏州城里城外有了一点小名气，人称钱半仙。而后才说到他想喝酒，却身无分文，冒了大雪出去笃笤，走到北寺塔前的报恩寺，突然看到有一个书生要投井，连忙上前相救。

一个钟头的书，很快就过去了，听客听得入痴入迷，根本没有觉得时间已经过去，到蒋先生说一声，钱笃笤上前搭救后生，是否救成，且听下回。下面又是一阵掌声。

这第一回书，不仅蒋先生不负盛名，陈瑞文的下档，也是很受欢迎的。

休息的时候，蒋先生精神很好，他鼓励陈瑞文说："第一回书，说到这样，很不容易了。"

陈瑞文点头，笑笑。

　　到第二回书开讲时，陈瑞文的主动性就更加大了，他在接蒋先生的时候，常常临时穿插放噱头。

　　以后陈瑞文的噱头越放越多，越放越发噱，听客好几次捧腹大笑。

　　听客互相议论，说："不愧是跟蒋先生的。"

　　又说："蒋先生的拼档，总归是有点花头的。"

　　蒋先生听了，自然很开心。

　　当日两回书结束，陈瑞文陪蒋先生回到家里，说："蒋先生今朝很吃力了，你歇歇吧，我先走了。"

　　蒋先生说："你慢走，我跟你说，你今天的噱头放得不错。不过，你要晓得，其中有一两个，分寸没有掌握好，有点过，比如说徐惠兰脱裤子，那一个，你自己想想，是不是？"

　　陈瑞文说："是的。"

　　蒋先生又说："那日我跟你讲过，噱头讲究肉里噱，不是嘴皮子上噱，嘴皮子上噱，不是真噱。我跟你说，从前我有一个师兄弟，噱头很好，每一回书噱头不断，听客笑归笑，但骨子里是不承认他的，叫他'小热昏'，我师傅当初就料定，他说不长，果真败了，到后来他一上台，一开口，下面就喊'倒面汤''绞面巾'，被轰下来，我们说书，讲求的是讲好故事，你说是不是？"

　　陈瑞文说："是是。"

　　蒋先生说："你这个人，我就是喜欢你这一点，虚心。你会有长进的。"

　　陈瑞文谦虚地笑笑。

　　到第二回，第三回，好几回书下来，陈瑞文的噱头仍然是放不断，有时候甚至有点抢书的味道，原来尺度是掌握三七分的，现在至少在四六分上了。

蒋先生提醒陈瑞文时，陈瑞文说："我是怕蒋先生吃不消，这几日天气热，我听你有点喘了，我是想多帮你分担一些。"

蒋先生当时没有说什么，事后他找到老汤，向老汤了解听客的反应，老汤说，听客反映陈瑞文不错，喉咙又响又脆，中气足，有的听客还希望他多放一些噱头呢。

蒋先生叹息一声，说："要听就好。"

《描金凤》说到大约有一半模样，蒋先生对蒋师母说："这几日只觉得气短，我恐怕撑不到剪书了。"

蒋师母嘴上不说什么，转身跑到老汤那里。

老汤说他也看得出蒋先生是不行了。也难怪，年纪到把了，天气又这么热，能说下这些回书来，已经很不容易了。倘若蒋先生同意，可以叫陈瑞文放单档。老汤已经和陈瑞文通过气，陈瑞文放单档是没有问题的，不过要蒋先生开了口，他才能做。

蒋师母得了这个消息，回去告诉蒋先生，蒋先生很生气，说："我说书说了五十几年，从来不做这种事情的，这一出书，我怎么也要说到头。"

蒋师母说："你现在不比从前了，这把年纪，拿自己的老命拼啊，作死呀。"

蒋先生火辣辣地说："我死也要死在台上的。"

蒋师母晓得蒋先生犟，就劝他："陈瑞文的书，既然大家欢迎，你乐得省省心，让他去说吧。"

蒋先生说："你懂什么，把书交给陈瑞文放单档，不晓得他会放到什么豁档里去。这个人当初看看还好，想不到也这么邪气，一肚皮歪点子！"

蒋师母说："当初说他好是你，现在说他不好也是你。"

蒋先生说："当初怎么看得出来？"

蒋师母说："就算当初看得出来，你也要收他的，江局长介绍的人，你会不收？"

蒋先生动了气，正要批评蒋师母，只见老汤气吼吼地跑来，要请蒋先生跟他到居委会去一趟，说有两个人在那边等。

蒋先生跟了老汤，冒着太阳，赶到居委会，就看见有两个穿制服的人坐在那里。蒋先生看不出他们是什么单位的，现在外面穿制服的很多，公安、交通、工商、税务、邮电、银行，一律都是制服。

老汤介绍说："这就是蒋凤良蒋先生。"

两个人欠一欠身，朝蒋先生点点头。老汤又向蒋先生介绍："这两位，是工商局的。"

蒋先生说："噢噢，找我有什么事情？"

工商局的同志说："我们接到几封群众来信，说衙前居委会的书场最近的书内容不健康，有黄色的，我们来希望蒋先生解释一下。"

蒋先生朝老汤看看，说："老汤，这是什么意思？"

老汤说："没有什么意思，没有什么意思。"

蒋先生生气地敲敲台子，说："是不是要我写检查？"

老汤说："不是的，不是的。"

工商局的同志也解释说："蒋老不要紧张，我们只是想了解一下，如果确有其事，注意一点就是了。问题主要是下档的书，蒋老德高望重，你可以多帮助下手。"

老汤说："哎哟，幸亏你们来提醒一下，本来我们考虑倘是蒋先生身体吃不消，要请陈瑞文放单档了，现在看起来，单档是放不得的。"

蒋先生说："当然放不得。"

工商局的同志又说："本来这桩事情，也不是我们一家管的，不过人家既然把信寄给我们，也是对我们的信任，我们来看一看，顺便提醒一下，只是希望不要捅到上面去。蒋先生，您的营业执照，是不是我们也看一看？回去也好交账。"

蒋先生说："什么营业执照？"

工商局的同志说："演出许可证呀。"

蒋先生笑起来，说："什么？演出许可证？我说了几十年的书，演出还要许可证？"

工商局的两个人互相看了一眼，其中一个耐心地说："你从前是在评弹团的，在评弹团演出，评弹团有一个总的许可证，所以用不着你们自己办。你退休了，再演出，就要申请许可证，批准下来才可以演出。"

蒋先生两只眼睛一瞪："那我现在是非法演出啦？"

工商局的两个人也不正面回答，只是互相做眼色。过了一会儿，其中一个又说："蒋先生，你大概对这方面的情况不大熟悉，但是老汤你们居委会应该晓得的，从前你们书场请说书的，是不是都有许可证？"

老汤连忙说："当然有的，当然有的。这一次是蒋先生呀，蒋先生的名气，大家都晓得的。请蒋先生说书，还要看什么许可证呢。"

工商局的同志摇头叹气，又说："你们，唉，真是的，叫我们怎么说呢，倘是一般的个体户这样，是要罚款的，无证摊贩，无证经营，罚起来厉害呢。"

蒋先生说："我不是无证摊贩。"

工商局的同志说："因为你不是，所以大家客客气气。最好你写一份申请，报到局里来，我们抓紧帮你办。"

蒋先生说："我写什么申请？我不写申请。"

工商局的同志说："那就不能演出。"

蒋先生说："不说书就不说书，我本来就不想说了。"

工商局的同志说："是呀，我们帮你想想也是的，你也一把年纪了，七十出头了吧？也犯不着了，身体要紧。像你们这样的老艺人，退休下来，工资是不会低的，对不对？在家里歇歇，有什么不好，犯不着拿自己身体去拼了，现在说书，我们晓得，没有多少赚头的。"

蒋先生张张嘴，不知说什么好。

老汤急起来，说："蒋先生，你不能说到一半就歇搁，我怎么对听客交代，随便怎么样，《描金凤》你是要收场的。"

蒋先生说："不是我不肯。"

老汤又去求工商局的人，工商局的人也比较好说话，商量下来，同意让蒋先生和陈瑞文把《描金凤》说完。

下午的第一回书，蒋先生提不起精神来，陈瑞文一个噱头也不放，书说了半场，场子里的人也走了半把。到休息时，老汤进来，说："蒋先生，你还是让陈先生放点噱头吧，你看场子里空了。"

蒋先生赌气说："我不管。"

下面的书，就说得很尴尬了。

这样将就地说了几回，蒋先生把后面的三十回书，拼拼拢拢，拉成十回。《描金凤》原本是六十回书，说到四十回，就收场了，清官白溪查冤案，拯救徐惠兰等重要的内容，一笔带过。

听客见蒋先生如此潦草收场，十分不满，也十分不解，问老汤，老汤也不多说，只说是年纪不饶人，蒋先生恐怕是日落西山了。

蒋先生剪了书，回家休息，一躺就爬不起来，越躺越懒，不想动。

到了下一个月发工资那一天，蒋先生不想去，叫蒋师母去，蒋师母说："还是你去吧，你这样躺下去，越躺越懒，要出毛病的，还是出去走走，散散心。"

蒋先生想想也对，就自己到评弹团去领工资。

走过传达室，蒋先生看见老张的兄弟手臂上套着黑纱，蒋先生心里一紧，连忙问："是不是老张？"

老张的兄弟说："过了，有十几天了。"

蒋先生说："怎么不告诉我一声？"

老张的兄弟说："那几日他倒是想见一见你的，我到你那边去了，看你正在说书，回来我告诉他，他说不要去惊动蒋先生了，他有好几年不上台了，让他安心说书吧，过了一日，他就去了。"

蒋先生心里难过，不敢再同老张的兄弟讲老张的事情，他看看信袋里有没有信，没有他的，倒是看到有陈瑞文的名字。

蒋先生说："陈瑞文的信怎么寄到这里？"

老张的兄弟说："谁，噢，陈瑞文啊，刚刚调进来的。"

蒋先生"哦"了一声。

到会计室的时候，会计正好去上厕所了，蒋先生就近到对面团长那边坐一坐，团长见了他，仍旧很客气。

蒋先生问："陈瑞文调进来了？"

团长笑笑，说："是江局长亲自推荐的。我们团的状况，蒋先生你是晓得的，老的老，小的小，老的要退，小的太嫩了，评弹学校分来的那几个，唱倒是很愿意唱的，可惜太嫩了，撑不了台面，像陈瑞文这样的中年骨干，太少了，陈瑞文的业务水平，是相当不错的。"

蒋先生呆顿顿看着团长。

团长又说："陈瑞文前一阵跟你拼过双档，听说反映很好，你对他是很赞赏的。"

蒋先生笑笑，张了张嘴，没有说话，就告辞出来了。到会计室，熟人见了，都说："哎哟，蒋先生，这一阵怎么瘦了？"

别人就说："千金难买老来瘦么。"

也有人问："是不是疰夏？"

大家关心蒋先生，蒋先生心里很感动。

以后的日子，又跟从前一样，上午蒋先生到茶馆坐坐，中午打一个瞌睡，到下午，小芸姑娘就来练琴。

蒋先生有点后悔收小芸说书了，这个小姑娘，怎么调教，她也不开窍。扬琴练了一个月，单音还没有学会，每天叮叮咚咚，小和尚敲木鱼一样。

蒋先生说她笨，她就笑，说："我本来就是笨煞坏呀。"

第二天，小芸姑娘没有来，蒋先生等到那时候，就坐立不安，叫蒋师母去喊。蒋师母说："她不来，家里清静一点，每天叮叮咚咚，头也涨死了，他们家倒好，小孩放了学，塞到我们这里，好像我们是托儿所。"

蒋先生说："我既答应了人家，总要好好教人家，不可以拆烂污的。"

小芸的学习情况，刘国平从不来问。一旦在街巷上碰了面，蒋先生问他，小芸为啥不来学了。刘国平急急忙忙说："叫她来，叫她来，拜托蒋先生了。"

过了些时，天气开始凉快，立过秋，又过了处暑，日子总是有盼头了。一日，蒋天星对蒋师母说："我十月一日结婚啊。"

蒋师母跳起来："十月一日，今年还是明年？"

蒋天星说："当然是今年啦。"

蒋师母说："这么快？"

蒋天星说："这有什么快，谈了半年了，人家谈十天就领结婚证书。"

蒋师母说："还没有告诉你母亲呢，你怎么自说自话的！"

蒋天星说："我已经告诉他们了，他们叫我问你和阿爹。"

蒋师母说："急死人了，我和你阿爹来不及准备。"

蒋天星笑起来，说："要你们准备什么呀，要你们急什么？"

确实没什么要蒋先生和蒋师母急的，什么四大器八大件，早就备好，家具订好，明天开始装修新房，今天告诉老人也为时不晚，一切蒋天星都计划得很周到了。

蒋先生听了，也没有什么别的意见，只是想，这往后，大概书再也说不成了。

又见草垛

一

秋收的时候，天气一直很好，把粮谷柴草什么都晒得很干。忙过粮食的事情，谷老师就开始堆草垛子，一年的柴火全在这里，不敢大意。谷老师爬在高高的草垛子上，堆成一个圆形的垛子，往后就从垛子里往外抽出柴火来烧，日子就是这样过来。柴子做了一会儿活，觉得有些累，便说："歇会儿吧，爸爸。"谷老师低头看看儿子，说："你怎么？"便说："没什么。"谷老师朝自己家看看，说："米子呢。"柴子摇摇头，谷老师说："米子又到哪里去了，我们还是把草垛子垛起来，等会儿还有事情。"柴子说："什么事情我也知道。"谷老师说："柴子你今天怎么了？"柴子说："我没有什么。"他们继续堆草垛，村里人走过，看着谷老师堆草垛。海子说："谷老师，堆草垛呀。"谷老师说是，海子笑，说谷老师其实你不堆草垛也行，谷老师说："那不行，不堆草垛，我这一年烧什么。"海子说，"你去弄一付煤气来烧。"谷老师笑了一下，说："我哪能弄到煤气烧。"海子他们都笑，走过去，柴子说："他们都有煤气了，他们也用不着堆草垛，也不要稻草了。"谷老师说："那是，可惜我们不行。"柴子叹了口气，谷老师说："柴子，你是不是觉得爸爸特别没有本事。"柴子没有说话。谷老师说："来吧，把草送上来。"柴子就把稻草叉上去，谷老师认真地堆放好，到了一定的高度，就盖了顶，谷老师从一边滑下来，柴子上去接扶他，谷老师说："没事。"柴子说："好了。"谷老师说："好了，你有事你去就是。"柴子说："你到哪里去？"谷老师说："我过去看看月香的草垛堆好了没有，我帮帮她。"柴子说："我知道你要过去。"谷老师朝儿子看看，说："你说我不应该过去。"柴子没有说应该还是不应该，只是说："你老往她家里去。"谷老师说："我也没有老往她家里去，她有困难我就去帮帮。"柴子说："你去就是。"谷老师到月香家来，果然月香母女正在堆草垛子，谷老师接过小秀手里的叉子，把稻草叉上去，月香看到谷老师，笑了一下，说："你来了。"谷老师说："我那边堆好了。"月香说："你们快。"谷老师说："那是，我们两个男人。"月香说："老是麻烦你。"谷老师说："这有什么。"月香笑了一下，谷老师看月香头发上都粘着稻草，谷老师说："你下来，我上去。"月香说："不用了，也快好了。"过了一会儿，月香说："谷老师，听说你家柴子的事情定下来了？"谷老师说："说是说了，最后定不定还不知道。"月香说："是前村的？"谷老师说："是。"月香问："哪家？"谷老师说："孙梅子，老孙家。"月香"噢"了一声。谷老师看她有下文，说："你知道老孙家？"月香想了想，说："听说过的。"谷老师轻轻叹息一声，说："也不知道怎样呢。"月香朝谷老师看看，说："什么？"谷老师说："也不知要提什么样的条件。"月香顿了一会儿，说："想起来，也不会很高的条件，老孙家也是苦人家。"谷老师说："那倒是。"他们正说着话，月香的哥哥月泉过来，看到谷老师在帮忙，月泉说："谷老师，妹妹的事情老是麻烦你，真是的。"谷老师说："没有事。"月泉说："我这一阵实在是忙，也没时间过来。"月香说："知道你忙。"月泉给谷老师一根烟抽，谷老师接了，说："你忙你的就是，月香这边有什么事情，叫我就是。"月泉说："那是。"说着就走开去，谷老师帮月香一起堆好了草垛子，月香下来，谷老师说："好了，我走了。"月香说："到家里坐坐。"谷老师说："不了。"说着就往回走，走了几步，月香追上来，说："谷老师，他有信来。"谷老师说："好吧？"月香说："好的，说减了半年。"谷老师说："减了半年，很不容易的。"月香低了头，不说话，谷老师算了一下，说："明年年底可以回家了。"月香说："是。"谷老师看了看月香，说："你也要熬出头了。"月香叹息一声，说："不知道呢。"谷老师往家里去，到家一看，柴子和米子都不在家，谷老师看时间差不多，就到灶上做饭，正烧着火，听到外面有人喊："有柴火卖啦。"谷老师没有说话，又听喊了一声，就有人走进来，谷老师看是一个外地民工模样的人，谷老师说："你收稻柴？"民工说："是。"谷老师说："怎么收法？"民工指指谷老师手里的草把，说："这么大的，一分钱一个。"谷老师笑起来。民工说："都是这个价，现在你们都不怎么稀罕稻柴，放在家里也是浪费，还占地方。"谷老师说："谁说的，我们家是稀罕稻柴的，没有稻柴，我拿什么烧饭吃。"民工朝谷老师家的灶房看看，说："你们家没有煤气？"谷老师说："没有。"民工说："也没有煤炉？"谷老师说："没有。"民工说："怪不得，还稀罕稻柴。"谷老师也笑了，说："那是，我要不够烧一分钱一个也去买些来，反正贱。"民工说："我们也是没办法，厂里只供应一顿中饭，早晚要开伙仓，拿什么烧呀。"谷老师说："现在好了，你到哪里也能收到稻柴，要是早几年，恐怕一根柴芯子你也捞不着。"民工说："那是，不过早几年我们也不会出来做。"谷老师说："那倒是，到底和从前不一样了。"民工说："走了，师傅若是弄到了煤气什么的。我再来收你的稻柴。"谷老师笑着说："你等着吧，我要是弄到了煤气，我的稻柴送给你就是。"民工说："说好了。"谷老师说："说好了。"民工临走又回头，看看谷老师，说："你不在厂里做？"谷老师说："我在小学教书。"民工说："怪不得。没有办法。"谷老师说："噢，月香在你们那里烧饭。"民工说："正是。"谷老师说："怎么样？"民工说："什么怎么样？"谷老师愣了一下，说："厂里还好吧？"民工说："也说不上什么好，不过总比待在自己家里能多做些钱。"谷老师说："活很重吧？"民工说："那是，重的活都是我们民工做的，你们本地人都不肯做。"谷老师说："条件好了。"民工说："不过话说回来，我们也愿意做重活，重活收入多些。"谷老师说："那是。"民工说："也没有其他想法，多做些钱回去造两间房子就是。"谷老师说："厂里的饭做得好吧？"民工说："饭是好的，那个月香人很好，听说她男人吃官司？"谷老师点点头，民工又说："偷？"谷老师说："打人。"民工说："出人命？"谷老师说："半条人命。"民工说："那是，现在的架真不是随便可以打的。"谷老师烧开了锅，起身拿一根烟给民工抽，民工谢过，说："我姓刘，有什么事情要我帮帮的，找我就是。"谷老师说："好的。"谷老师到门口看民工挑着收购的稻柴远去，想起从前的一些事情来。

过了秋收，凑一个星期天，谷老师和柴子一起到前村老孙家去，走过代销店，谷老师买了两瓶酒，又买了些糖果什么，想买一条烟给老孙，看看太贵，就买了一包，付钱的时候，柴子看看那些东西，说："给梅子买一盒香粉吧。"谷老师说："你倒细心。"柴子脸有些红，说："上次我看梅子的手很粗。"谷老师说："擦这就变细？"柴子说："总要好一点。"于是又买了两盒香粉。到了老孙家，在门口喊老孙。梅子走出来，看到柴子父子俩，脸有点红，连忙退进去。谷老师说："她难为情？"柴子说："我不晓得。"过了片刻，梅子又出来，说："进来。"谷老师和柴子一起进屋去。屋里光线不怎么好，谷老师定了一定，看清楚梅子的母亲躺在床上，梅子几个小小的弟、妹在屋里乱窜，谷老师上前对梅子母亲说："你好些吧？"梅子母亲勉强地笑笑，说："好也好不到哪里，坏也坏不到哪里，不死不活。"谷老师说："看你气色比前次好多了。"梅子母亲说："你也别安我的心，我自己有数的。"谷老师说："你也不要想得太多，又不是什么绝症，养养就会好的。"梅子去倒了开水端过来让谷老师和柴子喝，谷老师看梅子的手果然很粗糙。梅子母亲说："梅子，去喊你爸回来。"谷老师说："老孙上哪去了？"梅子母亲说："还能上哪儿，赌。"谷老师张了张嘴，不知说什么好，梅子走后，梅子母亲说："我们这个家，也真是没有办法。"谷老师说："家家有本难念的经。"梅子母亲说："谷老师是开通的。"谷老师说："谁能没有点困难。"梅子母亲说："我想到梅子的命心里就痛，梅子命苦。"谷老师说："你别这样说，现在不比从前，日子好起来了。"梅子母亲说："那是，不过梅子总是苦，从小，五岁就给一家人烧饭，她是老大，下面这一大群都是她带大的，又摊上这么个不学好的爸和这么不争气的妈。"谷老师说："梅子吃得来苦。"梅子母亲泪汪汪，说："本来我是指望梅子嫁个好人家，嫁过去也享几天福，没想到又弄个没有婆婆的人家。"柴子说："我们不会叫梅子吃苦的。"梅子母亲："话是这么说，可是到时候过了门，你们这一家老少的饭，谁做？还不是梅子做，我早跟梅子说，你是脱不了守灶弄柴的命。"柴子说："我做就是。"梅子母亲含着泪笑了一下，说："柴子你有这份心就足够了，女人天生就是要做那些事情的，我也不是怪你们，只说梅子的命。"谷老师说："那也不见得，我们家这么多年，都是我做的饭。"梅子母亲说："你这样的好爸也是不多。"正说着梅子进来，梅子母亲说："人呢？"梅子说："不肯回来。"梅子母亲说："你没有跟他说谷老师来？"梅子说："说了，他说我骗他。"谷老师笑起来，梅子母亲说："唉，这个人，没有指望。"谷老师说："也不能这么说，老孙的为人。我们都知道的。"梅子母亲还要说什么，大家就看到老孙从外面进来，一见谷老师，笑起来，说："果真来了，我还以为梅子骗我呢。"梅子笑，说："我什么时候骗过你。"梅子母亲说："恐怕是赢了一把开溜吧。"老孙笑笑，也不解释，和谷老师一起坐下，谷老师递上烟去。老孙说："好烟，谷老师到底和我们不一样。"谷老师说："有什么不一样。"老孙看到捆扎着的酒，咽口唾沫，说："有酒？"谷老师说："这是柴子孝敬你的。"老孙笑眯着眼看柴子，说："好。"就叫梅子弄些菜来，和谷老师两个坐着对饮起来。梅子站了一会儿，看柴子直是朝她看，有些不自在，梅子母亲说："梅子你和柴子到里边坐就是。"梅子红着脸朝柴子看看，和柴子一起到里屋去坐，谷老师和老孙坐在外面慢慢地喝着酒。老孙说："事情也就这样了，梅子跟了谷老师家，我们也没有什么意见。"谷老师拿出钱来交到老孙手里，说："这是说好的定礼钱。"老孙朝那纸包看看，说："两千？"谷老师说："两千。"老孙伸手要去拿钱，梅子母亲说："你等一等。"老孙回头朝她看，说："什么？"梅子母亲说："这是给梅子的。"老孙笑，说："给梅子做什么，办嫁妆还早着呢。"梅子母亲说："你拿了做什么，总不能把女儿的钱拿去赌。"老孙说："哪能呢。"一边说着一边把钱收起来。谷老师说："大家的想法也差不多，到明年春节办事情。"老孙说："好。"谷老师说："还有些事，媒人也都说了吧？"老孙说："说了。"谷老师说："办事情前再拿三千过来，总共是五千。"老孙说："那不急，再说就是。"梅子母亲说："话是要说在前面的，是五千还是六千？"谷老师说："媒人说你们同意五千。"老孙说："好说。"梅子母亲叹息一声，说："梅子命苦，也贱。"老孙说："你怎么这样说，谷老师做一个老师拉大两个孩子也是很不容易，我们不能拿他跟人家老板比。"梅子母亲说："你说得好听，要不是你这样子，我要钱做什么。"老孙说："我怎么样子，我也算不错的了，就是喜欢来两把，进出也不大。"梅子母亲说："你说不大，对别人家是不大，对我们家就大。"老孙说："你说得出。"谷老师说："再说吧，到时候我们看情况，能过得去，就送四千过来，反正是两家的事情，总要办得好才好。"老孙说："谷老师你不要勉强，我老孙穷虽穷些，也不是卖女儿的人。"谷老师说："老孙你说哪里话，主要是两个孩子他们自己看中，要是他们看不中，我们也是白费力气。"老孙笑，说："是这样的。"说着想起柴子还饿着，就叫柴子出来吃。柴子出来胡乱吃了些饭，谷老师说："我们也该走了。"老孙和梅子送谷老师父子俩出门，走出好一段，谷老师回头看看，老孙已经走开，梅子还站着看他们，谷老师对柴子说："梅子很好。"柴子说："是。"谷老师说："你们说了些什么？"柴子说："随便说说。"谷老师看看柴子，说："梅子母亲说得不错，梅子从小做惯，不像米子，懒。"柴子说："是。"谷老师说："我也看她的手，是粗。"柴子说："是。"谷老师说："你把香粉给她了？"柴子说："给是给了，梅子说错了，那是擦脸的。"谷老师说："擦脸擦手一样用。"柴子说："梅子说擦脸的贵，擦手的便宜。"谷老师说："梅子会当家。"柴子往前走了几步，停了一下，谷老师说："你怎么？"柴子顿了一下，说："我想，有一个条件。"谷老师说："什么条件？"柴子说："可能很难的，但是——"谷老师说："你说就是。"柴子说："能不能想办法弄一套煤气烧？"谷老师愣了一会儿，说："你说什么，你说弄一套煤气灶，家里烧煤气？"柴子没有回答。谷老师说："谁去弄？你？还是我？"柴子不说话。谷老师说："你怎么想得出，我们这样的人家，到哪里去弄煤气烧？"柴子仍然不说话。谷老师说："是不是梅子提出来的？"柴子说："不是。"谷老师说："是你想到的？"柴子点头。谷老师想了想，笑了一下，说："也晓得体贴人了。"柴子脸又红，说："梅子真是很苦。"谷老师说："要不是苦人家，也不一定肯跟我们。"柴子："你说有没有可能？"谷老师说："什么？"柴子说："你根本没有把我说的话往心上去，煤气呀。"谷老师摇摇头，说："别的还好说一些，煤气的事情我真是不敢说。"柴子说："争取呀。"谷老师说："怎么争取法？"柴子没有说话。谷老师看柴子心事重重的样子，心里也有些触动，过了一会儿，他说："我去打听打听。"柴子笑了一下，脚步轻松起来。他们一起到家，看米子正捧着本书看，谷老师说："你吃了没有？"米子头也不抬，说："吃什么，你说中饭还是晚饭？"谷老师说："说中饭呀。"米子说："吃了，到现在不吃，不饿死。"谷老师过去揭开锅盖看看，锅子里空空的，不像烧过什么，谷老师说："你在哪里吃的？"米子说："我到轧钢厂，月香给我吃的。"谷老师说："你怎么到轧钢厂去？"米子说："那我到哪里吃饭去？"谷老师说："你这孩子，真不像没娘的女孩。"米子笑，说："你说的，没娘的女孩应该怎么样子？"谷老师看看柴子，说："梅子真是好。"米子说："梅子一脸的苦相。"柴子说："你瞎说。"米子笑，说："你急什么。"柴子说："我不急，我是看你这样懒，以后怎么办。"米子说："我要考大学，重点保护。"谷老师说："考大学也要吃饭呀。"米子说："我也没有不吃饭呀，哪一顿能饿了呢。"谷老师说："拿你没办法。"就去准备晚饭，听到柴子和米子还在说着什么，谷老师一边扎草把烧火，一边想柴子说的事情，现在乡下烧煤气的人也多起来，有些人家也不见得怎么难就弄到了煤气，可是对谷老师来说，实在是很难。

　　下一日到学校上班，谷老师抽个空跟校长说说话。说到煤气的事情，校长说："谷老师也想用煤气？"谷老师有些尴尬，说："只是随便问问，也不是一定要烧。"校长说："就算一定要烧，也烧不起来，到哪里去弄。"谷老师说："听说教育局有得配下来。"校长说："说是说有，只是不知又等到哪年哪月，这话听说了也有两三年了，连个影子也没见着呢。"谷老师说："想想也是，教育局管那么多学校老师，哪能顾得过来。"校长说："就是，就算真的配给我们一套，你说给谁？你轮得到？"谷老师说："我轮不到。"校长说："就是。"谷老师说："他们公办老师其实应该……"校长说："说到应该，应该的事情多得多了。"谷老师说:"是。"在乡下教书的公办老师很艰苦,谷老师想,即使能弄得到煤气,也应该先给他们用。谷老师回到办公室,朱老师朝他看看,说:"谷老师难得,找校长谈谈心。"谷老师说:"是。"朱老师说:"谈什么?"谷老师说:"也没有什么,随便说说。"朱老师说:"谷老师是不是想改行?"谷老师说:"哪里,我能改到哪里去,除了教教书,别的一样也不会做。"别的老师都笑,说:"哪能呢。"朱老师说:"那天我走过,看到你帮那个月香堆草垛,真是身手不凡。"老师们又笑,谷老师说:"乡下的这些事情总能做做,要不怎么过日子。"老师们说,那是。谷老师说:"我跟校长说,想看看能不能弄套煤气烧,校长说不可能。"朱老师说:"那是不可能。"谷老师说:"柴子找了对象。"朱老师说:"对象要烧煤气?"谷老师说:"也不是对象提出来的,柴子提出来的。"老师们都笑说,这个条件很新潮,很时髦。谷老师说:"你们不了解柴子的对象。"老师们说,我们当然不了解,老公公了解就行了,我们了解算什么。谷老师也笑,说:"你们说的。"朱老师说:"是不是没有煤气就不进门?"谷老师说:"那倒不会,只是我和柴子都希望能——"朱老师说:"肯进门就好。"谷老师说:"我总是想尽尽力,实在不行也只好算了。"老师都说这力可不是好尽的,谷老师说:"我知道,不过总要努力一下。"朱老师想了想,说:"你要在学校,在教育这一头搞,八辈子也别想,我看你不如找找你们村的厂长,看他们有没有办法。"谷老师说:"我也这样想,只是跟他们平时又不怎么来往,突然有事情就求人家了。"朱老师说:"酸,有点知识就是酸。"大家都笑,谷老师说:"是酸,我也闻到自己的酸味。"朱老师说:"其实你也可以叫周小弟跟他爸爸说说。"谷老师说:"我才不找他。"朱老师说:"算什么，算有骨气？"谷老师说："那也说不上，只是我不想找他。"老师们都说，周那个人，看上去是有点傲气，朱老师说："你们怎么会有这种感觉，我对他印象还不错，其实他人倒是很好说话的。"老师们说，你当然，你得了他的好处，你的感觉当然好。朱老师说："我就是那样的人呀。"老师们笑说，那你是怎么样的人呀？朱老师说："其实你们有几个是真正了解周那人的呢，只知道他多了几个钱，说他是个坏人了，就以为跟他拉扯就是没有骨气了，真是的，酸。"谷老师说："那倒也不是，不过你说得也有道理，我们其实也不怎么了解他。"朱老师说："所以我说你找找他也不是不可以。"谷老师说："找他我是不找的。"朱老师说："说来说去，还是偏见呀。"

这一天放学回去，谷老师绕到轧钢厂看看月香，月香还没有下班。这一阵厂里正在搞基建，加夜班，月香得跟着给民工做饭。月香看到谷老师过来，说："这一阵忙，也没过去看看你。"谷老师说："我很好，我过来看看你，有没有什么事情要我做的。"月香说："没有什么，家里小秀自己也知道弄弄了。"谷老师说："小秀到底还小，我等会去看看她。"月香说："老是麻烦你。"谷老师说："你又说这话。"月香笑了一下，说："看亲看得怎么样？"谷老师说："人是很好的。"说了梅子家的情况。月香说："也好，穷人家的女儿懂事。"谷老师说："是。"两人正说着，谷老师看到上次到家来收稻柴的那个姓刘的民工走过来，民工认出谷老师，笑起来，说："是老师。"谷老师说："你忙啊。"给一根烟民工抽，民工谢过谷老师，点着烟，说："老师到厂里来有事呀？"谷老师瞥了月香一眼，说："没有事情，顺路过来看看。"民工说："厂里很混乱。"谷老师说："厂长叫也叫老混子，能不混乱？"民工笑着走开忙活去。月香说："厂里不太好，你看这厂房造起来也没有个人设计什么的，瞎弄弄。"谷老师说："现在乡下都是这样。"月香说："柴子那厂还好吧。"谷老师说："厂倒还正规，效益不大好，收入少一些。"月香说："总不能十全十美。"谷老师说："那是。"月香说："女方没有什么很高的要求吧？"谷老师说："那倒没有，只是柴子提出来，想给梅子弄一套煤气。"月香说："那到哪里去弄？"谷老师说："就是，我也觉得难，可是柴子一心想要，也算是对梅子一点心意，别的梅子也没有什么要求，按说好的给钱就是。"月香说："煤气很不好弄的，我听月泉说，弄一套要多少钱。"谷老师说："多少？"月香想了想，说："多少我也忘了，反正是很多。"谷老师说："那是当然，想也能想出来。"月香说："要是到城里去想办法，可能会好一些，你有没有什么熟人在城里？"谷老师想了一会，说："哪有呢，我想不起来。"月香也想了一下，说："小卫呢，你去找找小卫。"谷老师说："小卫是哪一年的事情，多少年没有见着他了，怎么找得上门去？"月香说："找人办事情就是这样的呀，你不找小卫，还有别人吗？"谷老师说："没有。"月香说："所以你还是找找小卫试试，几个知青当中还是小卫肯帮人忙，所以我说小卫的。"谷老师说："那是，小卫和那几个真是不能比。"

谷老师打听到小卫的地址，就进城去看小卫。找到小卫的家，已是中午。谷老师想了想，没有进门去，退出来在街口吃了一碗面，又转了几个圈子，才到小卫家去。小卫开了门乍一见谷老师没有认出来，说："你找谁？"谷老师说："小卫你不认得我了？"小卫愣了一下，才想起来，说："呀，是谷老师，真是想不到。"于是让进了屋。小卫的女人正在厨房洗碗，探头看来了个乡下的人，也没有打招呼，自顾洗碗。小卫给谷老师泡了茶，又递了烟，发现谷老师有些不自在，说："别管她，就是这样子，阴阳怪气。"谷老师笑笑，说："你还是老样子。"小卫说："哪能呢，从乡下出来都已十八年了。"谷老师说："有吗？"小卫说："怎么没有，正好十八年。"谷老师说："我怎么觉得就在眼前似的。"小卫说："我也是，老是想到当年的那些事情。"谷老师说："这一路上来，我还想起你和小彭打架。"小卫说："是。"谷老师说："现在想想真是，只是为了抢一捆稻草，打得那样子。"小卫笑，说："真是，你知道小彭那家伙，现在发狠了。"谷老师说："是呀，小彭手段子狠，从前我们就能看出来。"小卫女人走出来，说："我出去买点东西，你留心点炉子，不要烧过了头。"小卫说："你去就是，炉子我还看不住它？"女人说："说得好听，哪一次叫你做点事情你不误事。"小卫说："你说得出，我就是这样的人啊？"女人说："你不是这样的人，你是什么样的人？"说着走出去，也不朝谷老师看看。小卫朝谷老师一笑，说："没有办法，就这水平。"看女人带了门出去，小卫说："事情倒是肯做，就是嘴凶。"谷老师说："那就不错。"小卫说："那是，得过且过就行，也没有很高的要求。"谷老师朝门口看看，说："其实当初小文很好的。"小卫说："事到如今，有什么好说的。"谷老师说："我们真不搞不懂你们，到底怎么回事，看上去很般配的，就是谈不成。"小卫说："我也不明白。"谷老师说："有人说小彭触的壁脚，是不是？"小卫说："那倒不是，怪不着小彭，没有缘分罢了。"谷老师说："也是，没有缘分。"两个人又说了一些往事，小卫女人回来了，进厨房看了一下，出来说："你怎么搞的，叫你看着点炉子，你看了？"小卫说："看了。"女人说："看得要熄火了，你真有水平。"小卫说："怎么会，我刚刚看还好好的，火很旺的。"女人说："旺你个大头鬼，熄了。"

说着拎了炉子到门外去生火。谷老师看着小卫，说："怎么，你们家还是烧的煤炉？"小卫说："是，不烧煤炉烧什么？"谷老师说："不是都烧了煤气么？"小卫说："你是说烧液化气，煤气罐？"谷老师说："你们没有烧？"小卫说："正轮着呢，我们单位我是第一百零五号，现在轮到六十五号，每年配二十套，两年以后轮到我，厂里已经竭尽全力。"谷老师长长地出了一口气，说："想不到。"小卫说："什么？"谷老师说："没有什么，城里弄煤气也很难啊。"小卫说："那是，烧炉子慢死人，用电饭锅什么的，又耗电，倒不如在乡下那里，烧稻柴，很爽快的。"谷老师说："乡下现在烧稻柴的也越来越少。"小卫说："那是，听说乡下现在比我们城里活得潇洒。"谷老师笑了一下，说："也看什么人家。"小卫说："那是，城里也一样，小彭现在，你要是见了他，你不敢叫他了呢。"谷老师说："变样了？"小卫说："你看到就知道了。"谷老师说："也想象得出。"小卫给谷老师加了开水，说："谷老师今天出来，找我有什么事情吧？"谷老师愣了一下，说："也没有什么要紧事情。"小卫说："有事情谷老师你说就是。"谷老师想了想，说："没有事情，我是路过知道你在这里随便过来看看，看你好着，就行。"小卫说："谷老师大概是有什么事情来找我的，看我这样子，不好开口是不是？"谷老师脸有些红，说："是。"小卫说："什么事情，说出来听听，说不定我会有些办法。"谷老师说："不说了，你办不到的。"小卫说："你说。"谷老师就把事情说了。小卫听了，苦笑一下，说："这事情我真是没有办法。"谷老师说："就算了，我也不一定要，试试，不行就算。"小卫想了想，说："你愿意就去找找小彭，他能办到。"谷老师说："我不找他，算了。"小卫说："我这里有他的地址，你拿着，也许用得着。"谷老师拿了小彭的地址走出来，看到小卫女人在门前被烟呛得直咳嗽，谷老师心里有点难受，走开去。

谷老师看着小彭的地址，问了一下路，慢慢地寻过去。寻到那地方，一看是家公司，谷老师在门口站了一会儿，进去打听小彭。里面的人不知道有姓彭的经理，问了好几个都说没有，最后问到一个，说是原来这地方的一家公司是有个姓彭的经理，早就搬走了，问搬到哪里，说不清楚，谷老师再也没有话好说，走了出来，天色将晚，谷老师急急忙忙去赶末班车回家。

赶回村里，天已大黑，谷老师只是觉得气氛不很对头，有许多人赶来赶去，不知出了什么事。谷老师拦住村上的小猛子问，小猛子说是轧钢厂出了事情，死了人，谷老师心里一抖，说："有没有伤着月香？"小猛子朝谷老师看看，说："怎么伤得着月香，月香在食堂。"谷老师说："伤了谁？"小猛子说："是新建的厂房倒了，伤了一些外地民工。"谷老师还要问下去，小猛子说："你老是问我做什么，你自己去看看就知道。"说着就走开去。谷老师赶到轧钢厂，事情已经过去，伤的人已经送医院，死了三个人，停在厂里。谷老师过去看，发现其中有一个死者就是那个收稻柴的民工，脸上很安详，没有什么痛苦的感觉。谷老师心里又抖了一下。这时候他看到月香朝他走过来，谷老师上前去喊了一声"月香"。月香流着眼泪，说："谷老师，出事情了。"

二

新学期开学前，米子告诉谷老师这一学期她要住到学校去，谷老师说："几年也读下来了，最后一学期怎么想到要住校？"米子说："家里烦，定不下心来读书。"谷老师说："家里烦，家里谁烦你？"米子说："反正我要住校，最后的冲刺。"谷老师说："其实，考大学也不必太紧张。"米子说："人家的家长怎么样，你不知道呀，哪有像你这样的，没事情似的。"谷老师说："我这一学期也够紧张，毕业班要会考。"米子说："小学生，紧什么呀。"谷老师说："小学生现在也很紧。"米子说："比高中生还紧？"谷老师叹口气，说："我本来指望你在家帮帮忙呢。"米子说："你说得出。"谷老师说："拿你没办法。"

到开学时，谷老师用自行车帮米子把行李什么推到镇上中学去，帮她安排好床铺，又关照了一些话。米子说："晓得了，老太婆似的。"谷老师说："长这么大，还是第一次住到外面。"米子说："你走吧。"送了谷老师出来，看着谷老师的自行车，说："爸，要不要我常来看看你？"谷老师说："要。"米子说："那你把自行车留下。"谷老师说："那哪行，我天天要上班。"米子说："你上班才多少路，我回家路远。"谷老师说："那也不行，自行车我要用的。"米子见没希望，只得作罢，站在校门口看父亲走远，才回学校去。谷老师骑上车往回去，经过轧钢厂，看到厂里的烟囱冒着黑烟，那烟也冒得萎萎的，没有生气。轧钢厂从年前出了那事故，赔了好几万去，年终红也分不出，股东纷纷抽股，眼看着就不行，老混子被追究刑事责任后，厂里停产一个多月，一直到最近村里才换上月泉做了厂长，也不知月泉怎样收拾这个烂摊子。谷老师看着那黑烟慢慢地飘向天空，心里也有些忽悠忽悠的，谷老师一路想着心事，到学校时，已经迟了，校长见到他，说："谷老师，今天开学第一天，怎么这么迟？"谷老师说："送米子去住校。"校长说："一点点的路住什么校呀。"谷老师说："最后半年了，米子要用功。"校长说："快进去吧，学生家长在等你。"谷老师进办公室一看，是周小弟的父亲周壮。谷老师说："有什么事情？"周壮说："谷老师，小孩没有来上学。"谷老师看看周壮，说："怎么？"周壮说："寒假作业弄丢了，不敢来上学。"谷老师说："怎么会丢，别的学生都不丢本子，就你们家周小弟突出。"周壮说："所以吓得不敢来。"谷老师说："不来也不是事情，叫他来吧。"周壮说："是，我就去叫他来上学，谢谢谷老师。"周壮走后，别的老师原来不认得周壮的，都说，就这个人呀，看不出有什么本事，谷老师说："看不出才好。"老师说，也不像很傲的人呀，谷老师说："人家傲在心里。"老师都笑，说谷老师可以做心理学教授。谷老师说："那倒不是，只是一种感觉罢了。"他们说了一会儿，就见周小弟畏畏缩缩地站在门口，谷老师说："周小弟你过来。"周小弟走进来，站到谷老师桌子边，不敢抬头看老师，谷老师说："你看着我。"周小弟看了一眼谷老师，又低了头，谷老师说："寒假作业本没有了？"周小弟说："是。"谷老师说："是丢了，还是因为没有做作业不敢说？"周小弟说："是丢了。"谷老师说："你说怎么办？"周小弟不说话，谷老师说："再回去找找，要是真找不到，重新拿一本做起来。"周小弟点点头，谷老师说："就这样吧，上课去吧。"周小弟好像不明白怎么这么容易就能走，还愣着没有动，别的老师笑着说："周小弟，叫你爸给谷老师弄一套煤气。"谷老师回头对大家说："不开这种玩笑。"周小弟愣愣地看了一会儿谷老师，谷老师说："你走就是。"周小弟这才出去，谷老师说："孩子倒是个老实的孩子。"老师们说，谷老师你这什么意思，孩子倒老实，就是父亲不老实，是不是？谷老师说："我没有这么说，我也不知道周壮是怎么样的人。"朱老师笑着说："谷老师怎么不知道周壮，你不是和他吵过架？"谷老师脸红起来，说："哪年哪月的事情了。"朱老师说："是有这事吧？"谷老师说："有是有，我承认。"老师们都笑，说有就是了，怪不得老是有感觉，谷老师说："那事情我早不记在心上了。"朱老师说："为什么吵的，你和他们也不在一个村上，怎么吵得起来？"谷老师说："好多年前的事情，不说也罢。"老师们都说，说说，说说，谷老师说："说起来也是笑人，仅仅是为了一担稻柴。"老师们听了都笑，说，那时候什么事情也做得出，不要说一担稻柴，为一根稻柴也有吵架的，谷老师说："那是。"想想从前的事情，真是感慨。

过了几天，谷老师在路上遇到月香，谷老师吃了一惊，说："月香，怎么？"月香不明白谷老师什么意思，看着他，谷老师说："几天不见你，怎么变得又黑又瘦？"月香摸摸自己的脸，说："是吗，我也没怎么觉得。"谷老师说："是不是身体不好？"月香说："身体好的。"谷老师说："那怎么会，厂里很忙是不是？"月香说："我换下来了，不烧饭了。"谷老师说："那你做什么？"月香说："我在轧机上做。"谷老师说："这怎么行，你怎么能在轧机上做，活很重，又危险，谁叫你做的？"月香叹了口气，说："月泉做了厂长，怕别人说话，就叫我下来了。"谷老师说："月泉怎么这样，这不对的，人以前一直在食堂做，跟他没有关系。"月香说："话虽是这么说，但是月泉有他的想法，我也不怪他，反正还能做得动。"谷老师说："我去找月泉说话。"月香笑了一下，说："你不要去找，找了也没有用的，已经有了烧饭的人，不会再换下来的。"谷老师说："现在谁在食堂做？"月香说："是巧珍。"谷老师说："月泉怎么能这样，能照顾村长的小姨子，就不能照顾自己的妹妹？"月香说："这事情你不用问了，反正我也没有什么别的想法，做什么也是一样地做。"谷老师又看看月香："你吃得消？"月香笑，说："我又不是豆腐做的。"谷老师也笑了一下，说："你也是。"他们一路往前走了一段，月香问起谷老师弄煤气的事情，谷老师叹气说："我哪弄得到煤气呀。"说了找小卫和小彭的经过，也说了小卫的情况，月香停了一会儿没有说话。后来在分手的地方，月香说："谷老师，你找找月泉，我听说他正想办法弄煤气，是帮请来的师傅弄的，看能不能代你弄一套。"谷老师说："我也不指望。"月香说："你试试。"谷老师说："好。"

隔日下晚谷老师到月泉家去，月泉正一个人在家独饮，看到谷老师，就叫老婆拿个酒杯，一定邀请他一起喝一杯，谷老师就坐下来陪月泉喝了两杯，后来就把事情说了。月泉看着谷老师，笑，说："谷老师消息很灵通。"谷老师有些不自在，说："也是听说的。"月泉说："很难。"谷老师点头，月泉又说："恐怕不行。"谷老师想了想，说："实在不行就算了。"说着起身要走，月泉看着谷老师，慢慢地说："你如果能帮我们做点事情，也许——"谷老师说："你要我做什么？"月泉说："弄点料来。"谷老师说："什么料？"月泉说："我们轧钢厂，还能要别的什么料，总是一些废钢料之类的。"谷老师笑起来，说："我到哪里去弄。"月泉说："想想办法。"谷老师说："我的情况你也不是不知道，没有路的。"月泉说："这也不一定，你要是能给我们厂弄些料来，哪怕我们奖励你一套煤气也行。"谷老师心里动了一下，说："哪些料，应该到哪里去弄？"月泉说："你认不认得县钢铁厂的人，钢铁厂就有，多的是，只要有了路子，供我们小厂吃也吃不完。"谷老师说："那倒是。"月泉见谷老师动心，又说："我们厂的情况你也知道，没有料，马上要停产，原来固定的几家供料单位，因为出了那事故，停了一个月的产，关系都断了，要再接上很难。"谷老师说："我知道。"月泉好像从谷老师那里看到了希望，说："拜托你了谷老师。"谷老师说："我也只能试试，尽一点力气。"月泉说："拜托你了谷老师。"谷老师说："好。"月泉送谷老师出来，谷老师犹豫半天，还是把月香的事情跟月泉说了，月泉听了，看了谷老师一眼，说："谷老师很关心我妹妹。"谷老师的脸在黑暗中有些发红，说："我是看着月香一个人过很难，其实也轮不到我来关心，是不是？"月泉笑了，说："有人关心总是好的。"谷老师说："月香身体不太好，要是有可能，你是不是还叫她做食堂。"月泉摇摇头，说："暂时恐怕不行，巧珍刚刚上去，不能赶她下来。"谷老师说："有你这样的哥哥。"月泉说："我也是没有办法，我也不想这样。"谷老师也不好再说什么。

回到家，谷老师把事情跟柴子说了。柴子说："你认得钢铁厂的人？"谷老师说："我哪里认得。"柴子说："那你还是一场空。"谷老师说："想想，不一定是钢铁厂的，只要是在县里做事，也许能和钢铁厂有些关系。"柴子说："那你想吧。"谷老师想了好半天，县里做事的人谷老师多少也认得几个，但是一个一个排下来，越排越觉得生分，平时从来也不来往，至多见了面点个头的交情，找这些人谷老师真是开不了口，后来还是柴子想到一个人，柴子说："你找江老师不行吗？"谷老师说："哪个江老师？"柴子说："咦，原来你们小学里的江老师，我小学时候教过我的课，写写剧本的，好像是调到县文化馆工作的。"谷老师一拍脑袋，说："看我这人，怎么把老江给忘了。"柴子说："他有没有办法？"谷老师说："对，就找老江，既然是在县里做事，总能想点办法的。"柴子说："不过文化馆那样的单位恐怕也是不行。"谷老师说："先不管他文化馆还是别的什么馆，找到他再说。"

谷老师准备些礼物，到县文化馆去看老江，老江正要出门，看到谷老师来，很开心，连忙把谷老师让进来坐，回头对一个同事说："我今天不去了，有客人。"谷老师觉得影响了老江的工作不大好，连忙站起来，说："老江，你忙你的去。"老江说："你坐你坐。"出去了一下，很快又回转来，别的人都走了，老江泡了茶给谷老师，说："好长时间不见，今天怎么有空？"谷老师说："老江你有事情你做你的事情。"老江笑，说："我正想找个借口不去，你来得正好。"谷老师说："做什么去？"老江叹口气，说："你想想，叫我们这些人都下海去，每天都不要我们上班，叫我们出去找生意做。"谷老师笑，说："有这事？"老江说："我骗你做什么。"谷老师说："做什么生意？"老江说："什么生意，只要是能赚钱的，什么生意都行，搞点物资什么的。"谷老师说："叫你们做这些？"老江说："就是，我这人谷老师你也不是不知道，我只能趴在桌子上写写字，别的真是不行的。"谷老师说："我知道你。"老江说："现在弄得自己也不知道自己怎么回事情，剧本也不要我们编，字也不要我们写。"听老江这样说了，谷老师苦笑了一下。老江说："谷老师找我什么事情？"谷老师说："本来是想找你帮帮忙的，看你这情况，你也是不行，就不说了吧。"老江说："既然大老远地来了，说说也好，看有没有希望。"谷老师说："想看看你认不认得钢铁厂的什么人，想弄点废钢什么的。"老江朝谷老师一笑，说："怎么，谷老师你也出动了？"谷老师说："我不是，我是——"老江说："这也不是什么不好的事情，现在动员大家下海，下海光荣呢。"谷老师说："我不是，我真的不是。"于是就把事情说了。老江听了，说："原来。"谷老师："所以就来看看你，有没有熟人在钢铁厂。"老江想了半天，自言自语地说："钢铁厂，钢铁厂，谁呀。"谷老师说："要是没有认得的，就算了，我也是试试，不行就算，也不是一定要的。"老江说："我再想想。"于是很认真地想。谷老师坐在一边喝水，后来老江说："看起来我们文化人也只有我文化人这一头的，钢铁厂也有几个动动笔头子的，我认得小张，也是喜欢写写东西的，找他去。"谷老师说："他在厂里做什么事？"老江又想了想，说："不太清楚，好像是行政上的工作，不是办公室就是宣传口子。"谷老师说："有没有权？"老江说："权就很难说了，反正去看了再说。"谷老师说："现在就去？"老江看看谷老师带来的东西，说："你这些东西，也不要给我，带给小张去。"谷老师说："那怎么行，这是给你的，给小张的我出去再买。"两个人一起出来，到店里给小张买了些礼品，就往钢铁厂去。

　　老江和谷老师被拦在门口，问看谁，老江说是看小张，门卫说，厂里姓张的人几十个，叫张什么，老江想了半天，不记得小张叫张什么，门卫说："哪有你们这样看人的，连人家的名字也说不出，还看人。"老江连忙说："我们因为平时不怎么来往，所以只知道姓，不知道名。"门卫看了老江一眼，又看看谷老师，说："既然平时不怎么来往，找到厂里来做什么？"谷老师说："师傅帮帮忙，有点急事。"门卫说："你们找的这个小张，在哪个部门？"老江说："在厂办。"门卫说："又瞎说，厂办没有姓张的。"老江说："那是在宣传部。"门卫笑起来，说："还宣传部呢，我们叫宣传科。"老江说："是宣传科。"门卫往里边打个电话去问宣传科的小张，小张接了电话，门卫对老江说："小张来了，你自己跟他说。"老江接过话筒，说："是小张？"那边说："你是谁？"老江说："我是县文化馆的老江。"那边停顿了好一会儿，没有声音，老江又说："小张，去年我们一起参加过剧本学习班，你忘了？"小张那边仍然没有声音，老江说："你是不是宣传科的小张？"小张说："是。"老江说："你不记得我了？"那边又没有声音，大概是在想着文化馆的老江是谁。老江说："喂。"那边小张终于说："你可能搞错了，我没有参加过剧本学习班，我不写东西的。"说完就挂了电话，老江一脸的尴尬，回头对门卫说："搞错了，不是宣传科的。"门卫说："那你到哪里找小张？"老江朝谷老师看看，谷老师说："不行就算了。"老江说："怎么会，怎么会，我记得是有小张的，我怎么会搞错。"门卫看他们两个失望的样子，倒有些同情，说："你说说你认得的小张是哪样一个人，我帮你一起想想。"老江想了想，说："个子不高的，戴一副眼镜——"才说了两句，门卫就知道了，说："是小张，张平。"老江说："是，是张平。"门卫说："是总务科的。"老江说："是，是总务科。"门卫在一堆刚送来的信件中拿出几件给老江看，说："这是他的，是张平吧。"老江和谷老师看那些信件，多半是什么编辑部发出来的，老江说："是他，肯定是他。"门卫也很开心，又帮着打电话进去。小张一听是老江来了，说："我马上出来。"门卫放下电话，说："他马上上来。"老江和谷老师都松了口气，谢过门卫，谷老师连忙再给门卫派烟，门卫说："你们找小张，有急事？"老江朝谷老师看看，谷老师说："也不是什么急事，想看看能不能解决一点废钢料。"门卫说："什么？"谷老师又说了一遍，门卫笑起来，说："小张哪有什么料给你们。"谷老师心里一紧，说："很难？"门卫说："何止很难，根本就不可能。"老江和谷老师都张着嘴等门卫的下文，门卫说："现在钢铁是什么，是宝呀，我们厂的钢料全是厂长批的。"谷老师说："我们只想要点废料，下脚料。"门卫说："我知道。"谷老师小心地看着门卫，又问："你说不可能？"门卫说："供销科一年也只有很少一点的权限，除非你认得厂长。"谷老师叹了口气，回头看看老江，老江正要说什么，就见小张过来，和老江握过手，老江介绍了谷老师，也和谷老师握过手，就要往里请，谷老师看看老江，看看门卫，说："既然没有可能，就不进去了。"小张说："怎么回事？"老江就把事情说了，门卫说："小张，我说的是不是？"小张说："是。"谷老师说："真不好意思，我们一点也不懂，跑来麻烦你。"小张说："这算什么。"谷老师说："那就走了。"说着把一些礼品交给小张，小张没有接那些东西，只是说："进去坐坐。"老江说："是，既然来了，进去坐坐，我也有时间没和小张说说话了。"谷老师说："好。"一行人就进厂去，到里面一看，厂果然是大。绕了几个圈子才到了总务科，办公室很宽敞，小张那一间是两人合用的，对桌是个女的，不过才二十来岁样子。小张进去对她说："小林，相帮泡两杯茶。"小林应声去泡茶，小张对老江和谷老师说："刚分来的大学生。"小林泡了茶端过来，谷老师起身说："谢谢。"小林一笑，在对面坐下来，拿一张报纸看，也不管小张他们说些什么。老江先是和小张一起回忆去年剧本学习班的情形，说得很开心，后来又和小张说了这一年来各自的创作情况，谷老师听出他们有一个共同的感叹，就是难定下心来写东西，谷老师不由叹口气。小张听谷老师叹气，连忙说："谷老师喝水。"谷老师喝了水，老江把谷老师的事情前前后后都跟小张说了，小张听了半天没有说话，老江说："很难是不是？"小张点点头。谷老师说："难就算了，我也是试试的，不行就算，我也不一定要。"小张说："真是不好意思，叫你们白跑一次，我也实在是没有办法，要有点办法，我总应该尽力的。"谷老师说："我们知道，我们知道。"这时候小林"嘻"了一声，小张说："你笑什么，小林。"小林说："你找许科问问，听说他手里也有了些机动。"小张说："许科怎么会有，你听谁说的？"小林又一笑，说："你管我听谁说的，你问问是不是。"小张对老江和谷老师说："你们稍等一会儿，我去去就来。"就出去了，谷老师看着小林，很感激她，小林笑着说："你们大概也是第一次出来办这种事情。"谷老师说："那是。"老江说："谷老师在乡下的小学教书，很少出来的。"小林说："以后多跑就懂。"谷老师说："是。"说着小张进来，对小林说："你听谁说的，许科不承认，要来找你对证。"小林只是笑，说："不承认我也没有办法。"小张看看谷老师，说："不过，许科也算够朋友，给杨科挂了电话，叫我去找杨科试试。"小林说："你听他。"小张说："当面挂电话的。"小林说："那你找杨科去。"小张说："那是。"于是领了老江、谷老师一路来到供销科，见了杨科，谷老师给杨科递烟，杨科接了，看看谷老师，问："是你要下脚料？"谷老师心中一喜，连忙点头。杨科说："什么价能吃下？"谷老师一愣，老江说："杨科问你什么价能吃下。"谷老师说："我，我，什么价。"杨科回头朝小张一笑，没有说什么。小张说："谷老师，你不懂？"谷老师很难为情地点点头，小张笑起来，对杨科说："也有这样的人。"杨科也笑，谷老师说："我只知道他们要废钢，没有说什么价。"杨科说："我知道，乡下现在小轧钢厂多得很，烂污拆足的。"谷老师说："我们那厂是正规的。"杨科说："轧出来的钢材有几成合格？害人。"说得谷老师很尴尬，小张说："谷老师我们不是说的你。"

谷老师说："那是。"杨科说："这样吧，你要的东西，现在我们也拿不出来，我记着你的事情就是，反正小张也在这里，许科也打过招呼，你过些时再来看看，有的话就给你。"谷老师说："真是打扰。"杨科对小张说："这样行吧？"小张笑，说："杨科会办事谁不知道。"杨科说："你也知道我的难。"小张说："那是。"回头对老江说："江老师，只能这样了。"老江说："那就这样吧。"谢过杨科，一行人出来，谷老师问小张："要不要给杨科送点东西？"小张说："不必。"谷老师说："怎么？"老江说："像杨科这样的人，什么东西他没有，你根本送也送不上。"谷老师说："那很不好意思的，下次我再来，再找他怎么好意思呢。"小张看了老江一眼，老江也明白，他们一起笑，老江说："谷老师，你下次还来呀？"谷老师说："杨科叫我过些时来看看。"小张和老江又笑，谷老师从他们的笑中看出了意思来，说："是不是没有希望？"小张说："是。"老江说："谷老师，也算我没有本事，对不起你。"谷老师说："你怎么说得上这话，我来给你们添这么多麻烦，已经很对不起你们，怎么话反过来说呢。"老江说："可事情没有办成呀。"谷老师说："那倒没什么，我本来就是试试，也不一定要的。"小张说："你跟我到办公室，把那些东西带上，你要找别人就带去。"谷老师说："你怎么说得出，我怎么会。"老江说："小张这你就不要客气了。"小张说："无功不受禄。"谷老师说："这一点点东西算什么禄了，说出去笑话人。"小张就和他们在路边分了手。小张往总务科去，老江和谷老师往大门口过来。门卫看到他们，说："怎么样？"谷老师给门卫派烟，说："你们厂的人真是很客气。"门卫说："那是，和气生财。"谷老师说："谢谢你。"和老江一起出来，老江说："到我那儿吃便饭。"谷老师说："不了，得赶回去，下午还有课。"老江说:"那我也不留你。"到路口又分了手,剩下谷老师一人站在十字路口,心里竟有些茫然,想往车站去,一时竟辨不清方向,经路人指点,才找到了车站,买了返回的票,在候车室的长椅子上坐下,长长地出了一口气。

谷老师从县里回来,也没有和柴子多说什么,柴子也没有问什么,下一日谷老师去学校时,迎面碰到周壮过来,谷老师和周壮打个招呼,说:"你怎么走到这里?"周壮说:"我有事情路过,正好和你遇上。"谷老师说:"巧,平时也难得见你。"周壮和谷老师交叉走过,突然又回头喊了一声"谷老师",谷老师停下脚步,回头看看周壮,说:"什么?"他看周壮好像有些不好意思,有什么话不好开口似的,于是说:"你有话你说就是。"周壮犹豫了一下,说:"是不是谷老师想弄一套煤气?"谷老师一愣,说:"谁说的?"周壮说:"小弟说。"谷老师说:"没有,我不要煤气。"周壮说:"那是小弟瞎说。"谷老师想说什么,却不好张口,摇了摇头,周壮说:"我走了。"谷老师和周壮各自朝自己的方向走远去。

快到收春花时,梅子来了,事先也没有说好,突然就看到梅子站到门口,柴子喜出望外,谷老师也很开心,连忙叫梅子进屋,说:"你怎么来了?"梅子说:"要收春花了,家里叫我过来看看有没有事情要我做做的,洗洗被子什么。"谷老师说:"真是,难为你们。"柴子兴奋地在一边转来转去,不知做什么好。谷老师说:"梅子来,你买点肉去。"柴子就去买肉,谷老师让梅子歇着,梅子说:"不歇了,把要洗的拿出来我洗,今天太阳好。"谷老师说:"不用你洗,这么多年都是我们自己弄的。"梅子一笑,说:"以后我总是要洗的。"谷老师没有话说,和梅子一起把床上的脏被子拆了,由梅子去洗,谷老师要帮一把手，梅子不要，让他歇着，谷老师看着梅子一双很粗糙的手在水里浸泡着，谷老师心里有很多的感慨，梅子利索地洗了被子，柴子买了肉回来，谷老师到灶屋去烧火，梅子跟了去，说："我来吧。"谷老师说："烧火我来。"梅子就坐在一边帮谷老师打草把子，柴子过来说："梅子你真是做不够呀。"梅子笑，说："坐着也是闲着。"柴子也坐下来，柴子说："我爸正在想办法弄煤气。"梅子点点头，说："上次你告诉我的。"柴子说："很不好弄。"梅子说："那是。"谷老师把自己三番几次出去弄煤气的事情跟梅子说了，梅子听了，沉默了一会儿，后来梅子说："真是很难，就不弄了吧，这许多年我们也都是烧的柴草，也一样。"谷老师看看柴子，说："柴子对你的一片心。"梅子脸红了一下，说："我知道，不过，我烧柴火也很好，习惯了，没什么不方便。"柴子说："烧煤气到底不一样。"谷老师看着梅子的手，说："你也是苦孩子，能有条件，我们一定要争取的。"梅子说："你们对我好。"正说着，锅里已经飘出肉香，这时候米子回来了，跨进门就说："哟，我的好口福，有肉。"梅子笑，谷老师说："你怎么回来了？"米子说："回来拿东西。"谷老师问什么东西，米子说："油票和煤票。"谷老师说："叫你不要去住校，住几天的校，还要交什么票，家里哪来的油票、煤票，我又不是公办教师。"米子说："有你这样的家长，你去看看人家的家长怎么支持子女考大学。"谷老师说："我还不支持你呀，家里什么事情也烦不着你，小姐似的。"米子说："我还小姐呀，你不去看看那镇上的同学，她们才小姐呢。"谷老师说："你跟她们比。"米子说："我不跟她们比，我跟谁比？"谷老师说："你嘴凶，你要油票、煤票，哪里来？"米子笑起来，说："我就料到你会说这样的话，告诉你，已经有人替我交了。"谷老师问："谁？"米子脸上有些异样，说："同学。"谷老师说："镇上的？"米子说："是。"谷老师想了想，说："女同学？"米子愣了一愣，说："你管他女同学还是男同学。"谷老师张了张嘴，不知说什么好，梅子和柴子在一边笑着看米子，柴子说："真是好人。"米子说："那当然。"谷老师说："既然交了，你还回来做什么？"米子说："回来吃肉呀。"大家一起笑了一回，米子说："你好意思说的，人家送了我油票、煤票，我不见得白拿人家，我回来弄些油给他们家。"谷老师说："那还要弄些稻柴呢。"米子笑，说："稻柴就不必了，替你省着点吧。"谷老师说："那是，不省着点还真不够用。"米子说："不够用就烧煤气，你不是在四处奔波弄煤气么。"谷老师说："那是。"米子对梅子说："我爸现在能干起来了。"梅子只是笑，柴子说："米子你这张嘴，再念几年书更了不得了。"米子说："那是。"他们一起吃过饭，柴子送梅子回去，临走时，谷老师把柴子拉到一边，给了柴子一些钱，说："绕到街上给梅子买些擦手的东西。"柴子说："钱我有。"谷老师说："你拿着。"后来梅子走过来，叫了一声谷老师，说："煤气的事情，真的，不一定。我烧稻柴已经习惯了，很好的。"谷老师朝她看看，没有说话，他心里想，你越是这样说，我越是要想办法弄到。柴子送梅子走后，谷老师也送米子去学校，提着一大壶菜油，又带了些芝麻什么的。米子一路上很开心，脸上放着红光，谷老师说："放忙假也不回了？"米子说："哪还有时间，这几天紧张得要命。"谷老师叹了口气，说："好吧。"

　　送了米子回来，谷老师刚坐下点了一根烟，月泉突然领着小秀过来，谷老师说："月泉你怎么？"月泉说："月香出了点事情。"谷老师心里一急，说："什么事？"月泉告诉谷老师月香在轧机上被钢条烫了，伤得很重，送了医院，他来主要是想拜托谷老师照看一下小秀，谷老师看小秀，小秀哭着站在门前，谷老师说："小秀你过来。"小秀走进来，说："我一个人在家，天黑了害怕。"谷老师拉住小秀，说："走，到医院看看你妈。"月泉说："天都黑了，明天再说吧。"谷老师说："不行，我不看一下，不放心的。"月泉说："那就去。"他们一起往镇医院去，月香看到他们，说："唉，我真是的，老是给别人添麻烦。"谷老师说："你怎么说这样的话，伤怎么样？"月香说："还好，躺几天就好了。"谷老师说："你怎么搞的，怎么会？"月香摇了摇头，谷老师回头看看月泉，说："月泉我跟你说过，月香身体不好，不能在轧机上做。"月泉不说话，月香说："怪我自己不好，不小心。"谷老师还要和月泉说什么，月泉看了一下表，说："谷老师你待一会儿，我先走，还有些事情。"月泉走后，谷老师对月香说："你安心就是，小秀我会照管的。"月香说："交给你，我放心的。"谷老师说："是。"月香说："本来明天放假收菜籽了，想不到——"谷老师说："你不要多想别的，先养好伤。"月香说："菜籽的事情已经和月泉说了，他叫人帮我收，可是有一件事情我还是要拜托谷老师。"谷老师说："你说。"月香说："菜花柴。"谷老师说："怎么？"月香说："帮我把菜花柴也收起来。"谷老师说："好。"

几天以后，田里的油菜籽都收起来，谷老师到月香田里帮她收菜花柴，他看着四周的田里，大家都把菜花柴留在田里，谁也不再稀罕菜花柴，有人点了火，把菜花柴烧了，燃成灰烬沤在田里，谷老师看着那一缕缕的灰烟从田野上升起来，心里真是有很多感慨，正想着，突然觉得手上一阵刺痛，低头一看，坚硬的菜花柴把他的手扎破了，流出殷红的血。

三

高考揭榜后，米子就哭着回来了，说："只差三分。"谷老师和柴子都不敢说话，米子愈发哭得厉害，说："你们心里根本没有我。"谷老师小心地说："怎么会，你考不上我们也一样难受。"米子说："假话，你们心里只有别的女人。"她朝柴子看，说："你是梅子。"又朝谷老师看，说："你是月香。"谷老师说："米子你瞎说什么。"米子说："我说到你们心里去了。"谷老师说："你冷静一点。"米子说："你们要是关心我，就让我去念自费生。"谷老师和柴子都不作声，自费生要交上万块钱的学费，谷老师这样一个家承担不起，谷老师说："米子你说话要多考虑考虑，我们这个家怎么可能？"米子说："我知道，柴子要结婚，我问你们，结婚重要还是上大学重要？"谷老师说："你说呢？"米子张了张嘴，没有说出话来，柴子说："其实我结婚的钱还不知在哪里呢。"米子说："那是，你结婚条件高呀，还要煤气呢。"柴子说："米子你不能这样说话，你看看梅子的手。"米子说："我才不要看别人的手。"柴子生气地走开，米子就跟谷老师缠，这样一直缠了好些日子，米子也觉得没有什么好闹出来的，渐渐地心也死了，也不再想大学的事情，有不曾考上的同学也常来玩玩，情绪好多了，谷老师给她联系了一家新开的乡办玩具厂，正等着开张，这些日子米子就在家帮谷老师做些事情，也晓得烧烧饭洗洗衣服，谷老师想女孩子就是这么开始懂事的呀，心里踏实了许多。

不知米子烧火做饭也只开始几天的新鲜，时间一长，就不耐烦，怨言颇多，嫌烧稻柴麻烦，一日到草垛子上去拔稻柴，把一大堆的稻柴都翻下来，压在头上，弄了一头一身的稻草，进来就对谷老师生气，说："怎么堆的草垛子，都要倒了。"谷老师说："你不会抽柴，要顺着个儿抽，才不会乱。"米子说："我是不会，我也不想会，烧柴烧柴，烦死人。"谷老师："我们这么多年烧下来，也没有说一声麻烦，你做几天就烦？"米子说："我等着煤气呢，你不是说弄煤气么，怎么弄到现在连影子也没有？"谷老师说："我没有本事。"米子说："没有本事还到处宣扬，弄得外面都知道我们家弄煤气。"谷老师说："他们要说，我也没有办法。"米子说："我真是不信，煤气就这么难弄？"谷老师说："你试试。"米子说："我才不高兴，反正以后也不是我做饭，管我什么事，让柴子心疼才好。"谷老师说："你怎么这样。"米子说："我本来就是这样。"正说着，门口有人喊："有稻柴卖啦。"谷老师抬头看，果然又是一个外地民工上门收购稻柴，谷老师想起那个姓刘的民工，他的亡灵不知有没有归回故里，谷老师想起他说过的等谷老师用上了煤气，他就来收谷老师的稻柴，到现在谷老师连煤气的边还没有沾上，那一个生命却已经离去，谷老师想人生真是没有话说，叹了一口气，对门口的民工说："你找别家去吧，我们自己要烧稻柴。"民工说："匀一点给我们行不行，我们没有烧的了，要吃生米。"谷老师说："我们自己不够。"民工指指门前的草垛子，说："马上秋收了，你们家的草垛子还这么大，够烧的了。"谷老师说："够烧也不能给你，别的东西能匀，稻柴是不能匀的，你也是乡下出身的，你应该知道这道理，你上烧煤气的人家去。"民工说："烧煤气的人家去年都已经卖完了，哪里还留到现在，现在只有找你们这样的人家了，少卖一点也行呀。"谷老师还要说什么，米子嫌烦，说："你要拿就拿一些去，少烦。"民工喜出望外，就去草垛子上拔了两捆柴，扎好，回过来要给钱，谷老师说："拿也拿了，钱也不要你的，以后不能再拿。"民工千恩万谢，挑着稻柴走了，米子说："没有柴烧，也是要命。"谷老师说："你才知道。"米子说："怎么叫我才知道，我本来就知道的。"谷老师说："当家方知柴米贵。"米子说："我又不当家，我要是当家，早把煤气弄回来。"谷老师说："你本事大。"米子笑，说："大也不大，可能比你好一些。"谷老师也笑了。

到吃晚饭的时候，不见柴子回来，谷老师说："怎么搞的，柴子本来是最守时的，这一阵天天迟回。"米子说："说不定到梅子那边去了。"谷老师说："不会。"米子说："要你急什么，他又不是小孩子。"谷老师说："那是，我们先吃。"吃过饭又等了好些时，柴子才回来，问怎么回事，说厂里加班，谷老师也没再说什么，重新热了饭菜让柴子吃，看柴子很疲劳的样子，说："这一阵活紧？"柴子说："什么？"谷老师说："你不是加班么？"柴子说："是。"闷头吃饭，好像懒得说话，谷老师盯着柴子看了一会儿，心里总有些怀疑，觉得柴子有什么事情瞒着他，不过柴子不说，谷老师也不能一定要他说。过了一天，到下晚柴子又迟回，谷老师过去看看，到厂里一问，才知道根本没有加班的事情。谷老师问厂里人知道不知道柴子到哪里去了，厂里人说，下了班好像往镇上去的，这几天天天如此，谷老师就往镇上去，天色已暗，谷老师在镇上转了一圈，不知道柴子在哪里，没有目标地乱走走。镇子很小，谷老师走了一会儿，就看到柴子，正在一家造新房子的人家帮忙，谷老师远远地站着看了一会儿，想了想，还是没有上前，自己先回去，等柴子回来，谷老师问："又加班了？"柴子说："是。"谷老师说："我到你厂里去了，没有加

班的事情。"柴子抬眼看了一下父亲，说："我在镇上有点事。"谷老
师说："什么事？"柴子愣一愣，说："帮一个朋友弄房子。"谷老师
说："你倒热心，自己的事情不管，倒去帮别人。"柴子说："朋友的
事情也不能不帮呀。"谷老师说："那是，不过，白天上班，晚上帮
人，吃得消？"柴子说："这有什么。"谷老师说："你觉得没有什么，
你做就是。"柴子说："是。"谷老师说："明天八月十四，说好到梅子
那边去，你早些回来。"柴子说："好。"

到了下一日，谷老师等柴子回来一起到梅子那边去，等天老晚
也不见柴子回来。谷老师跟米子说，等柴子回来叫他直接过去，就
先走了。到了梅子家，老孙又不在，只梅子带着弟、妹在吃晚饭，
看谷老师一个人过来，梅子说："谷老师过来了。"谷老师说："柴子
有些事情走不开，一会儿就到。"梅子说："也没有什么事情，他忙
他的就是。"谷老师说："哪能呢。"过去看梅子母亲，仍旧躺在床
上，病歪歪的，还是那样子，谷老师把月饼什么送上去，梅子母亲
说："难为你。"谷老师说："这有什么，应该的。"梅子母亲说："他也
知道你要来，说一会儿就回的，恐怕这时候又上了手，下不来。"梅
子的妹妹珠子说："我去喊。"一下就喊了来。老孙见了谷老师，很高
兴，拿出酒来和谷老师对饮，谷老师和老孙说说闲话，后来就说到
春节柴子和梅子的婚事，谷老师说："还有些钱，过日叫柴子送来。"
老孙说："那是，也要办起嫁妆来了。"梅子母亲说："谷老师，你叫
柴子把钱直接交给梅子就是。"老孙回头看看她，说："你这什么意
思，不能交给我？"梅子母亲说："是不能。"老孙喝了一口酒，对
谷老师说："你看看我，没有地位呀。"谷老师笑，说："哪能呢。"又
喝了一会儿酒，老孙突然说："谷老师，听说你们在到处弄煤气是不

是？"谷老师说："弄是在弄，不过很难。"老孙说："哎呀，你不早说，早说我就叫你不要花这许多精力钱财。"谷老师看着老孙，老孙说："弄那东西做什么？"谷老师说："烧饭省力得多。"老孙说："要好多钱吧。"谷老师点点头，老孙说："不值，有那些钱，还不如——"梅子母亲说："不如怎么，不如给你去赌。"老孙一笑，说："你说得出，我是说这钱花在这上面，实在也不值，烧稻柴不是一样烧。"谷老师叹口气，说："也怪我没有本事，弄了大半年，也没见到个影子。"老孙看谷老师难过起来，连忙说："不说，不说，喝酒喝酒。"于是又一起喝酒。梅子一直在等着柴子，可是一直等到很晚柴子也没有来，梅子有些着急，谷老师说："你不用急，这几天柴子在镇上帮一个朋友弄房子，可能来不及赶过来，过日叫他再来就是。"梅子说："也没有什么事情，不来也行。"后亲送了谷老师出来，梅子犹犹豫豫吞吞吐吐想说什么，谷老师说："你说就是。"梅子说："嫁妆可能没有什么。"谷老师说："钱给你爸用了？"梅子说："是。"谷老师说："那也没有办法。"梅子说："我真是。"谷老师说："有彩电没有？"梅子摇头。谷老师说："有沙发没有？"梅子摇头。谷老师说："有些什么？"梅子说："有八条被子，一条毯子。"谷老师说："也行了。"梅子说："我爸这样，我没有办法。"谷老师说："不能怨你，柴子也知道的。"梅子送谷老师到村口，谷老师说："黑灯瞎火的，你回吧。"梅子说："你走好了。"站在村口看着谷老师走远去，谷老师回头对梅子挥挥手。梅子没有看清，天已很黑很黑。

谷老师摸黑回到家，柴子还没有回来，米子已经上床睡了，桌上放着些月饼，谷老师去叫醒米子，问是谁送来的，米子说是月香送过来的，谷老师又问柴子怎么还没有回来，米子说："我怎么知道。"说着又睡去。谷老师回出来，看看那两盒月饼，想了想，就上月香家去。因为喝了些酒，天色又晚，谷老师只觉得脚下有些飘，幸好月光很亮，谷老师踏着月色，走到月香家。小秀已经睡下，月香正在做着针线，看到谷老师来，月香说："你到老孙家去过了？"谷老师说："去过了。"月香说："还好吧。"谷老师说："也没有什么好不好的，他们家也就那样子了，也不指望能有什么。"月香说："听说老孙赌。"谷老师说："是。"月香说："怎么办？"谷老师说："有什么办法，梅子说嫁妆也没有什么像样的东西，钱全叫老孙赌了。"月香说："那怎么行？"谷老师说："有几条被子，也算了。"月香说："柴子知道不？"谷老师说："哪能不知道。"月香叹口气，说："柴子真是个好孩子。"谷老师说："其实梅子也是很好的，只是她那个家。"月香说："娶过来就好，反正柴子和梅子过，又不和她爸过。"谷老师说："那倒是。"停了一会儿，问："你身体还好吧，也有日子没过来看看你了。"月香说："好的。"谷老师说："怎么叫你送月饼给我们吃，我还没有送给你吃。"月香说："老是麻烦你的。"谷老师说："这有什么。"月香笑了一下，说："你总是这样。"谷老师也笑了一下，突然觉得有些不好意思，一时没有话说。月香也不说话，这样冷了一会儿场，谷老师有点心慌，想找些话来说说，又不知说什么好，就站起来说要走。月香说："坐坐就是。"谷老师又坐下，问："对了，你厂里怎么样？"月香说："最近好起来。"谷老师说："我是说你在轧机上做行不行？"月香说："也快一年做下来了，累虽是累一些，也习惯了。"谷老师说："你瘦了，吃得下饭吗？"月香说："吃得下。"谷老师说："吃得下就好。"月香说："那是。"谷老师说："我又跟月泉说了，叫他让你下轧机，他怎么？"月香说："他也难。"谷老师说:"这也难那也难,干脆换个厂做,怎么样?"月香说:"那是更难。"谷老师说:"想想办法。"月香:"也不用了,听巧珍说她做到年也不想在厂里做了,月泉说巧珍走就换我去食堂。"谷老师说:"那是好,要是她不走呢?"月香说:"不走再说了。"谷老师"你要有什么事情,我能帮上忙的,你跟我说就是。"月香看了谷老师一眼,笑。谷老师说:"你是笑我没有本事?"月香不说话,只是笑,谷老师低头,说:"我是没有本事,弄个煤气,弄了大半年,连影子也不见。"月香说:"那也不是你的事情。"谷老师说:"总之是我不行。"月香说:"我听人说周壮有办法的,你不去问问他。"谷老师说:"他倒是来问过我,我不想周壮帮我的忙。"月香看看谷老师说:"你还是那样。"谷老师说:"也没有办法。"月香又笑,说:"是没有办法。"谷老师很晚踏着月光回家,一路想着月香的笑,心里暖暖的。回到家,看柴子也回了,问怎么这么晚才回,柴子很激动,说:"爸,有了。"谷老师不明白柴子说的什么,说:"什么有了?"柴子眼睛里放着光,说:"煤气。"谷老师说:"怎么,你弄到煤气了?"柴子说:"是。"谷老师也激动起来,说:"在哪儿?"柴子说:"已经说好了价,明天就可以去取回来。"谷老师说:"你哪来的钱?"柴子说:"你别问了。"谷老师又说:"要好多钱?多少?"柴子说:"你别问。"谷老师想了想,说:"原来你这些日子是在忙这个呀。"柴子没有说是也没有说不是,谷老师看柴子又黑又瘦的样子,不由有些心酸,说:"我不行。"柴子说:"谁弄还不是一样。"谷老师说:"你空下来看看梅子去,今天你没去,梅子不开心。"柴子说:"我知道,我明天就去。"谷老师说:"你说明天要去取煤气。"柴子说:"我去约了梅子一起去。"谷老师说:"也好。"过了一会儿又说:"梅子要是跟你说嫁妆的事情，你随她说去。"柴子说："什么？"谷老师把梅子的话说了一遍，柴子说："剩下的钱不如我给她买东西送过去。"谷老师说："我也这样想，就怕老孙不高兴。"柴子说："怎么有这样的父亲。"谷老师摇了摇头，没有说话。

第二天下晚柴子一个人回来，且空着手，谷老师说："人呢？"柴子说："回家去了。"谷老师说："东西呢？"柴子没有回答，谷老师这才注意到柴子脸色苍白。谷老师说："怎么回事？"柴子说："没有了。"谷老师说："什么没有了？"柴子说："煤气。"谷老师说："不是说好了的？"柴子说："又涨了。"谷老师说："涨了多少？"柴子说："三倍。"谷老师怀疑地看看柴子，说："怎么会，一下子涨三倍？"柴子说："我骗你做什么，说是到年底还要涨，现在大家看好煤气，所以就拼命涨。"谷老师长长地叹息一声，说："也许我们命中不该有。"柴子说："也许。"

忙秋收的时候，柴子一点精神也没有，做了两天就病了一场。谷老师知道他的心病，说："有些事强求也是不得的，只有想开点。"柴子说："人家都说周壮有办法，你为什么不找周壮帮帮忙？"谷老师说："我不找他。"柴子说："周壮在路上碰到我，还问起我煤气的事情，很真诚的，一点不摆架子。"谷老师说："他摆架子也好，不摆架子也好，我反正不找他。"柴子说："到底为什么？"谷老师说："也不为什么，我就是不想找他。"柴子说："有你这样的人，不就是为了二十年前一担稻柴，也不至于要僵到今天呀。"谷老师说："我不是为从前的事情。"柴子说："后来他又得罪过你？"谷老师说："没有。"柴子说："那真是没有什么理由拒绝人家的帮助。"谷老师说："也同样没有什么理由要接受人家的帮助。"柴子叹息一声，说：

"跟你没有话说。"米子在一边听他们说话，最后米子说："你们烦不烦？"

过了两天，米子到镇上去了一回，回来随随意意地说："弄到了。"谷老师说："什么？"米子说："你们不是要煤气么，弄到了。"谷老师说："瞎说什么。"米子拿出一小本子送到谷老师面前，说："你看看，煤气卡。"谷老师不看，柴子拿过去看，说："真的，是煤气卡。"谷老师听了也拿过去看看，说："米子，你哪弄来的？"米子说："你管我哪里弄来的，总不是偷的，这东西想偷也偷不到。"谷老师说："你总要说清楚才敢要呀。"米子只是笑，说："我的一个同学帮忙的。"谷老师说："你什么同学，能有这样大的路子？"米子说："也不是他的本事，是他姨夫的路子，说他姨夫很来事的，第一天我找了他，他就跟他姨夫说了，第二天就弄来了。"谷老师说："他姨夫是谁？"米子说："这我怎么知道，他家里亲戚多得很，我哪能都认得。"谷老师说："听你口气，和你同学很熟的？"米子说："同学哪能不熟。"谷老师说："是不是上次给你油票、煤票的？"米子说："是，怎么样？"谷老师说："男生？"米子说："是，怎么样？"谷老师说："问问，没有怎么样。"米子笑，柴子也笑。谷老师说："你们笑我？"米子和柴子一起说："我们不敢笑你。"

谷老师和柴子一起上街去买煤气灶，花了两百多块钱，挑了一只比较好的，绑扎在自行车后座上，一路骑回来。路上有认得的人见了，知道谷老师弄到了煤气，问是在哪里弄的，谷老师也不说明白，只说想了不少办法，别人也不好追着问。走了一段，迎面看到周壮过来，也骑着自行车，见了谷老师，下车打招呼，说："煤气灶买回来了？"谷老师说："是。"周壮看看那灶，说："是这种的好，贵虽贵一些，货好。"谷老师说："你内行。"周壮说："内行也说不上。"谷老师推着车子要走，周壮说："谷老师，你把那煤卡给我，我进城换气，给你带上。"谷老师说："不要了，我自己有办法。"周壮笑起来，说："还客气什么，帮人帮到底。"谷老师说："你说什么，帮谁？"周壮朝谷老师看看，又朝柴子看看，说："米子没有跟你们说？"谷老师说："说什么？"周壮愣了一下，说："既然米子没有说，那就算了，不说了。"说罢骑上车子远去了。谷老师看看柴子，说："他什么意思？"柴子想了想，说："可能，可能煤气就是他帮忙弄的。"谷老师说："怎么会？"柴子说："我越想越是这么回事。"谷老师回头去追周壮，已经远去，追不上了。回到家，又问米子同学的姨夫是不是周壮，米子说："跟你说我不知道是谁。"谷老师说："你怎么不问问清楚？"米子说："奇怪，人家帮我的忙，我管他是谁，问清楚做什么？"柴子说："倒也是。"米子看谷老师沉着脸，说："怎么，要是周壮给的，你退回去？"谷老师张了张嘴，说不出话来。柴子说："就是，你退回去？"谷老师说："怎么是周壮？"米子说："为什么不会，人家哪像你，小肚鸡肠，几十年前的事耿耿于怀。"谷老师说："我不是为几十年前的事情。"米子和柴子同时说："那你到底为什么？"谷老师摇了摇头，他也不知道自己到底为什么。

　　把煤气罐子拖回来，柴子去把梅子叫来了。点着了火烧起来。果然是好，又快又干净。梅子看了一会儿，说："这一罐子多少钱？"米子刚要说，柴子就接过话头，说："你别管。"梅子说："我怎么不管。"米子说："很贵的，一罐子四十块，还是半官价，要是黑价，还得加。"梅子看看那罐子，说："这一罐子，烧多长时间？"

米子说:"一天做三顿饭,再烧水,大约烧十来天,冬天还烧不到这
么长。"梅子点了点头,没有再说什么。后来柴子送梅子走,回来
时谷老师看柴子情绪有些低落,谷老师说:"梅子跟你说什么?"柴
子说:"她说不烧煤气。"谷老师说:"是嫌贵?"柴子点点头。米子
说:"真是的,人家花了多少力气,她倒说得轻巧。"谷老师说:"梅
子是个能当家的孩子。"柴子说:"她一定叫把煤气退了。"米子说:
"退了?说得出。"谷老师说:"已经弄了,退也不要退了,舍不得
用先放着也行。"米子说:"你说得出,弄了煤气不用,放着当电视
看?"柴子在一边长长地叹一口气,说:"梅子怎么这样。"谷老师
说:"柴子你不要多想,梅子也是为我们这个家着想。"米子说:"可
是人家为她所做的一切努力,她竟然轻飘飘地说退了,我想不通。"
柴子说:"就是。"谷老师说:"梅子是苦惯了的,奢侈不来。"柴子
说:"拿她没有办法。"

忙过秋收,谷子都进了仓,谷老师到月香那边看看。他去的时
候,看到月香正爬得高高的在堆草垛,小秀在下面费力地把一捆捆
的稻柴往上叉。谷老师走过去,接过小秀手里的叉子,月香朝下面
看看,看到谷老师,月香一笑,说:"你来了。"谷老师说:"你爬这
么高。"月香说:"搭高一点,可以多存些。"谷老师说:"那是。"月
香说:"你们今年不用堆草垛了。"谷老师一时没有说话,他把一捆捆
的稻柴叉到高高的草垛上。他想,我今年不堆草垛了吗?那煤气算
是真的用上了吗?梅子的话也不知当真不当真。其实谷老师觉得即
使真的用上煤气,也还是要堆草垛的。他说不出为什么,只是觉得
这么多年来,年年堆草垛子,突然不堆了,心里一定不会踏实的。

帮月香堆好了草垛子,月香说:"你进屋坐坐。"谷老师说:"不

了，我也回去堆草垛子去。"

月香站在自己家高高的草垛子上，看着谷老师慢慢地往家去。

多事之夏

冬过夏至，热天算是真的来了。

一

丁好婆"哇呀哇呀"地跌进门来。嘴里滚来滚去四个字："急煞人了，急煞人了……"

人家讲人老了怕冷不怕热，不过丁好婆年纪一大把，倒比年轻辰光还要怕热。大襟的香云纱褂子背心和胳肢下三块湿团，倒像是眼前顶时髦的隔花镶色衣裳，红的隔绿的，黑的镶白的，小姑娘顶欢喜。

沈家姆妈笑眯眯，递把蒲扇过去。

丁好婆不要蒲扇，憋起吊京戏的喉咙喊："你想想看，你想想看，这个阿毛，少有少见，同他讲过多少次，做生意要规规矩矩……"

沈家姆妈笑眯眯："你怎么晓得他不规矩？"

"假使规矩，人家会去告他？这种腔调，我一眼就看出来不像规矩人，人家急煞，他倒笃定泰山，还笑得出来……"

沈家姆妈笑眯眯，蒲扇拿过来，自己"呱嗒呱嗒"扇起来。

三阿爹的眼睛从老光镜的上沿探出来，白沈家姆妈一眼。

"你想想看，你想想看，这种事体，不是寻开心的，查出来是要加倍罚的……给我哇啦哇啦一通，还不识相，你晓得那个小徒弟小赤佬，还问一句什么话，你猜不着的，现在年纪轻的人，面皮真老，还有面孔问我什么辰光加工资，说人家单位里全加工资，天热多发奖金，你想想看，这种腔调，这种腔调……"

沈家姆妈笑眯眯，拍拍凳子："歇歇，歇歇。"

"不歇了不歇了，急煞人了，不是小事体，偷税漏税，以前是要吃官司的。阿毛做出这种事体来……"

香云纱褂子的三块湿团越来越大。

三阿爹叽叽咕咕："皇帝不急，急煞太监。"

沈家姆妈听见三阿爹嘀咕，还是笑眯眯。她好像天生不会急的，居委会开剃头店，是沈家姆妈先提出来的，剃头师傅金阿毛也是她牵线搭头请来的，沈家姆妈又是太监弄居委会的党支部书记。丁好婆同三阿爹一样，做一个居委副主任，顶多不过抵一个太监。

沈家姆妈仍旧笑眯眯："今年天热得怪，黄梅还没有过，已经热得像大伏了，看你的汗，……呀呀，笨煞了，有电风扇不开，真真……"走过去开开电风扇。

丁好婆对准电风扇摇摇手："等歇扇等歇扇，先商量商量，我老早讲过，开这种兄弟店，不来的，弄不清爽的，当初要是听我的，坚持要王关凤的小儿子做下手，也不至于到今天拆这种烂污。我就看得出，王关凤的小儿子不像娘，蛮规矩也蛮精明……"

沈家姆妈笑眯眯地看牢丁好婆，三阿爹不响，面孔板了。那批天天到居委会来吃茶的老老，自顾自，讲山海经，唱群英会，骂媳妇怨孙子，没有人听丁好婆大喉咙。

一个小姑娘走过来。二十来岁，清清白白，小巧玲珑，穿一件蓝底白花连衣裙，走到丁好婆眼前，开口文绉绉："啥事体急煞人了，我来帮忙吧，我会弄的……"

丁好婆看看小姑娘，面熟陌生。有点不好意思，说起来自己一条街上的人还不认得，算什么街道里弄干部。

三阿爹眼睛一翻一翻，也盯牢小姑娘看，想这个小姑娘倒是少有的文雅，懂规矩的。

沈家姆妈记性好，想起来："呀呀，不是阿四么，对过王关凤的女儿，阿四么……"

丁好婆也叫起来："喔哟哟，喔哟哟，王关凤家的阿四啊，大学生！真真，热昏了，阿四也不认得了，阿四从小是我抱大的……"

阿四抿抿嘴巴笑，有点怕难为情。

"阿四几时回来的？"沈家姆妈问。

"昨天夜里到屋里。"

"咦，大学里不是要到七月十号放假，我的外甥写信来讲的，你怎么提前回来了？"

阿四不响。继续问丁好婆："好婆，有啥事体，我来做，我有空……"

丁好婆总算笑了："阿四这小人良心好的，聪明的，不过，阿四，这桩事体你不好做，你读书人，热天热时，还是歇歇吧，难得放假回来的……"

三阿爹在偷眼看阿四。

阿四面孔上又有点难为情的样子，看看丁好婆，轻声轻气地讲："他叫陈军。"

丁好婆一呆，脑子别不过来："啥人叫陈军？"

沈家姆妈拉了拉丁好婆的衣裳。

阿四更加不好意思，面孔红起来，头低倒了，丁好婆十六岁上花轿也没有怕难为情到这种样子。

"他叫陈军，耳东陈，解放军的军，班级里他人顶长，顶长，一米八十……"

大家一时讲不出话来，又不敢开口，只好互相丢眼风。

王关凤拖了双硬塑料拖鞋"踢哩嗒啦"地过来，两只眼睛瞪瞪丁好婆，盯盯沈家姆妈，像要吃人。

"阿四，回去，跟姆妈回去。"

阿四也不响，乖乖地跟王关凤走，到门口又回过头来难为情兮兮地对大家讲："他叫陈军。"

王关凤拉了阿四的手刚刚出门，丁好婆熬不牢叫起来："花痴！"

"轻点。"沈家姆妈朝门外看看。王关凤一个泼辣强横的角色，弄堂里的人见了她都有点吃软，骂起人来比打翻马桶淘屎坑还要臭。三年前阿四考上大学，二十年来弄堂里第一家出大学生，大家还怨老天不开眼，挑了个泼辣女人。不过想想阿四这个小人一点不像娘，从小规矩，从来不惹人的。怎么想得到读了三年大学读出了个花痴毛病来，一世人生全作掉了，真作孽。丁好婆想想有点难过，王关凤人虽凶，命也是苦的，一个人吃辛吃苦，带大五个小人。老大做装卸工，苦煞。老二一只脚小辰光就坏掉了。老三轧坏道，一天到晚在外头打群架，里面也进去过两次了，自己工资一分也不交屋里，吃白饭。老四有点出息，却又这种样子。还有个阿五头，高中考不取，在屋里等了两年了，原本丁好婆拍胸脯对王关凤讲好让阿五头进剃头店的，不晓得剃头师傅金阿毛，硬要拖自己兄弟做帮手。沈家姆妈迁就他，同意了，弄得丁好婆不好交代王关凤，被王关凤骂得狗血喷头。

丁好婆越想王关凤屋里越觉得可怜，最好立时立刻把金阿毛的兄弟赶掉让阿五进来。一边想一边熬不牢说出来："阿五头从小做惯，阿五头不会偷懒……"

三阿爹叽叽咕咕："前世作孽呀，前世作孽呀，前世作孽呀……"

大家议论了一歇，全有点难过。丁好婆还是急金阿毛拆烂污，弄得不巧加倍罚款，真家伙的事体，不要弄到来倒贴钞票，真正气煞人。

"白囡那小赤佬到哪里去野白相了，还不来，一早上就叫他到区里去问清爽，弄到这辰光还不来，这个小赤佬呒弄头的！"

三阿爹摘了眼镜揩汗，嘴里叽叽咕咕："我们总归不行，你当是现在的铜钿好赚的？我老早讲过的，烦不清爽的，靠这几个老太婆，弄不清爽的。"

沈家姆妈笑眯眯地听。丁好婆还是翻来翻去四个字："这种腔调，这种腔调……当初讲得蛮好，横保证竖保证，结果这种样子，害人害煞，拆这种烂污，去讲讲他们，弟兄两个哄上来，像要骂山门。"

电风扇的风吹出来不风凉，丁好婆的三块湿团继续扩大。沈家姆妈倒是一副风凉适意的样子。

三阿爹继续叽叽咕咕，白囡讲他是"老年哆嗦症"，倒是有点道理的。"我老早讲过，我老早讲过，不要去寻，不要去寻，没有好事体的，你看看，苦头吃足，几头不讨好，狗起劲。"

丁好婆不开心了："啥叫狗起劲，大家不去弄，大家白相，居委会哪里来钞票？穷煞了，没有钞票活动也不好开，上次嗻，讲好象棋比赛得名次的要发奖品，还欠在那里，面孔上摆不落的，还有嗻，上次请人家来唱越剧，不要票子的？嗻，宣传专栏又长远不换了……真是，老早可不是这样的，不用钞票照样办好事体，现在全变了……"

三阿爹翻翻眼睛："起劲起劲，一条老命苦掉也没有人说声好的……噢，我忘性大，你家媳妇小姐早上特为绕过来关照，今朝学堂里学生考试，她做监考先生，中午来不及回来烧饭，叫你早点回去烧。"

丁好婆呛了一口风，咳咳咳咳。

沈家姆妈问丁好婆："你先生呢？"

"他胃口好，到青岛避暑去了，大女儿写信来的，叫我们一道去，我怎么甩得落屋里，儿子办公忙煞，女人么，我看也不要看，做起事体来翘只兰花指头，不入眼的，宝贝孙子最好，油锅子着火也不肯端一端的，一日到夜吹牛皮……"

沈家姆妈笑笑："屋里甩不落，倒是小事体，居委会甩不落是真的，啥人不晓得你丁好婆好人一个，帮大家做事体顶起劲，哪次评先进选模范不是你丁好婆。"

丁好婆也笑了："我是不要啥先进，我是看了有种人家实在作孽，不帮个忙罪过的，前两日天落雨嗒，二十号阿龙屋里漏得小河似的，床上被头全湿光，觉也不好困，早上叫他到房管所去喊人捉漏，又不舍得请假，不舍得几个奖金，只好我去帮他喊人……"

"烦是烦煞人的，"三阿爹火冒兮兮，叽叽咕咕："一早上，你不在，孙家婆媳又吵到居委会来，打也打过了，面孔上全拉开，血淋答滴，不像腔……"

四十八号孙家婆媳也是呒弄头的，天天吵，天天打，派出所去过，法院也去过，解决不开，三日两头盯到丁好婆门上，有辰光吃饭头上，还不许丁好婆吃饭。

"十六号早上又来一批人，像造反的样子，凶得不得了，又偷掉衣服了，关照夜里大门关好，不听，偷掉东西倒要来了，那种腔调，好像居委会是贼窝，好像赃物藏在我们居委会里，真是滑稽。老早不是这样的，现在外头不要面孔的人多，偷掉衣服，顶好叫居委会赔，下趟这种人来，睬也不要去睬他，你越迁就，他就愈发地不上路……"

丁好婆认真地说："也要看事体大小，全不管，要居委会做啥！"

三阿爹不响了，眼睛一开一闭，像是有意见。

白囡总算来了。自行车射箭样的射过来。

墨镜，头发披到肩胛，穿一条西装短裤，露出半爿屁股。丁好婆一看见就不称心。

白囡是街道上的待业青年，居委会临时招来当会计，招聘辰光正正经经考试考来的，只考一门珠算，十几个人当中白囡考得顶好。

人跑来一看，几个老太婆吓一跳，的的刮刮一副小流氓样子，香烟呼呼，嘴巴里不清不爽，全不敢要他。可惜招聘辰光讲好的，招成绩最好的，不可以后悔，只好提心吊胆招进来。三阿爹原来倒是会计师出身，不过年纪大了，眼花目眩，弄不清爽了。白囡来了，正好三阿爹帮帮他。白囡来做会计，主要是管管外发工的账，还有居委会开的一爿代销店，一爿剃头店，叫白囡经常去查查账。白囡事体是不肯多做的，不过，差错倒是没有出过。

白囡走到电风扇门前，叉了腰：“喔哟，不要吵了，不要吵了，七缠八缠，缠得人昏头昏脑……”

“到底怎样？”丁好婆奔过去，急绷绷地问。

白囡冷笑：“怎样，全罚光，赚到的钱，只够买两副跳棋，暑假里办小小班派派用场。”

丁好婆晓得白囡这句话是挖苦她的，不过假使金阿毛真的漏税是要气煞人了，自己奔来奔去忙来忙去，全为一爿店办得好点，结果白起劲。

“热昏了，热昏了，开只西瓜吃吃！买了不吃，摆在那里看呀，摆在那里烂啊，烂了丢到垃圾里，狗也不吃的。”白囡自说自话去捧只西瓜来，钥匙圈上开出一把水果刀，“咔嚓”一刀，西瓜一切两，自己抱半只，钥匙圈上换一把钢叉，吃起来。

沈家姆妈、丁好婆有点肉痛，这几只西瓜早上市，卖三角钱一斤，一只瓜差不多要一块儿。买几只摆在那里是备备的，有辰光上级来检查工作，有辰光同行来交流情况，还有其他客人热天来了，一样没有，塌台的，买几只西瓜方便点。不晓得总共六只，倒给白囡吃掉三只。虽吃到白囡肚皮里是三个半只，还有三个半只，几个老太太分分，不过账还是算在白囡头上的。

三阿爹看看白囡那副吃相，看看另外半只瓜，叽叽咕咕："老早不是这样的，我在棉花行里学生意，热天嘴巴干，一块棒冰也不舍得吃，吊桶井水吃吃，现在小青年，好派头，好福气……"

白囡眼睛一眨，拿另外半只瓜切开，传一块顶大的给三阿爹。"现在的老老们也是好福气……"

"吃吧吃吧。"沈家姆妈笑眯眯，自己也拿一块："开也开了，不吃要坏的。"

丁好婆还有点支支吾吾："其实天还不算大热，屋里也蛮阴凉的。"

讲归讲，一块西瓜已吃到嘴里。

白囡半只西瓜眼睛一眨已经吃光了，开心了，抹抹嘴："沈家姆妈，丁好婆，告诉你们，阿毛做生意规矩的，一分钱也没有少交，人家区里特为查起账来的。"

"什么人恶死作，写这种匿名信，眼皮薄。"三阿爹气呼呼。

两个老太太不响，隔了歇，丁好婆讲："不弄清爽总归不放心的。弄清爽就好，不过阿毛那里还是要多敲敲木鱼，这个小青年总归不顶正气，总归还是多教育教育，不可以一门心思想赚钞票……"

白囡眨眨眼睛："丁好婆顶好去做个党代表！你也不临临市面，钞票么总归越多越好，多了也不会咬人的，西大街居委会就想得开，弄了一爿跳舞场，钞票赚得野豁豁，其实我们也可以向人家学学，也开一爿跳舞场，到外头街上去贴广告，我来卖票看门好了……"

丁好婆马上火起来："还要开跳舞场？不开跳舞场，你的头发已经披到肩胛上，开了跳舞场，你的头发要拖到腰眼里了！"

"不搭界的事体。丁好婆总归瞎缠的，拎不清的。"白囡有点不开心，"其实关我屁事！"

沈家姆妈笑眯眯，三阿爹眼睛一开一闭，一声不响。

二

一个地方冷清还是热闹，靠一两个人起劲是没有花头的。不过，太监弄居委会在弄堂里开了一爿剃头店，弄堂里比老早到底要活络不少，闹猛不少，显眼不少。取个名字叫"灵得来"，是白囡想出来的。居委会在太监弄开爿剃头店，倒不是几个老太老头子们心血来潮，附近一带剃头店少，再加上现在的剃头店要赚钞票，只肯做大生意，不肯做小生意，有种店家门面上索性竖出牌子：专烫女发。弄得不少上了年纪不想烫头发的妇女和不少男人，剃个头苦煞，寻到东寻到西，吃白眼，坐硬板凳，丁好婆她想做个好事，开爿剃头店解决大家的困难，也帮居委会创点资金。发出招聘告示，来的人还不少，选中金阿毛是有道理的。金阿毛正正经经拜过师，学过艺，又有点钞票，提出同居委会合股，居委会正好缺钞票，独家创不出来，一拍即合。不过金阿毛有一个条件，帮手要选自己的兄弟阿敏，居委会想想也没啥不好，同意，拍板，签三年合同。

丁好婆对金阿毛是不放心的。当初招聘辰光，沈家姆妈坚持要他。丁好婆总觉得这个人不正气，倒不是因为有小胡子，一头曲曲毛，实在是有点眼目冲，不欢喜金阿毛。丁好婆别不过沈家姆妈。今天，丁好婆同沈家姆妈讲好，要去剪剪头发，主要是去看看剃头店的情况。一早上，街道办事处来通知沈家姆妈去开会了，丁好婆就一个人来了。

走到剃头店门口，看见自己孙女明芳和弄堂里的一个小姑娘阿娟立在剃头店门口，笑眯眯。明芳看见好婆，有点难为情，拉了阿娟走开了。

丁好婆叹口气走进店里。

这么热的天，剃头店生意倒是蛮好。丁好婆熟人熟客，来了就帮店里招呼生意。

"喔哟哟，怎么水冰冰冷的？"洗头的顾客尖叫起来，吵得人耳朵发炸，一个四十来岁的女人，打扮得蛮考究，看上去就像那种疙瘩人，热天热时，洗头要啥烫水？

阿毛态度蛮好，赶紧"对不起"，一边回过头叫兄弟加热水。

阿敏把热水瓶一只一只摇过来，全空的。

"去泡水，你这个人拎不清的，热水用光了不泡，快点去泡水！"

阿敏哭丧着脸："我，我手里的生活……"

"你作死，做头发不好放一放！要紧不煞做好了干什么？毛巾不够，烫起来反正要等，做好了也要等。不是要说你，算得笨了，学了这许多日子了，肚肠笨得不转弯，一点点算盘也不会打，一点点计划性没有……"

阿敏一声不响，拎起两只热水瓶，丁好婆忙上去接过来，帮他们去泡水。等到热水加进木桶，这个女人又嫌烫了，啰啰唆唆。金阿毛总算是懂"顾客就是上帝"，不去计较她，洗好头，金阿毛绞一把毛巾让她揩揩面孔，这个女人倒又烦起来了：

"喔哟哟，你们看，这种毛巾真的要变成筋筋头了，一丝一丝的筋筋头么，还叫毛巾，真真笑煞人了，龌龊相……我真是上当了，人家全讲个体户质量好，态度好，我也来尝尝新，上当的，上当的，这种毛巾还好用？"

"不瞒你讲。"金阿毛熬不牢了："你给我新的我还不要用呢，我要就要这种旧毛巾，你又不懂的，旧毛巾贴肉，喏，烫头发的毛巾，全是旧的嗬，烫起来效果好么……"

"喔哟哟，你不要当我阿木林，弄头发的事体，我也请教过不少老师傅，从来没有听见过你这种歪理。真是，汰头水用一点点，肥皂沫也洗不清爽的。真是……也算作孽……"

金阿毛不再理睬这个女人，女人也不好再多响，大家一肚皮气。

"不要动，头不要动来动去。"阿敏把顾客的头推来推去。

"啊呀呀，你剪刀戳痛我的耳朵了……"阿毛手下的顾客抗议了。阿敏那个也不满意，她的头根本没有敢动一点点，却老是被阿敏推来推去。

一个修好、剪好、做好头发等着烘头发的男青年站了起来："来不及了，我等歇再来吧。"

"等一歇歇，快了快了，快的……"

"我来不及了，十点钟饭店就要开饭的……"

阿毛眉毛一弹："你哪爿店的？"

"拐弯角上，东风菜馆。"

"东风菜馆……国营的？真是，十点开饭，让他们去开好了，国家的，关你屁事。我在大店做生活辰光，死人不管的，真是，又不搭界的……"

"不过，现在我们店不行的，有责任制的，要扣的。"

"喔哟，扣！让他扣好了，扣脱一天又有多少，臭屎那样一点点，让他们扣好了。"

小青年面孔上有点尴尬相，立在那里，走也不好，不走也不好。

丁好婆讲："你先去讲个假，再来。"

小青年走了。

阿毛"哼"了一声："请假，一本正经。"

丁好婆皱皱眉头，这个阿毛实在不像话，思想落后得一塌糊涂。这种人为了钞票，什么事体做不出？看看旁边几个等剃头的老人，坐得打瞌睡，也没有人去睬他们。

"阿毛，你怎么不讲信用，当初讲好，要照顾小生意的，你看看，我都来了好一歇歇了，他们几个老人，比我早，怎么一直轮不着的。"

"丁好婆，你又来烦了，你看我手里是否有空？我在白相？"阿毛一头的汗，火气十足。

"你做大生意总归有空有辰光的，我告诉你多少次了，我们居委会办剃头店，主要是为了……"

一个三十来岁的女人冲进来，一面孔凶相："唉，你们看看，大家看看，到这里烫头发，出了三块五，回去洗了一次头，就笔笔直了，你们看看，要不要讲讲清楚？这种剃头店，这种生活，这种手艺……"

本来，这种事情好讲的，帮她重新做一做，烘一烘，再道一声对不起。可是，这个女人像是存心来拆台，对店堂里坐着等烫头的顾客做宣传，说得大家疑疑惑惑，有一两个站了起来，准备走了。

阿毛碰到这种事情，哑巴吃黄连，还要笑面孔去贴人家的冷屁股，一点办法也没有。

剃头店里一片沉闷，恰巧又进来一个打扮得很妖娆的女青年，问会不会烫 T 型。

阿毛正在给人洗头，一肚子气，便嘲笑她："T 型？还要 Q、K 啦，你自己不照照自己只面孔，一点点短，还要 T 型？再 T 型，你的面孔要扁得没有了。"

说得人家面孔通红，站在那里不知怎么办才好。

阿毛还不称心："T、Q、K 好是蛮好的，不过要看自己面孔来的……"

洗头的人叫了起来："轻点，轻点，头皮抓破了。"

"还要轻点，你自己看看，一个姑娘家，头这么龌龊，好意思，我汰你一个头，比杀一只鸡还要吃力。"

店堂里其他人全哄笑起来，洗头的女青年脾气蛮大，也不管水龙头还在放水，头上潮漉漉，霍地立起来，水洒了阿毛一身："你嘴里清爽点，讲好听点，我是出钞票的，你管我龌龊清爽，你只好服侍我。"

阿毛一时倒也有点难堪，赔上笑面孔："好好，坐好，坐好，再帮你汰，算我错……"

可是这个女青年不肯算数，手一甩，甩出三角钱："喏，洗头，算我眼睛瞎了，走进你这种倒霉店……"

要烫 T 型的女人也凶起来："少有少见的，这种样子，人都吞得下去。"

丁好婆只好出来劝："对不起，对不起，不要动气，等一歇歇，他这几天吃力了，火气大……"

"吃力，我管你吃力不吃力。吃力不好少做做？哼哼，钞票倒要一把一把往里面捞的，吃力倒要喊吃力的，生活最好少做点，钞票最好多拿点。"

天气热，火气大。阿毛跳起来，唾沫一直喷到人家面孔上："我讲了一句，你倒撒了一坑，三角钱拿回去，算我白洗了一只狗头，少你一个，我金阿毛饿不煞的，你等着好了，看我金阿毛生意会不会冷落了。"

店里越来越吵，不少人全讲金阿毛不像腔，丁好婆越听越气，越想越怨沈家姆妈，找这种人来帮居委会做事体，真真想不落，气不过，也横出来批评阿毛："你这种腔调，我再提醒你，我们居委会办店，经营方向不能搞错的。本来我想出来的店名叫"为民"，懂不懂，就是为人民服务，你这种样子，剃头店、居委会的名声会给你败坏了！"

金阿毛索性坐下来，点根香烟，弄杯茶，定定心，歇歇，定定心心同丁好婆对话。阿敏看看阿毛不做，也乘机歇下来。

"喔哟，丁好婆，这句话是你自己讲出来的，我金阿毛不合你们的意，我倒正好也要提出来讲讲，你嫌我，我也不想攀牢你们不放，三年合同改成一年，没有几天就要到一年了。你看怎样，大家好说好散，我还是把你们的七股还给你们，店归我呢，还是我退出，你们还我三股，你们另请高明。丁好婆，我正式向你提出来，你们居委会去商量吧，最好快点给我回音，一年合同快要满了。"

丁好婆半天才拎清金阿毛的意思，顾客倒先叫起来："要商量的事体下次再商量吧，我们等煞了，快点弄吧……"

阿毛哼哼冷气，搭起架子："你们不是讲我不像腔么，你们叫像腔的人去弄吧，喏，剃头店大老板在这里，这爿店办成资本主义，要关门了。"

顾客等不及，不敢怨阿毛了，调过头来怨丁好婆："这个老太，花头倒多，这种辰光轧出来讲什么大道理，叫人家等……"

主要这几日天气热，大家火气大，其实平常这爿店蛮好的。假使真的不像腔，生意会这么好？有人讲良心话，讲得阿敏眼泪汪汪。

丁好婆晓得阿毛不是在寻开心，也不是出出气，要分开来是真的。只是不晓得阿毛哪里来这么多钞票，要补出七股，不是一百两百的事体。说不定经济真正不清爽，有私皮夹账，为啥白囡总是讲账目清楚的。

丁好婆到底有一把年纪了，脑子不转弯了，想到啥就讲啥："要分开来也好，不过这笔账要弄弄清楚的！"

阿毛嘴巴歪了，眉毛弹弹："尽管叫白囡来查好了！"

见阿毛这样笑，笑得奇怪，笃定泰山的样子，丁好婆心里吃一惊，为啥白囡一直讲阿毛好，会不会白囡同他们连裆的。白囡到居委会工作辰光不长，越来越抖，香烟不带锡纸不吃，衣裳也洋起来，总归有名堂。丁好婆实在坐不住了，立起来，盯了阿毛看看，阿毛眼皮一翻一翻，只当不看见。

丁好婆气急败坏走出来，看见明芳和阿娟又立在剃头店门口对过，笑眯眯，有点难为情的样子。丁好婆心里有点奇怪。

三

丁好婆气吼吼地奔到屋里，淘了米，饭锅子刚刚坐到煤炉上，外头自行车"咔嚓"一响，孙子蛮声蛮气喊："热煞了！热煞了！"

孙子在一爿冷饮店里做营业员，冷天卖卖罐头，空煞，热天做生意真家伙。上早班六点到十二点，今朝偏偏早回来。

"明强，今朝下班早！"

孙子一面孔汗。吊桶井水冲冲头，一面孔的水："还早啊！这种日脚这种生活，你去试试看，试一个钟头。还嫌我回来得早，想热煞我？"

丁好婆不响了，调解别人家的事体倒是有点本领的，大道理一套一套，小道理一句一句。一到自己屋里，这点道理根本不派用场，没有人理睬，连老头子也要讽刺她几声，说她老不入调。丁好婆想了几年下来，也没有想明白，什么地方老不入调。

明强总算没有发火，开开电风扇，往靠背上一躺，手里提一本电影画报，两爿封面上两个女人，全是妖形怪状，看不出是外国人还是中国人，现在外头，男人女人分不清，有辰光连外国人中国人也弄不明白了，小姑娘弄得像外国人。丁好婆谢天谢地谢这本书，不然孙子要吃饭吵起来不得了。

丁好婆忙不及，切菜，起油锅，炒菜，一只菜没烧热，明芳笑眯眯跑进来，到灶头边上探头探脑，闻到香味，晓得肚皮饿了。厂礼拜，一大清早就野出去，也不肯在屋里帮帮好婆，烧不会烧，煮不会煮，拣拣菜淘淘米也是好的。全是媳妇宠的。不过丁好婆看见孙女不像看见孙子，看见孙子一肚皮气，看见孙女一心欢喜，越看越要看。不像别人家老太婆，总归欢喜男小人，丁好婆偏偏欢喜女小人。明芳从小是好婆一把尿一把屎抱大的，贴肉，明强小辰光请保姆领的，到底不贴肉。

丁好婆自己一头汗，到绳上拉一块毛巾给孙女："揩揩，看你一头汗，又到哪里去疯的？"

明芳不响，碗橱里捧出一碗田螺，呼哧呼哧吮田螺吃，背心对丁好婆。一件无袖荡领连衫裙，是真丝双绉的料作，透明得不得了，里面一只小胸罩，看得清清爽爽，当中一粒白纽扣也看得见，绷得紧鼓鼓的。丁好婆一看见心里就吓兮兮，怕这粒扣子绷掉出洋相。现在外头的小姑娘，真真，胳肢窝里的毛露在外面也不晓得难为情的。

"明芳，吃了饭困一歇，热天热时，下午不要出去了，屋里有人来……"

"啥人来？"

"三娘娘。"

"喔哟哟，我当是什么大好佬来，一个老太婆，同我有什么搭界？"明芳继续吃田螺，田螺壳吐在洋铅皮畚箕里，啪嗒啪嗒，啪嗒啪嗒。

"三娘娘长远没有看见你了，要看看你……"

"咦，我有什么好看的，两只眼睛一只鼻头一张嘴，看我做啥……"

"下午换件衣裳，不要穿这种东西。明芳，听见？"

明芳笑起来："哟哟，三娘娘大概要来帮我做介绍了，把她的孙子介绍过来。嘻嘻哈哈……"

小姑娘这样老吃老做，讲起自己的婚嫁大事像吃饭困觉一样便当。丁好婆想想真好气又好笑，一时不晓得讲什么好了。

明芳愈发笑得厉害："喔哟哟，看上去是真的，喔哟哟，笑煞人了，三娘娘真的好胃口，这把年纪了，还要……哈哈哈……"

丁好婆弄不明白孙女有什么好笑，凭良心讲，孙子轧朋友，孙女找对象，做爷娘的不痛不痒，倒是好婆心思顶重，一共一点点的住房，孙女不嫁，孙子不好讨的，不管怎样，孙女早点晚点要到别人家去的。

菜烧好，丁好婆叫明芳一道搬出去，明强仍然躺在藤靠背上，面孔一板："明芳，你过来。"

明芳"噢"一声，走过去。这个小丫头，不怕爷不怕娘，不怕阿爹好婆，阿哥倒是一帖药，不晓得是怕，还是天生地服帖。

"你今朝又到阿毛店里去的。"

明芳不响，面孔上有点红。丁好婆耳朵竖起来，睛眼瞪大，盯牢孙子、孙女看。

僵了一歇，明芳对阿哥讲："阿毛问你，托你弄的冷烫精，有没有弄到，阿毛讲，假使要用牡丹调，阿毛讲他弄得到牡丹的。"一口一个阿毛讲，听上去叫人不适意。

丁好婆脾气急，听见风就扯篷，又不识相，插进来发表意见："喔哟哟，明强，你不好去做这种事体的，什么买冷烫精要用香烟调的，听也没有听见过，做这种事情，总归不是规矩人，明强，你不可以老缠在里面的，香烟调冷烫精，出了世也没有碰见过……"

"没有碰到过，现在叫你开开眼界，阿土兮兮……"明强眼睛白翻白翻，掉过头去同明芳讲："我同阿毛的事体，你不要轧在里面，用不着你抢在前八尺，下次给我少跑跑，剃头店有啥好白相的！"

明芳不服气。明强自己同阿毛混得熟透，有空就过去吹牛，有说有笑，还讲中学里就认得，是同学。

"你不要假痴假呆，我告诉你，人家背后全在讲了，你还要假痴假呆……"

明芳不开心了："我有什么假痴假呆，我到阿毛店里白相，碍啥人，踏了啥人的尾巴啦？"

"我告诉你，我同阿毛白相，不会吃亏的，你不一样的，你懂什么，阿毛这个赤佬……"

丁好婆听出五分名堂来，索性坐下来听个明白。

"阿毛这个赤佬，中学里就同人家轧朋友的，给他花过的小姑娘不晓得有几个了，你懂个屁！"

明芳面孔涨得血血红，要哭出来。

丁好婆听出八分花头了，急得不得了，怪不得，这个丫头，帮她介绍，这个不要，那个不灵，自己倒偷偷摸摸看中了阿毛。真是千拣万拣，拣了个猪头瞎眼。天底下小伙子要多少有多少，光光弄堂里抓抓就有一把，偏偏要去轧阿毛。明芳一个老实小囡，阿毛是什么样的滑头贪色，怎么可以般配？丁好婆越想越急，越想越怕，心里扑扑跳，好像要出点什么事体的样子，只怕孙女老实，给阿毛揩便宜。

"明芳！"丁好婆"哇啦"一声，一面孔紧张，"这桩事体，你要讲讲清爽的，这桩事体，你不好一个人做主的，还有爷娘，还有好婆……"

明芳眼泪汪汪，嗷嗷嘴："同你不搭界，你也要轧进来瞎缠……"

"怎么同我不搭界，怎么同我不搭界，你倒说说看，你去轧阿毛这种人，还有理由，等你们爷娘回来，大家评评理……"丁好婆刚刚开了头，准备做报告一样的讲一番道理。白囡跑进来，说沈家姆妈立时立刻叫她去，孙家婆媳又打到居委会了。

丁好婆想不落，跟白囡出去，听见孙子在里面啰唆："弄到现在还不吃饭，一日到夜在外头瞎起劲，这么一大把年纪了……"

丁好婆没有回头搭腔。

四

太监弄居委会的管辖范围，在兄弟居委会中算是比较大的。从卫生责任来讲，太监弄和学士街的住家和路面卫生全归居委会管，修仙街因为街面上店面多，路面卫生由市里环卫站负责。每家店家要向环卫站交管理费。一大笔钞票，不过反正是公家的，公家对公家，挖出来不肉痛的。修仙街居民住宅里面，小天井大院子，仍然归居委会管。这几年有些清扫路面的小工人，做生活拆烂污，弄得修仙街像垃圾街。到环卫站去反映反映，领导还要帮腔，说是居民住户不上路，弄龌龊的，还提出一条两条三条理由，人家商店工厂全出钞票的，你们居民上一毛不拔，凭什么叫我们帮你们扫大门前、后门口。居委会几个老太老老怎么弄得过人家，只好回来对居民加紧教育。

老规矩，区里查卫生之前，居委会先要查几遍。浩浩荡荡一批老太老老，都是老积极分子、义务工、志愿兵。一本正经，行使职权，认真得不得了。

从一号开始。一号里住三家人家，邻里关系倒还算不错，大家客客气气，房间也清清爽爽，符合要求，就是小天井砖头地上，瓜子壳不少，全嵌到砖缝里，看起来龌龊相，大概夜里在天井里看电视吃瓜子的。

"李阿姨，这么热的天，还吃这么多瓜子，热天的瓜子不灵的，走味道的，前几天我孙子去买一包，拿回来吃吃涩嘴的，发霉了，结果全丢掉了，你们怎么……"

"哟哟，丁好婆，不要提了，触霉头的，全是过年辰光买的断命瓜子，算什么有奖瓜子。我们家的小赤佬，看见个奖，不得了了，十三点兮兮，人家买他也买，人来疯，你晓得一气头买多少，十包？不止的。一气头小赤佬买三十包，三十块洋钱！你讲这种小赤佬是不是十三点，神经病！"

"值得的噢，你们龙龙不是中奖的么！"白囡嬉皮笑脸。

"奖到什么？我怎么没有听见讲，奖到什么东西的？"好几个人抢了问。

"触霉头的，奖到一包瓜子……"

大家笑出来。

李阿姨还是气鼓鼓，儿子孙子吃瓜子，她扫瓜子壳，扫不清爽查卫生放不过门，怎么不叫她火冒："现在外头的小青年起劲啊，奖金眼里翻跟头，全变掉了。丁好婆，你是晓得我们龙龙的，从小你是看他长大的。从小一个老实小囡，算得胆子小，算得安逸，钞票掉在地上，也不敢去捡的，怕人家讲他偷。现在呢，喔哟哟，全变掉了，说说他也不肯听，犟头甩耳朵，一张嘴巴会讲得不得了……"

"全是这样的，全是这样的，呒啥稀奇的。"丁好婆想想自己孙子，看看身边这个白囡，还有剃头店里阿毛，全是这种腔调。

"这么多瓜子，不吃掉也是浪费了，只好全家老小吃，小孙子吃得舌头都碎了，还要吃，像吃鸦片了，吃上瘾头，戒也戒不掉了。"

大家又觉得好笑。想想过年辰光有奖销售的疯劲，真滑稽。丁好婆听明强说过，两块洋钱买一张门票，看踢足球，踢好球开奖。几千几万的人，疯是疯得吓人，体育场里鞋子、手套、围巾堆起来一座小山。明强一副好身坯，也轧掉半条命。说是后来人也轧死一个，真正没有话讲了。

沈家姆妈笑眯眯对李阿姨讲："你叫他们吃瓜子吃在家什里，扫起来省力点。"

"不肯的，小赤佬刁不过，我讲过，垫张报纸，壳吐在报纸上，不肯的，不称心，不便当，扑脱扑脱往地上吐多称心啊……"

大家不再听李阿姨啰唆了。老太太大概一直闷在屋里没有人讲话，一旦讲起来就收不拢，实在没有工夫陪她，丁好婆又交代几句，大家就逃出来。

查到王关凤屋里，顶不像腔，屋里屋外一塌糊涂，顶恶劣的是一处违章建筑小棚子，上次拆掉了，不晓得什么时候又搭出来了。

王关凤叉了腰，面孔板了，不等别人开口批评，自己先横出来："怎么样？嫌我龌龊？我王关凤天生的龌龊人，没有办法的！"

丁好婆总归顶熬不牢："王关凤你这样不对的，屋里屋外弄清爽，也是为你们自己屋里人好，有清爽的环境讲不适意？"

王关凤鼻子里"哼哼"："要清爽做什么，我们这种人家，一向不算人的，根本不在你们干部眼睛里，有种你们永远不要到我门上来，我一家人死了烂在屋里不用你们收尸！"

"王关凤你有意见可以提，不要牙齿缝里出毒气。"丁好婆总算还耐心，"你想想看，为你一家，影响几十家人家评卫生先进，你怎么过意得去？”

“什么什么，你丁好婆这么讲，我倒要问问清爽，这条弄堂里，只有我王关凤一家不清洁啊？你们干部眼睛长到额骨头上，朝天看的！喏，眼睛睁睁大嗻，你们自己开的剃头店嗻……”

一批人的嘴巴都被堵死了，心里全怨金阿毛拆烂污。

还是沈家姆妈有办法，转一个话头再进攻：“王关凤，你这只棚棚再不拆，真的要罚款了……”

丁好婆马上接过来：“你不可以这种样子的，你看看，你的棚棚搭到什么地方了，搭到弄堂当中来了，弄堂本来就狭窄，你这种样子……”

王关凤仍旧叉了腰，板了面孔，不过喉咙好像小了一点：“要我拆，你先帮我解决一间住房。我一家人家六个大人，住这一点点地方，你们居委会看得过去？你们也算共产党干部的？”

“咦，王关凤，要房子要寻房管所的，我们居委会又不会变出房子来的。”

“棚棚是你们叫我拆的，你们居委会办公室地方蛮大，借一间我住住……”

丁好婆最恨这种不讲道理的人，有点火冒了：“王关凤，你这样子缠，要犯错误的。”

“喔哟哟！喔哟哟！”王关凤不晓得又被触痛了哪个神经，叫起来：“丁好婆啊，要讲犯错误，我一个小老百姓，犯不出什么大错误的，吓不煞人的。喏，做大干部的人嗻，犯了事情要上报纸嗻，可惜你丁好婆不看报纸，去看看今朝的报纸吧……”

丁好婆年纪轻辰光识过几个字，可惜长远不用，忘得差不多了。

平常只够得上记记账，认认居民的户口簿。报纸上的字十个里倒有七八个不认得，现在报纸上又是新名称多，就算识得字，也不懂意思，索性不看了。王关凤语里夹骨头，不晓得报纸上写了什么，同自己屋里有什么关系。自己屋里做干部的只有儿子……丁好婆有点发急，问沈家姆妈。沈家姆妈支支吾吾，叫她不要听王关凤嚼舌头，报纸上没有什么。

丁好婆心里忽上忽下，右眼皮"扑扑"跳。等到查好卫生回到屋里，一家人已经吃过饭。媳妇在外间批考卷，明芳躲在自己小房间里，不声不响，碗也没有人洗，堆在那里等丁好婆。丁好婆盛一碗饭坐在门口吃，听见儿子孙子在房里讲话，口气里蛮紧张，她不放心，蹩到房门口听。

"……报纸上我看见了。你理也不要理他们，这种记者，又不是吃饭的，吃屎的呀！理也不要理他们，一张报纸给我撕碎了。"明强恶声恶气。

"不要瞎讲，到外头去不要乱讲！"儿子闷声闷气。

"不过，我们单位里的人都不晓得，热天热时，啥人高兴去看这种断命报纸，这种屁文章，无人看的，隔几天就过去了……"

儿子叹口气，"呱嗒呱嗒"摇摇扇子："唉唉，真正吃力不讨好，拓宽五元街，拆掉一边房子，也不是我一个人得好处，也不是我一个人想出来的。他们市委市政府人民来信不晓得收了多少，决定拆房子拓马路，是市里头头点头的，现在全怪到我头上……"

丁好婆终于听明白了。为了拓宽前面五元街的事，儿子大概吃牌头了。不晓得是什么样的人批评儿子的。真正，没有良心的，开工的半年，儿子日日夜夜吃辛吃苦。凭良心讲，拓宽这条街，老百姓是欢迎的。这条街再不拆，再不拓宽，不晓得还要出多少交通事故，死多少人。前几年，日日听大家怨，上班轧煞，下班急煞，到五元街当中总归要堵煞。不晓得有多少人上班迟到扣掉奖金，不晓得有多少人下班晚到家，弄得老夫妻相骂，小夫妻动气，都是因为要过这条断命路。五元街上乘汽车，比走还要慢，汽车像只乌龟爬。人和自行车在汽车夹缝里钻来钻去。怎么不要出事故？不要死人？这种狭窄的马路弄堂，早应该多拆几条，拓拓宽，不然老百姓作孽煞了，住得轧，上班路上也要轧，人都要轧扁了。中国的地方这么大，为啥这样子轧，真是弄不明白的。

丁好婆听自己先生讲过，五元街原本是这个小城市顶宽顶灵气的一条街。以老头子的口气，一条弄堂出五个状元！假使风水不好，会出五个状元？早几年，经常有些白头发白胡子老老，拄根拐杖，到五元街来看，点点戳戳，喏，某某状元家府宅喏，喏，某某大学士府前的旗杆石喏，弄得住家疑心疑鬼，心里痒煞，半夜里起来挖金子。后来不晓得从什么辰光开始，不光小青年嘴里不清不爽骂断命路地方狭小，住家们因为屋里人越来越多，内部膨胀，不再安居乐业，牢骚满腹，连那些老先生也哼哼唧唧，这五元街像是变掉了，老早辰光好像不是这样狭的。前几年就听说要拓宽五元街，改成柏油路面，翻造设备先进的新公房。居民住户蛮开心。后来一直没有动静，又说是什么计划被另一帮人揪住了小辫子，上纲上线，说是违反了什么"重点保护"政策。老百姓又是好气又是好笑，一碰重点保护，两碰重点保护，"五元街也算重点保护，那么我家院子里一口水井的井沿面也可以算重点保护了，比我阿爹的阿爹还要大几个阿爹……""我屋里一条石凳，老古董，上面还有雕花，也好算了，哈哈哈哈……"笑是笑不出名堂的，这条断命路一拖好几年，到去年下半年总算开始动工。

想不到事体已经结束，还有人出来一本正经批评。孙子说是记者，丁好婆不清爽记者到底什么级别，总归是大干部，小轿车乘乘，兜兜风，又不晓得老百姓的苦处，真是，明强说得不错，理都不要理睬他们。

"这种记者，下次要是给我碰上，不臭得他不认得国家，我不姓丁！"明强一股火气还没有消。

"其实，也不好全怪记者们，他们懂什么，全是听那些专家讲的，一面之词……"

儿子真是老实头，人家刮他，还要帮人家讲话。

"啊呀呀！什么东西焦毛气，烧焦了，什么东西？"

丁好婆正听得起劲，媳妇在外间喊起来，丁好婆吓一跳，跑过去一看，刚刚热的一点点丝瓜汤，汤烧干，丝瓜一块一块粘在锅底，一团黑。

"姆妈你啥事体？"媳妇平时开口少有"姆妈"两个字，等到"姆妈姆妈"叫得急，必定有恶死闲话跟出来。到底是教书先生，教学生五讲四美，自己阴损人的话讲出来也是文绉绉的，外头人听上去只以为是说好话，只有丁好婆听得懂里面有什么音头。年底总归评上五好家庭，领一张奖状贴在墙上，丁好婆只好朝它苦笑笑。这种女人顶难弄，索性大家摆在面孔上，凶起来，吵几句，吵过消气，碰到这个媳妇，从来不同你相骂，阴损话丢过来，叫人急也急不起来，闷煞。

"姆妈你倒是越活越年轻了，房里讲话，你在外头也听得见，耳朵真灵。其实姆妈你可以进去听，不见得屋里还有什么事体会瞒你的，用不着听壁脚的，姆妈你讲对不对，叫隔壁人家看见，只当我们同老人两心两意呢。"媳妇一面孔笑，就像先生教育学生仔。

丁好婆响不落，盯了媳妇看。这个女人，少有的，自己男人吃牌头，只当呒界事。丁好婆不相信她会不晓得，这种精明女人，报纸上的事体会不晓得？这个媳妇是有点吃家饭撒野屎的，男人的事体不痛不痒，作兴还开心呢。当时辰光，她就反对，讲这种文化古城随便动一块砖头一片瓦都是不对的。

丁好婆想想熬不穿，拉开喉咙："有这种人，自己屋里人吃牌头，还开心得落，还……"

儿子孙子听见外头闹，出来看，孙子听见好婆这样讲，又不开心了，打断好婆的话头："啥人吃牌头？啥人吃牌头？你懂点啥？这种狗屁文章！叫他们来看看，这种马路，这种房子，八十年代了，不拆不行了！"

"你们只晓得拆拆拆，一门心思破坏。这种文化古城的价值，不是几幢现代化大楼，几座立体交叉桥可以代替的，古代建筑，是中华民族的骄傲……"媳妇一面孔正经。

明强"哼"一声："就是么，我们中国人是骄傲么，同外国人不一样，中国人开口就是我们的祖先发明什么什么，多少多少了不起，人家外国人，像美国人，总归讲他们的未来怎么怎么，多少多少了不起。照我看，也不要吹从前，也不要吹未来，还是把眼门前的日脚弄弄好，过得适意点，顶实惠了。叫老百姓抱牢文化古城啃，算什么名堂，屋里轧得屁股调不转，老婆也讨不到的，你要同人家轧朋友，人家先要问问你，结婚房间几个平方……"

　　孙子这几句话讲到丁好婆心眼里，精神十足，插过去讲："就是么，明强二十五岁了，明芳二十二，你们做爷娘的不急，我好婆倒急了，明芳——"

　　年纪大了，思维混乱，讲起话来三句两句就走题，丁好婆精神抖擞地开始讲明芳，发现儿子、媳妇、孙子一个也不在听她讲，把她撇在一边，不理睬。丁好婆正没有落场势。看见金阿毛走进来，心里"别"地一跳。

　　阿毛贼秃嘻嘻，告诉丁好婆，下午停电，剃头店只好息作，特地来告诉一声，下午他们兄弟两个要早点回去。

　　丁好婆本来想劝阿毛，乘这个机会做几个小生意，帮老老老太剪剪头，不用电。不过想想天气这样热，难得有辰光，让他们早点歇歇也好。这样做法也罪过，看看阿毛面孔瘦掉一壳阿敏一副哭相，真作孽。丁好婆叹口气："早点回去歇歇吧。"

　　不晓得阿毛也叹口气，比丁好婆叹得响："歇？哪里有歇？阿敏要去修几把家什，我还要到大店里去学一只新头型，不到天黑有得歇？"

　　讲话之中，丁好婆看见原先躲在房里不声不响的明芳不知什么辰光出来了，倚在门框上，笑眯眯，甜滋滋，偷眼看阿毛。阿毛讲一句，她抿一抿嘴巴，阿毛笑一笑，她眨一眨眼睛，一副贱坏样子。儿子媳妇长了眼睛，只当看不见，丁好婆心里不适意，凭良心讲，倒没有看见人家阿毛丢什么眼风，做什么勾当，全怪明芳这丫头，骚答答的。

五

丁好婆最末一个洗好澡，从灶屋里出来，小天井里已经坐得实实足足了。媳妇把电视机搬到天井里，看电视新闻，儿子单位来了一个人，不晓得说什么。明强老规矩，喊来几个小朋友，一张骨牌凳一搁，甩老K，同丁家同住一进的隔壁邻居姚家，为人处世讲究少交朋友少惹气，没有什么外人上门。看见丁家人丁兴旺，占了大半个天井，眼睛横过来横过去，总算是还有涵养，有火发不出，只好在小人身上出气，无缘无故拷小人屁股，弄得小人哇啦哇啦哭。

丁好婆弄好浴桶，封好煤炉，出来已经一身大汗，天井里轧，又是大哭小叫，电视机吵，打扑克闹，丁好婆拎了一只小竹凳，想到弄堂里去乘风凉。

过道里一阵破锣嗓子"哇啦哇啦"喊过来，丁好婆一听就晓得是王关凤来了，心里扑扑跳，这只雌老虎上门，不会有好事体的，躲又躲不开。

王关凤冲进门来，后头跟了不少看闹猛的小人，也有几个大人摇了蒲扇立在天井门口看，王关凤笔直朝丁好婆冲过去，两只眼睛要吃人的样子："啊，你这种人算啥街道干部，你算啥东西，讲闲话不负责任，乱嚼舌头，不怕舌头上生疔！"

丁好婆想不落。

"啥事体啥事体？"明强扑克一甩立起来，立到王关凤面前，叉了腰，"骂山门骂到门上来了，吃了生人脑子啦，热昏啦！"

几个小朋友一道帮腔，挖苦王关凤。

王关凤不理明强，盯牢丁好婆。

"你为啥到外头去讲，讲我家阿四神经病，你算啥名堂，街道干部，狗屁，你有什么权力，有什么证据？没有证据瞎讲，同你到法院去解决！"

丁好婆是去告诉人家的，是不好，多嘴了。不过她的阿四到底正常不正常，大家看见的。王关凤倒装出一只面孔来，这种女人……

看热闹的人哄起来，阿四跟进来了，要拉娘回去。王关凤一看，乘机把阿四拉过来："阿四，你年纪轻轻，给人家泼污水，你为啥不响，你自己去对这个老太婆讲。"

阿四难为情兮兮，走过来，轻声轻气地讲："好婆，我不是神经病，我是花痴，我是想陈军想出来的，陈军不理我……"

所有的人全呆了一呆，歇了一歇，几个小赤佬"哈哈哈哈"笑起来，拍脚拍屁股，开心得不得了。

"阿四，来，过来，陈军不理你，我理你的，来吧，阿四……"

"阿四，陈军今朝要来寻你的，快点回去，打扮打扮，涂点胭脂……"

阿四笑眯眯，自言自语："他叫陈军，耳东陈，解放军的军，班级里他顶高，一米八〇……"

"一米八〇，乖乖，阿四，你真有眼功……"

丁好婆听听几个小赤佬实在不上路，同一个花痴寻开心，想阻止他们，不过想想王关凤这种凶法，杀杀她的威风也好，所以不开口。不晓得媳妇火起来："不要讲了，你们太不像腔了，戏弄一个生病的人，一点道德也没有了。姆妈你倒也看得下去……"

王关凤乘机"哇啦"一声哭起来，边哭边骂："杀千万的，枪毙鬼啊！欺侮我们小老百姓啊，我们母女两个，今朝死在你门上了，你们总算称心了吧！"眼睛骨碌碌地转，拖了阿四往井边上去。

阿四不动："姆妈，我不死，他们讲陈军今朝要来看我的……"

王关凤愈加哭得起劲，已经哭起调子来了："我……前……世……作……的……孽……啊……，……受……人……欺……侮……啊……"

看看没有人理睬她，又不哭了。一把眼泪一把鼻涕往丁好婆身上靠："今朝你不赔我家阿四的名声，我不放你过门！"

丁好婆退缩，王关凤逼近，明强插进两个人当中，手指头戳到王关凤鼻头上："你叫我好婆赔啥？你们家阿四是不是花痴，叫大家看么！"

小天井里看相骂的人越来越多，轧得立也不好立，本来大家热得没有办法，困也困不着，正好看相骂，也不觉得热了。王关凤看见人多，发人来疯："街坊邻居大家讲讲看，这种街道干部嗒，一日到夜调舌头，摆弄是非，正经事体不做，弄堂里西瓜皮甩得一塌糊涂，眼睛瞎了，也不去管管……"

"甩西瓜皮么，你王关凤第一块牌子。"有人寻开心。

王关凤眼皮一翻："我甩关你屁事，我甩是我的自由，他们居委会干部就活该跟在我屁股后头捡西瓜皮。"

大家叽叽喳喳，有人同情王关凤，有人帮丁好婆，比开了一只夜茶馆还闹猛。

阿四开口了："姆妈，我要回去了，陈军今朝要来看我的……"自说自话往外头走。王关凤肉痛女儿，只好一起走。丁好婆乘机跟出去，屁股头听见孙子阴阳怪气，对大家讲："你们晓得，我好婆是个老雷锋啊！帮人家好事做了不少，不识相。现在外头的人，良心全叫狗吃掉了。没有良心的，你帮他们做煞，谁来讲你一声好，谁来给点好处你拈拈，屁！"

天井里一片附和声。

丁好婆来不及动气，乘着相骂的人没有跟上来，丁好婆轻轻地讲："王关凤，我向你道歉，对不起，小人有毛病，你本来已经难过煞了，我这张嘴不好……"

王关凤一向吃软不吃硬，听见丁好婆认错，心倒也软了，眼泪汪汪："丁好婆，不是我要这样，实在心里难过。"

丁好婆一时竟也眼睛发酸，心里难过，一难过就要激动，一激动就要把不应该讲的话讲出来了："王关凤，这次招工名额今朝刚刚下来，只有一个，这次我随便怎样，也要让你家阿五头去了……"

王关凤想不到丁好婆会把这种绝密消息告诉她，呆了一歇，眼泪鼻涕全下来了："丁好婆，我晓得你丁好婆大好人，上次剃头店的事体，是你帮我忙的，全怪阿毛个坏种，黑良心，路全给他一个人走，自己发财还要拖个兄弟，那个什么阿敏，什么样子，做生活不及我们阿五头一根汗毛的，丁好婆，你真心待我，我也真心待你，告诉你一桩事体……"王关凤鬼鬼祟祟地压低喉咙，"今朝下午，派出所王同志来寻沈家姆妈，有人反映，十三号里偷掉的一只录音机同阿毛店里的一只一式一样……"

阿毛有只录音机，听都听了两三个月了，十三号里的那一只，刚被偷掉一个礼拜，不搭界的事体，不晓得又是哪个长舌头多管闲事，瞎报案，倒弄得人家派出所一本正经来调查。丁好婆一边咕叽

"瞎缠瞎缠"，突然想到，下午她也在居委会，王同志来为啥不寻她，一想，脱口叫出来："我管治保的，为啥不同我讲？"

王关凤看看丁好婆的面孔："人家讲……讲……回避，你家明芳，同阿毛，轧朋友……"

丁好婆气得"啊呀"一声叫出来，想不到自己吃辛吃苦，尽心尽力，一片忠诚，弄到来了要什么"回避"。

王关凤不明白丁好婆的心思，听见"啊呀"一声，只以为丁好婆还不晓得孙女的事体，要紧讲："你还不晓得呀，弄堂里全晓得了！你要好好管管你家明芳的，明芳一个老实小囡，阿毛这种杀坏，什么坏事体做不出？不要叫明芳吃了亏，冤枉也喊不出。"

丁好婆摇头叹气："不要讲了，不要讲了，气煞人了，怎么不晓得，我老太婆，管不牢了。儿子媳妇全晓得，不管账，你讲讲看，这种做爷娘的，吃屎的，女儿轧朋友，嫁人，多么大的事体，一世的事体，睁只眼闭只眼，那个女人，还讲阿毛不是蛮好么，你想想看，自己也算做先生的，好人坏人看不出，阿毛这种人，我一看就知道不是正派人。天底下哪有这种做娘的，明芳假使轧个劳改犯，她也不管。说起来也真是变世了，好人变坏人，坏人变好人，你看看现在，外头劳改犯多吃香……"丁好婆只顾自己讲，忘记了王关凤家阿三头也吃过官司，一口一个劳改犯，弄得王关凤面孔一阵红一阵白。

丁好婆正讲得起劲，明芳从弄堂里走过来，阿娟陪了她，一边走一边哭。丁好婆吓一跳，迎上去问什么事体，明芳不理睬，径自往里面走。王关凤丢个眼风给丁好婆，一副不出所料的样子："喏，你看，出事体了！"

丁好婆来不及同王关凤"再会",调转屁股追进去。

明芳已躺在床上,只是抽抽咽咽,灯也不许开,阿娟在一边劝。丁好婆问了半天问不出一句,急起来,说:"再不响,我要去报告派出所了!"

明芳"哇啦"一声哭得更加响了。

媳妇阴不阴阳不阳:"姆妈你用不着大惊小怪,小姑娘家欢喜哭哭笑笑,年纪轻轻人全这样……"

丁好婆肚皮里喷得出火了,年轻人全这样,你一把年纪也这样,年纪活到狗身上去了,不过她没有同媳妇搭嘴,这个女人讲起话来软刀子戳人。

丁好婆哄不动孙女,矛头对准阿娟,终于把阿娟哄出来,弄清爽了什么事体。

原来明芳同阿毛讲好,今朝夜里去看电影,明芳去买的票。吃过夜饭就去喊阿毛,阿毛手里还有生活没有结束,明芳叫他交给阿敏,阿敏笨虽笨,这段时间做下来,也可以独当一面了。阿毛不肯,不放心阿敏。明芳动气了,僵了一歇,阿毛还不走,也没有要走的样子。明芳火起来,骂阿毛一声"做杀坯",阿毛回明芳一声"大小姐",两个人你一句我一句,争起来,明芳说阿毛这样抠钞票,像老地主,不上路,朋友轧不到,女人也讨不到的。阿毛说,讨女人要讨就讨一个同自己一样的"做杀坯",不会讨吃吃白相相,看看电影荡荡马路的小姐,还说,讨了这种小姐养不活,服侍不起,要讨个"把家婆",不讨"败家精"。明芳听见这几句,哭出来,电影票撕了。要同阿毛算数,桥归桥,路归路,阿毛看见明芳哭,还不识相,还嘴巴老。

丁好婆一边听，心里一边叫好，来不及听完，一拍屁股跑进明芳房里。

明芳不哭了，躺在床上一动不动。丁好婆奔过去："明芳，好事体，好事体，这种人，早断早好！"

明芳霍地坐起来："好个屁，全怪你，全怪你，全怪你……"眼泪又流出来。

"明芳，明芳，明芳，这种人不要去理他了，有什么好。你的事体全包在好婆身上，要什么样的有什么样的，三娘娘的孙子，你看见过的，多少文雅，大学生派头，皮肤雪白，又懂礼貌。不像阿毛，黑得像块炭，粗话连篇。前头张阿爹的外甥，年纪轻轻，做副科长，共产党员，思想好，明芳，你不晓得阿毛的思想噢，反动得一塌糊涂。你晓得他上次讲什么话，讲国家的事体管屁用，你听听看，这样子落后……噢，还有街道马书记的儿子，人家马书记还特地来问我的，那个小伙子我也看见过，规规矩矩，老老实实，我看见欢喜得不得了……"

"你欢喜你要！你欢喜你要！"明芳又是蹬脚又是拍床，"我就不要！"

"那么你到底要啥人？"

"要阿毛！"明强在天井里叫，怪声怪气，引得大家笑。

明芳冲到门口，一点也不怕难为情："就要就要就要！"

明强做做鬼脸："可惜人家阿毛不要你个败家精！"

明芳哑了，立时又"哇"的一声哭起来，弄得丁好婆心里蛮难过，不晓得明芳刚哭个开头，突然，急刹车刹住了。丁好婆抬头一看，金阿毛嬉皮笑脸立在天井里，穿得笔笔挺挺，精神十足。手里捏着两张电影票，对明芳扬扬。

丁好婆横过去："你去吧，我们明芳不去。"

阿毛笑嘻嘻："去的去的，你问……明芳。"

丁好婆拉过孙女："明芳，不要理他，这种货色……"

明芳拨开好婆的手，眼睛盯牢阿毛，扭扭捏捏："不去，辰光早过了，来不及了。"

丁好婆听得气昏，这种丫头，真正的贱货。

阿毛笃笃定定："下一场的，我算好时间来的，正好生活做完。"

明芳眼睛眨巴眨巴，回进房间，总归又是换衣裳，照镜子。

丁好婆急呼呼地对媳妇讲："你看你看，你不管？"

媳妇只当听不见，却笑眯眯地同阿毛讲话："阿毛，你要借的那本《现代生意经》，明天带给你……"

生意经？什么生意经？阿毛还要看生意经？不看已经精得不得了了，再看生意经……

丁好婆瞪了媳妇一眼，气哼哼奔到儿子跟前，儿子正和同事讲得投机，看见老娘来捣乱，摆摆手，皱皱眉头："不要缠，不要缠。"

丁好婆只好看明强，明强眼睛一白一白，嘴巴一翻一翻。丁好婆好像听见孙子在讲："管我屁事管我屁事管我屁事……"

明芳出来，换了一套行头，穿得光彩照人，正好和阿毛般配，走过丁好婆面前，一阵香气。丁好婆只觉得头晕目眩，赶紧闭了眼睛，嘴里叽叽咕咕："你们不管，我要管的，你们许她去，我不许的，我不许的，我不同意的，我不同意的……我不要的……"

天井里一阵哄笑。丁好婆睁开眼睛一看，明芳和阿毛已经走到大门口，阿毛还回过头来，装腔作势地对丁好婆摆摆手："好婆，再会。"

天井里又是大笑，除了明强，其他人全张大嘴笑。有人还学丁好婆的口气："我不许的，我不同意的，我不要的……"

丁好婆只觉得心里有种说不出的味道。说难过又不像难过，说伤心又不像伤心，说气恼又不像气恼。一时间浑身没有劲，软绵绵，像要生毛病了。

六

明强一面翻日历，一面自说自话："立秋好几天了，还这么热，今年的夏天长煞人，热煞人。"

不光长，不光热，而且烦煞人。一个多事的夏天。其实，哪一个夏天不烦，事体不多呢。不光夏天，哪一个春天，哪一个秋天，哪一个冬天事体不多不烦呢。从丁好婆到居委会做事体以来，一直烦不清爽的。丁好婆不晓得自己还可以烦几年。修仙街上一块空地上有一家单位造起一幢六层的家属楼，已经有住户来看房子了，大概不多几日要搬进去了。等他们住进去，不管哪个单位，不管楼房平房，住到修仙街的，就属丁好婆管。要是到辰光，还要丁好婆爬到六楼查卫生，查安全，通知开会，调解矛盾，丁好婆作兴爬不上去的。

"立过秋，热天终算要过去了……"明强叽叽咕咕，大概热得怕了。

其实，丁好婆想，立秋算什么，处暑后头还有十八天地火，还要洗十八盆浴呢，秋老虎作起人来也是不吃素的。不过话讲回来，立了秋，到底同伏天不一样的，白天热，早上夜里总归要风凉一点，不然怎么叫立秋呢，一个多事的夏天总算要过去了，可是，还会有多事的秋天，多事的冬天，多事的……丁好婆想想真有点怕。

山在水的那一边

一

"原原！"妈妈刚进门就跑到小原的房门口："原原！怎么样？情况……"

儿子没有回头。他坐在窗前，默默地凝视着很远很远的地方。那儿，有一座山，从五楼的窗户里望出去，每天都能看到它，一座不很高，但很壮美的山。有雾气的天气，它似乎很神秘，更富有魅力。心情好的时候和心情不好的时候，谢小原总是凝视着它，总是想跑到那座山上去，去发泄一下，去倾诉一番。可惜，那座山太远了，隔着很宽的水面。还是在小学一年级的时候，老师领他们去春游，光轮渡似乎就坐了好半天。当然，那时候的半天，只不过抵上现在的半小时。也许是水面变窄了，也许是轮渡航速加快了，或者因为人的印象随着时间的流逝而改变了。反正，他始终确信那时候，他是坐了好半天的轮渡的。因为从那以后，他就再也没有去过那儿……

"原原！"妈妈声音大了一些，语调中全是担心和焦虑："原原，感觉怎么样？"

"热死了！"儿子回头瞟了母亲一眼，发现妈妈的衬衣被汗水湿透了，他移开了眼光。

"热……唉，我是问你考试……"

"……"

"嘻嘻。"欣欣又笑了。谁也不知道哪来那么多值得她笑的事。

妈妈听见笑声，回过头去，看见欣欣把早上出门时穿的白短袖蓝长裤脱了，换上了一条白底红花连衣裙，打扮得漂漂亮亮，清清爽爽，亭亭玉立的。眉宇间全是舒心的笑，浑身充溢着快活的气息，连一点汗也没有，根本不像刚刚下了考场的人。"欣欣，你呢，你感觉怎样？"

"感觉良好，嘻嘻……"

"那……和你哥哥对过答案了吗？"

"没有，他不肯。我一回来就想同他对，可是他不愿对，还骂人，不文明，嘻嘻，招生简章第一条就是讲文明……"

"好了好了，你少说两句，唉唉，小原，小原，你……"妈妈打断了欣欣，对小原说。

"烦死人了！还不快烧饭，下午不要我们考了？到现在还……"

"啊，啊啊，到现在还没有烧饭，真要命了，小平，小平！欣欣，你姐姐呢？"妈妈真急了，汗珠子大颗大颗地往下掉，"啪啪"地砸在桌面上。

欣欣朝姐姐的房间努努嘴，扮了个鬼脸。

"小平！平平！平平！"妈妈急得直敲门，以为大女儿出了什么事，这么热的天，门关得这么紧。"平平，你开开门！"

门终于开了。平平露出一张厌烦的脸："吵什么吵什么……"一股凉气从门缝里钻了出来，欣欣把脸凑过去，舒舒服服地吸了口气。全家仅有一架台扇，给了平平用的，没办法，平平出了百分之七十的票子，其实，即便平平不出钱，也会给她用的。因为，因为三个孩子中，平平过去吃的苦最多，而现在，平平是大人物了。

"你在家！你……不是讲好上午你烧一下饭。原原、欣欣下午还要考，你怎么……"

妈妈有点生气了，但还是压抑着，"天气太热，大家都像吞了炸药似的，尽量平息一下吧。"

"我怎么？你们要命，我也要命。你们有事，我也有事……"

平平声音虽然很大，但理不直气不壮，本来嘛，上午就她一人在家，理所当然该她烧饭。

"这是特殊情况，原原和欣欣这三天是最关键的时刻呀，你不是不知道，你就是牺牲三个半天……"

"哟哟，有什么了不起，考大学的人多着呢，全国几十万，都像少爷小姐让人服侍吗？我那时考大学，有谁来管我，关心我，服侍我，谁也没有，更不会有人肯为我牺牲什么了，我不也同样过来了吗？"

"文革"中，妈妈首当其冲，挨整受批。后来又首当其冲，下放务农。在大学教书的爸爸，经过"动员"决定与妻子同行，于是，一家老小六口人，一夜之间便全变成了农民。临走时，奶奶絮絮叨叨，说自己一把骨头，看来要埋入他乡了。奶奶一辈子生活在这个城市，这个家祖祖辈辈都在这儿生活。1975 年，爸爸妈妈上调回城时，奶奶已经过世了，原原和欣欣还在念书，按政策规定都跟着父母回城了。可是平平早已不念书，在队里务农，只能算作知青待遇，一个人留在乡下。回城后的两三年中，全家想尽了各种各样的办法要把平平调回来，可是，送的礼，托的情，操的心，费的神全都如同石沉大海。时间长了，平平迁怒于父母亲，以为家里人不喜欢她，把她一个人扔在乡下不管了。她脾气倔，竟然连过年过节也不再回家，很长时间不给家里写信，直到 1977 年底考上了大学，才从乡下搬了回来。

平平是闯过来了，尽管那么艰难。

"那……是过去了，现在不同了……"妈妈继续和平平对话，一点也不觉得这个时候，当务之急不是辩明谁是谁非，而是解决一顿中饭。

"不管怎么说，"平平口气又硬了起来，"我这样的时间不是用来给你们烧饭的！""砰！"平平返身进了她的卧室，把那一股凉气也关在里面了。欣欣叹了口气，退了出来。

原原忍不住了，冲了出来，对着姐姐的房门大喊道："你！太自私自利！"

"砰！"平平的房门又开了，速度之快，好像她专门等在门边，随时准备开门似的。"谁自私自利？你！你才自私自利！一天到晚在家里摆什么臭架子。好像谁欠了你八百块，你对妹妹什么态度？你对妈妈什么态度？"

"我？你对妈妈什么态度，你……"

欣欣不笑了，躲到自己的八平方米里面去了。

妈妈又急又气，把平平推进屋去，反拉房门，对原原说："你就让着点，平平也有她的苦衷。"

看着妈妈哀求的神色，原原不作声了，他不是不知道姐姐的苦衷。但她也太盛气凌人了，在家里就像女皇，不，像太上皇，像老佛爷……原原竭力压着内火。他又不得不承认，正是他的这个盛气凌人的姐姐，给全家带来了荣誉。爸爸妈妈在同事面前，他和妹妹在同学面前，没有不提起平平的，没有不为平平而骄傲的……平平在大学念书时就开始发表小说，而且一发而不可收，到毕业的时候，已经加入了省作协。平平很想争取机会去搞专业创作，由于学校的坚持，她留校任教了。可是留校以后，特别是近两年来，平平创作上出现了难以为继的状况。许多文艺界人士一两年前就希望平平有所突破，现在渐渐都失望了，冷却了，疏远了。甚至有些杂志已经开始点点滴滴地出现了批评文章，从生活、思想、技巧各方面分析这颗新星是怎么陨落的（尽管平平自己从来没有承认自己陨落了）。平平的苦衷从来不肯告诉任何人，但家里还是知道的，退稿信越来越多，约稿信越来越少。学校领导、同事之间，原本对学校教师搞创作就持有不同见解，有些人认为那是邪门歪道，不是正统，或认为那势必会影响本职工作，好高骛远等。于是教学工作更加重了一些，不久前又当上了班主任，仅仅班主任一项工作几乎占去了她所有的白日时光。平平终于沉不住气了。她变得像头困兽：凶蛮、好斗。平日里有时抽空躲在家里，争取一点时间，却又放心不下班上的事，常常搞得两头皆失。是啊，这样的时间，够可怜的了。

原原同情地看了一眼姐姐的那扇紧闭着的房门，出了一口气，只觉饿得前胸贴后背了。妈妈还在东摇西看的，他不由得怨恨起妈妈来。

在原原的记忆中，妈妈一直是非常干练的，常常下班回来，不说什么，三下两下，热饭热菜就上桌子了。三下两下，脏衣服脏被单就上杆子了。什么事都用不着其他人操心。连挑剔的奶奶，除了嫌妈妈做事快一点，其他都非常满意。可不知从什么时候起，妈妈变得啰啰唆唆的了，动作迟缓了，竟有点儿像当年的奶奶了。更主要的是，妈妈思考问题似乎总是主次不分，轻重不明。比如，这次他和欣欣一起参加高考，要换了一个人家，还不知全家轰动成怎样呢。可是他这个家倒好，爸爸照旧是视而不见，充耳不闻，沉浸在他沉浸了几十年的"孔孟之道"之中。妈妈呢？还是以上班为重，甚至不肯请半天假，为孩子们服务一下。原原觉得不能不和妈妈讲一讲了，今天上午第一场他考过了，可是下面还有五门课程……

"妈！"原原粗声粗气地说，"你不去考场看看，人家大人都买了冷饮，带了毛巾，在考场外面等自己的孩子，可你们……"原原突然感到鼻子发酸，停了下来。

妈妈抬起头，惊愕地看看儿子，皱皱眉说："等你爸回来，同他说说，他又没有坐班制。来，原原，你替我看着水，来不及烧饭了，我到外面去买点生饺子回来煮一下，又快又实惠……"

"妈，"欣欣从她的八平米里奔了出来，"我去，让我去买吧。"

"你就歇歇吧，下午还要……"

"不要紧的，这又不累的，写几个字有什么，我去吧！"

"那——好吧，给你，钱，粮票，买一斤半，买生的，没下过的啊……"

"知道了，知道了。哥，嗯嗯……"欣欣支支吾吾的。

"什么？"原原问她。

"你的自行车，借我用一用，行吗？"欣欣可怜巴巴的，刚刚学会骑车的孩子，看见车子最最心痒了。

原原掏出车钥匙扔了过去，欣欣高兴得吹了下口哨，活像个男孩子。

"哎，欣欣，别骑车子，一点点路，又不好拿，别骑了。"妈妈伸手要车钥匙。

"不！我要骑！"

欣欣一转身溜到门口，又回过来把桌上的篮子拿在手里，一路唱着什么，下了楼梯。

原原看了眼忙忙碌碌的妈妈，便回到自己的房里去，又坐在那儿远远地眺望那座山。

他是多么向往那座山啊，却一直没有机会再去那儿。小学二年级他就随父母下乡了。从乡下回来时，正读初中，一心想考重点高中，没空玩，进了省中又一心要考名牌大学，更没空玩，正因为得不到它，谢小原就更想得到它，他发了誓，考上大学以后，一定要去那座山痛痛快快地玩一玩。可是，考大学，考……

高中毕业前半年，学校就把毕业班的同学一分为二，划成理科班和文科班，有时也一分为三，让一些体育尖子组成一个体育班。分班，按说应该以志愿为原则，但这些十七八岁中学生的志愿往往不尽是自己的愿望。大凡掺进了父母之命，师长之意。谢小原在中学是个全面发展的学生。他既有过代表省中参加全省中学生数学竞赛的光荣历史，又在市作文比赛中获过奖，甚至在校运会上，得过一枚短跑金牌。分班的时候，他的心游离于文、理之间。他崇拜陈景润以及杨乐、张广厚。读了徐迟那篇不可多得的《哥德巴赫猜想》，刚满十六岁的他，激动得一夜没睡。天亮之前，迷迷糊糊闭上眼睛，便做了一个梦，幸福无比的梦，梦见他自己登上了数学王国的最高皇位，戴上了那顶皇冠……可是进了高中以后，也许因为他拉大了和同学们的距离，他渐渐地感觉到数学的枯燥和单调，厌烦起来，成绩虽然还遥遥领先，但是考科技大少年班的希望却越来越渺茫了。后来他终于发现，当初自己倾心的似乎并不是数学王国的"哥德巴赫猜想"，而是文学殿堂的"哥德巴赫猜想"。他的兴趣倏然而转。然而，兴趣毕竟是兴趣，分班却是个事关重大的事情，他不敢轻举妄动，草率决策，更不敢从兴趣出发。而且事实上，他并不知道自己真正感兴趣的是什么。权衡利弊、分析得失，他下不了决心。爸爸无关痛痒地"呵呵"笑几声："随你自己，随你自己。无为而治，听其自然，自己做主……"他恨透了爸爸。妈妈和他一样左右为难，一迭连声地问他，进哪个班好呢？好像准备考大学的是她自己，而不是她儿子。小原被妈妈烦够了，跑到在大学住宿的姐姐那儿，姐姐正被一大群同学围着，小原从人缝里看进去，发现姐姐兴奋得满脸通红，不停地把糖分给大家。他大惑不解，发糖？他一下子想到了另外一件事，以为姐姐……忽然姐姐看到了他，拨开人群朝他扑来，竟一把抱住了他。小原脸臊得通红，堂堂中学生，一米七五，姐姐怎么搞的！"原原，姐姐的小说发表了！"姐姐忙乱地从糖堆里抓起一本杂志，塞到他眼皮底下，激动得眼睛里亮闪闪的——直到几年以后的今天，他还记忆犹新。到后来姐姐小说发得多了，他就再也没有见过姐姐这种真挚的激动了。当时，他接过有姐姐的小说的那本杂志，却把姐姐拉到一边，把自己的为难告诉了姐姐。

"当然进文科班！"姐姐还没听完就嚷嚷了。小原怕其他大学生听见，却又不好叫姐姐轻点，急得冒汗了。只好自己压底嗓门。

"可是，文科……"

"当然进文科班！"姐姐郑重地重复了一遍，口气不容置疑。

原原无以对答了。他本来是没有主见的，还是第一次有人这么替他做主，他感到一阵温暖，姐姐比爸爸妈妈好，他想。

小原就这样进了文科班。数学老师替他惋惜。见了他，总是叹息，摇头……

第一次高考，是他信心最足的时候，生命的航船已扬帆待发。他在语文老师的精心指导下，背诵了几十篇范文。这些范文都是语文老师到处搜集的。老师告诉谢小原和他的同学，现在其他地方都在搞背范文，所以省中要搞就一定要高过别人一筹，他们背十篇，我们背二十篇。考文科，特别是考中文，一篇文章是很重要的。

凭多年经验，高考作文，不会超出这二十篇范文的范围；即使没有一模一样的标题，也不过是改头换面，所以，只要背诵了这二十篇范文，作文得好分是没有问题的。小原和同学们于是拼命背文章，怕临考心慌意乱忘了，对重点文章连标点符号也背上了。到后来就像《红与黑》里于连背《圣经》那样，随意提其中几个字，就能顺着往下背，甚至可以倒背如流。结果，那一年，小原作文确实考得好极了，39.2分，合98分。可是，他在总分上却被拉下来了，由于大量的精力用去背范文，偏废了其他学科。他连分数线都没上得了。妈妈和姐姐去找语文老师，试图对他的教育方法提出质疑。可老师说，别的同学不都考上了吗？是的，那些曾经和他差距很大的同学都远走高飞了，这是刻骨铭心的经历。他咬一咬牙，参加了母校复习班，仍然是文科。想不到来自各方面的压力——老师、家长、同学、自己的——太重了，思想过度紧张，临考前他突然病倒了，医生称那病叫考试前紧张综合征。小原病得很重，进了医院，以至于失去了第二次机会。躺在病床上的那段时间，因为苦闷和无聊，他迷上了小说，天天读小说，企图让文学来驱除他的烦恼。有时候，他读到那些妙不可言的地方，会笑得咽住气，会激动得掉下眼泪来……可惜的是，小说毕竟是别人的生活，而不是属于他的。从那里面浮上来，他又看到了那些可怕的目光，耻笑和幸灾乐祸。竟然有人说，谢小原怕考不上显丑，才进医院避难的。血气方刚的小伙子，差一点喷出血来。他毅然地转向了理科。文科学校太少，机会太小。而且，除了北大、复旦，他不知道还有什么名满天下的学校。他应该走另一条路，他的目标应该是清华，是科技大，是……除此他无法洗尽那刻骨铭心的奇耻大辱。

去年，他参加了第三次高考，结果又以几分之差落第，人们替他惋惜，替他进行了分析，得出的结论是，谢小原心理状况比较特殊，上场时往往不能很好发挥，就像一些球队队员临场失常一样，人们企图以此来宽慰谢小原。谢小原却全然不理。

就这样，他被压抑着，被束缚着。夏天坐在窗前无望地看着那座山。他一直很想去一次，哪怕一天，也够了，想玩个痛快也只要两三天。可是他一次又一次地压抑着那强大的诱惑……

"妈——"

欣欣回来了？怎么这么快？才五分钟，难道骑车子出事了吗？

"妈——饺子买回来了。"是姐夫下班回来了，"你看，幸亏小妹出门就遇上我，要不，可就买双份了！"

"怎么，你也买了？"妈妈在问。

"英雄所见略同嘛，哈哈哈……"姐夫笑着，"不过这个英雄又不是我，是平平，她让我下班带回来的。咦，她呢？"

"在屋里呢。唉，带了饺子也不说一声。"妈妈抱怨地说。

"欣欣，考得好吧，哎，还有原原呢？原原——"

原原走了出来，没精打采的。

"怎么样，原原？"

"不行了。"原原低声地说。在家里似乎只有和姐夫还能讲几句，也许因为都是男子汉。尽管姐夫有许多地方他看不惯，"完了，这一门看来没有希望了……"

"原原，你太紧张了，你别这样紧张！"妈妈插了上来，担心地盯着他。

"紧张！我怎么能不紧张？！你们都知道……这是我的最后一次机会了，最后一次！"他觉得喉头有点发梗，声音也有些变调。

全家都沉默了，只有饺子在锅子里翻腾着。小原的眼睛又移向了窗外，那座远远的山。由于在乡下耽搁了，他和欣欣都比自己的同学要大一两岁。高中毕业时，他已经二十一了。今年，是高考年龄的极限了。

"哥，我跟你对对答案好吗？说不定你没错呢……"欣欣笑嘻嘻地走了过来。

原原想"去"她，一想起刚才平平的话，才忍住了，但仍没好气地说："我对过了"

"和谁对的？"妈妈问。

"同考场的人呗。"

"怎么样？"几个人都不无紧张地问。

原原实在不想和他们啰唆，太没意思了，瞎关心，又帮不了忙。

吃饺子的时候，谁也没有说话，都吃了一头大汗。姐夫提出把台扇搬出来大家吹一吹，平平没有表示异议。姐夫赶紧进他们的卧室搬台扇，大约心急了一点，"叭"，桌上一只杯子被皮线拖倒了，平平"哎"了一声，赶了进去，杯子没有被打碎，水却把平平的稿纸打湿了。平平一边抹水，一边大声责怪姐夫："就你会多管闲事！"

姐夫笑嘻嘻地把台扇搬了出来，当着全家人的面挨了骂，竟一点也没有感觉，还涎着脸笑。原原厌恶地扭过脸去，太没出息了，倘若换了他，他是决不……决不怎样呢？倔强是要有资本的。也许姐夫正是因为这个才低声下气的。姐姐和姐夫是在乡下时认识的。当时，他们一个是插队知青，一个是下放户的女儿，等量器是平衡的，可是后来，天平越来越倾斜了。姐姐考上了大学，姐夫连考三年没考上，终于失去了最后的机会。姐姐写小说，成了有影响的青年作家，又留校了，大学助教。姐夫呢，在中学里管后勤，什么都没有。他搞不大清楚，姐姐大学毕业时怎么还是同姐夫结婚了。姐姐聪明漂亮，可算是才貌双全，当时追求她的人不下一把，这是她自己讲的。即使从外表上看，姐夫也差姐姐一大截子，矮不溜秋，黑不拉叽，可是姐姐还是和他结婚了。小原的心抖了一下。如果高攀低就的婚姻会造成这样的结果，一方以主人自居，另一方俯首帖耳，那……

小原放下饭碗的时候，爸爸才蔫蔫地回来了。小原连招呼也没有和爸爸打，就进了自己的小屋，他想稍稍舒一舒心，想一想下午的考试，可是外屋爸爸和妈妈的声音越来越大，后来简直就是在吵架。小原知道，爸爸妈妈在为哪个留家负责后勤而吵开了。小原想到别人家的父母对参加高考的子女是什么样子，越想越气，抓起钢笔，冲出房门，对正吵得热烈的爸爸妈妈吼了一句："像你们这种当父母的真是少有，太自私自利了！"

说完，他头也不回地走了。任凭妈妈在背后带着哭腔地叫喊什么。

中午没休息，脑子里像一团糨糊，可是下午的考卷似乎很简单，小原很快就答完了，硬逼着自己又重看了几遍。交卷走出来的时候，他瞄了一眼还在座位上的一位考生的考卷，发现有一道题和自己的答案一样，他很高兴，挺了挺胸走了出来。抬头一看前面，他呆住了，爸爸妈妈站在树底下，手里捧着一大堆冷饮，像其他考生的家长一样，眼睛紧紧地盯着大门。小原心里一热，眼泪差一点滚了下来。

小原和欣欣兄妹俩在舒适的环境中度过了后两天的考试，每次考完回来，欣欣照例是"感觉良好"，简直叫人怀疑她是不是紧张得不正常了。小原仍是不作任何明确的答复。

接下来便是等待答案揭晓，等待命运的安排。小原因为内心"自我感觉良好"，比前几次都好多了，所以有几天，看着远处那座山，他甚至在计划"两日游"了。但是，这种念头立即被他自己打消了，还没有到高兴的时候。不像欣欣，一副稳操胜券的派头，成天嘻嘻哈哈，和那些没头没脑、没心没肝的同学闹个没完。

终于公布分数了。小原的实际成绩比他自己估计的分数整整低了五十分。他受到了最沉重的打击，但是希望却似乎又不肯一下子离他而去，别人都说，按他的分数，就像门槛上的鸡蛋——滑进滑出，全看运气。小原天天在煎熬中度日，他似乎完全变了一个人，乖戾得自己也讨厌自己了。家里人，除了妈妈见了他就宽慰，什么还是有希望的，什么天无绝人之路，叨叨唠唠，根本起不到安慰的作用。其他人却全都在有意地躲开他，回避他，他不知道他们是怜悯他，还是讨厌他，或者甚至是鄙视他。他也远远地躲着他们，把自己关在屋子里，每天只和那座遥远的山交谈。只有一日三顿饭，才勉强和大家见个面。

"感觉良好"的欣欣自分数公布以后便知道无指望了，连去年的分数线也没达到，还差三十多分。可是她仍然"感觉良好"，仍然是那副乐天派。妈妈怕她伤心，说："欣欣，别难过，你还小，明年再考……"

"妈呀！"欣欣夸张地做了个手势，"我可不敢再考了，灵魂都考出窍了！"

鬼才相信。复习的时候看电影，新电影一场不漏，永远也看不够。幸亏有她那些志趣相投的同学陪着她看那些没滋没味的电影。考试阶段，每天还得上几趟街，看看花布，吃点冰淇淋。再也不会有人像她那样会享福的了。大约也不会有任何一个参加高考的人像她那样轻松的了。

"那……你明年不想考了？"妈妈担心地问。

"干吗非要考大学呀，除了考大学，其他工作就不是人做的么，玲玲姐姐去年毕业的，只比我们早一年，现在多舒服，电影院里卖卖票，一个月五六十块呢。"

"瞎吹！"妈妈的话题常常被别人牵着走，"哪有才工作就拿那么多的，我工作三十多年了……"

"谁瞎吹啦，不信你问玲玲嘛，她们有许多奖金呢，她姐姐的新衣服也做了好多了。让我去，我也愿意……"

"没出息！"原原在心里骂着欣欣。看着妹妹那漂亮的脸蛋，窈窕的身段，他真不知道她怎么长成了那么一副心肝。

终于熬到了发通知单的时候了。

全家人更是小心翼翼，在小原面前只字不提这回事。有一天，全家吃晚饭了，小原却躲在自己的屋里不肯出来。

"原原，原原，吃饭了。"妈妈哀求般地喊他。

小原仍坐着没有动。

"原原，原原……"

"别喊了，随他去，"平平说，"饿了会出来吃的。"

小原又气又恨。

突然，外面有人在喊："503挂号信！"

全家一愣，随即小原从房里奔了出来，但在门口却停了下来。

"503谢小原挂号信！"

全家人同时"啊"了一声，欣欣第一个跑过去开了门。

绿色的"天使"站在门口，脸上没有任何表情，喜怒哀乐都没有。可是谢小原和他的亲人却从那里面看到了光辉灿烂的东西。

"图章。"邮递员平平稳稳地看着这乱了套的一家子。

"有！有有！"妈妈手抖抖地从抽屉里摸出图章。

欣欣抢过那封挂号信，高高地举起来，声音是那样的优美动听：
"哥哥的录取通知单！"

谢小原的录取通知单终于来了，他盼了整整四年了啊！他嘴唇
哆嗦着，想笑，却笑不出来……

二

狂欢之后。谢小原终于颤抖着撕开了信封。全家人立即被他的
神情吓了一跳。姐夫过去接过通知单一看，也木愣了，那是本市的
一所师范专科学校的体育科的录取通知单，是三年学制，大专待遇。

信封里附了一张铅印通知。

谢小原同学：

　　你的志愿中没有报体育校系，但有服从挑选一条，因
为我科今年招生人数缺额太多，看了你的档案材料后，觉
得你在体育方面还是很有基础的。所以，今特发录取通知
书，倘若你不愿意，亦不勉强，退回通知单即可。谢谢！
　　此致
敬礼！

师专体育科
×年×月×日

除了欣欣，全家人面面相觑，担心地看着小原。

欣欣却高兴地笑着："嘿！体育科，来劲，让我去我也愿意的。

你们没见过我的成绩报告单么，体育可好了，九十五分，嘿嘿……"见大家都瞪着她，她似乎更得意了，趁全家沉默，她竟唱起了《排球女将》："痛苦和悲伤就像球一样，向我袭来，向我袭来……"

"别闹了！"妈妈哀求似的对欣欣喊着。

欣欣看了大家一下不笑了，把饭碗一推，抹一抹嘴，跑回自己小屋里去的时候，还来得及喊完最后几个字："接球！扣杀！"

小原恨不得追上去把欣欣的嘴撕了，可是他没有动弹。接球！扣杀！接球！扣杀！他是怎么也不可能想到的。他可以选择文科，也可以选择理科，但对体育……他没有丝毫准备。要说好感，也只能是那种业余爱好者的好感，像许多爱看球赛却不能也不愿打球的人一样。他想退回通知书，又想撕了它，却又舍不得。

妈妈叹了口气说："去吧，去上吧，好歹学校总比外面强，总能学到一点东西……"

平平白了妈妈一眼："别去，有什么出息？还不如以后考自学文凭，或者上夜大学、电大、函授都比它强！"

欣欣又出来了，还哼哼着"接球！扣杀！"好像接到通知的是她。"要我呀，我就去，天天有得玩，跑跑跳跳，不要动脑筋，还有得发运动服、运动鞋，还有机会到处溜溜。像为为的哥哥，就是体育学校的，每次回来，嘿可帅啦，一大帮小姑娘盯着他看……"

谁也不把她的话放在耳里。

欣欣却来拉姐夫做同盟军了。

姐夫"嘿嘿"一笑。"算了算了，我看么……还……"他瞟了妈妈一眼，又瞟了平平一眼，"想去就去，不想去就别去。"

"扑哧！"平平忍不住笑了起来。妈妈也笑了。欣欣看见有人笑，来不及跟着咧嘴，却发现姐夫的脸却难看极了，像不慎吞了一只烂苍蝇似的。

爸爸哼哼哈哈，之乎者也，又是什么无为而治，听其自然……

谢小原心乱如麻，无所适从。手里这张通知单，毕竟是一个被大学录取的凭证呀，对几次榜上无名的谢小原来说，毕竟是有相当诱惑力的，对一心向往大学生活的年轻人来说，毕竟不同于一张空空的白纸；况且，正是女排大获全胜，大显身手之后不久，全国人民热血沸腾，向女排学习，向体育界看齐，热爱祖国，振兴中华！谢小原也是有一股热血的，他的热血也有点沸腾了，他冲动了，他激动了，仿佛看见自己正站在领奖台上，身后五星红旗冉冉升起，庄严的国歌乐曲撞击着他的心灵……他终于在报到限期的最后一天晚上，由妈妈、姐夫、欣欣陪同和护送，到师专体育科报到了。

入校好几个月了，按说早已过了"互相探索"的阶段，该做"互相了解"了。其他同学，已经是非常融洽，非常亲密了，相互间那么随便，那么自在。每每他们凑在一起甩扑克，唱"啦啦啦"的时候，谢小原心里便会涌起一股酸涩之味。他总感觉到自己还是一个"局外人"。

平平有一回在饭桌上炫耀，看了一部外国小说，题目就叫《局外人》，那是一个名叫加缪的法国人写的。小说的思想意境是如何的深邃而富于哲理，艺术技巧又是何等的高超而娴熟无瑕，不愧为存在主义的代表作品，主人公莫尔奈被描绘得怎样怎样……一屋子人尽听平平一个人在演讲，平平还间或夹插几句优美动听，发音纯正的法语在其中。除了小原内心深处隐藏着一丝不服外，全家大约都是五体投地的了。爸爸是位"历史学家"，在大学历史系授课，搞了一辈子"孔孟之道"的研究，只是在两年前晋升教授时突击了阵子英语。时过境迁，如今大约连 ABC 也快分不清了。妈妈么，倒是正牌大学俄语专业的高才生，因为入党比较早，小小年纪就成了党的专职政治干部，而人们并没有要求政治干部必须精通外文，于是妈妈也就无端地抛却了俄语。妹妹高中毕业时，外语差一点挂红灯，更是个咬字不清，发音不准的结结巴巴的小丫头。平平读的大约是法文原版，要不脸上会有那种奇特的神采么？小原那一阶段也很想攻一攻外语。那是在他听了平平的吹嘘，想让平平替他借那本《局外人》看，而平平揶揄地问他懂不懂法语语法，懂不懂发音以后，隐藏在心底的那点不服，膨胀成为志气。首要的目标当然是法语，因为平平太骄傲了。法语可不是一门好学的外语，再加上他过去学的英语，现在老是跑来和他寻开心，捣乱。他转向日语。这叫以己之长，攻其之短。平平是不懂日语的，即使能讲上几句，也不过是"您好""再见"之类，他倘若能攻下日语……可是生活总不如人意。平平告诉他，英语是基础。他总觉得平平那居高临下的姿态，那教训人的口吻对他是一种屈辱，但他不得不忍辱负重，听从劝告，决心先学好英语，打好基础。不过到头来他仍是一事无成。

全破灭了。理想、志向、热情、抱负，全都泯灭了。谢小原失去了对任何事物的兴趣。住到学校以后，他再也看不到那座遥远的山了。它远远地躲开了他，他再也不想见到它。他只想把自己紧紧地裹起来，把自己压在石头底下……

下午是足球技术课。

这是谢小原最最头疼，也最最害怕的了。早上起来就心灰意懒，因为这下午的足球技术课。当然，更因为这无休无止，没完没了的厌烦……

午饭桌上，他们又眉飞色舞地谈起昨天晚上电视里鲁梅尼格的那记射门。嚼烂了的饭粒，嚼烂了的话题……干净、利索、准确、有力……下午技术课上得好好学他几下，了不起的鲁梅尼格……谢小原厌恶地闭上了眼睛，他不想看他们吃饭时大幅度蠕动的双腭，可是他却无法堵住耳朵，又是射门，又是铲球，又是越位，又是那咀嚼时的"嘁嚓嘁"……

他把吃不下去的饭菜倒进食堂门口的泔脚缸，下意识地又回头看了他们一眼。他们中间没有一个人关注他，他们在继续着他们所关心的话题。

他很伤心。局外人……

他到底在图书馆从一个中文科学生手里等到了中译本《局外人》。可是那哪是什么《局外人》，那是一本作品选，其中选入的《局外人》只有全书的几个章节的片段。他看了一遍，不得要领，又看了一遍，再看一遍，还是不知端倪。他有点儿茫然。中学时，有一个阶段他曾经很爱读王蒙的新作。每每读到那些无标点的几十字甚至几百字的长句时，他会发出心领神会的笑声，每每看到同学们面对这些如同文字游戏的妙语目瞪口呆时，他便热情地为他们作解释，以后他常常以现代派的忠实读者自诩。可是在加缪和他的《局外人》面前，轮到他瞠目结舌了。最后，他不得不借助于评论文章以及作者简介之类，才算稍稍清楚了《局外人》的精神实质，冷漠地傲视世界，孤独地蔑视社会，无动于衷地面对人生……

他向来是热爱生活的。生活也从来很宠爱他。十多年前，爸爸妈妈落难时，他还小，不懂得人生的忧患，人间的冷暖，人世的艰辛。当他开始会用自己的眼光看生活时，生活向他显现的就已经是一片玫瑰色了……如今他却要做一个生活的"局外人"，他茫然。不知道明天会是什么样了，也不知道明天应该是怎么样，他绝望了。对人生，对所有的人。

于是，他始终和朝夕相处的同学们格格不入。

他们总是一群。走在身后，像一层海浪，又似雷霆，迎在眼前，像一座泰山，又似闪电。他们会因为谁的一件款式新颖的上衣或精心设计的发型而发出一阵令人胆战心惊的大笑，他们会因为谁走路的姿态稍稍优雅或微微随便一点而同声吹起"看那前面的俏姑娘"的口哨来。他们边走边啃馒头，大咬大嚼，挤眉弄眼，然后把剩下的一口抛到你的脚边，他们把一只又脏又湿的足球对准你手中的饭盒子踢来，命中率极高，然后在"丁零当啷"和"哈哈哈哈"的交响曲中扬长而去，趾高气扬，得意忘形。没有惧怕，没有敬重，没有内疚，也没有惭愧……

于是他们轰动了。其实他们早就轰动了，早就闻名了，而且早就被摇过头，被叹过气，被闭过眼，被哼过鼻子，被骂作不可救药了。

他，竟与他们为伍了。

怨谁也怨不着。只有自己无休止的悔恨，恨自己的无能，怨命运的不平，怨生活的残酷，怨……他所具有的只是怨恨和苦闷，只是沉沦和绝望。

谢小原连脸都没有洗，和衣倒在床上，迷迷糊糊的。

"砰！"门被撞开了——一双露出了脚趾的污黑的回力鞋，一条沾满了油污的蓝色球裤，一件拉链敞开的红得叫人心慌意乱的球衣，一张……好个神气的小伙子，只可惜那个头实在没有什么值得骄傲的地方。他的专项是举重？足球？武术？摔跤？哦哦，不是还有李月久么，但愿他能像李月久一样出色，但愿他一踏上自由体操的宽大柔软的富有弹性的垫子，一听到那优雅柔美得令人陶醉的钢琴伴奏曲，就能想起李月久，还有李宁，李小平……然而他也许徒有了李月久的志气，终究成不了李月久，就凭……就凭他那张极不严肃的脸……哦哦，那不是李厚平么？李厚平突然收敛了夸张的笑容，屈腿扭腰挽手，古典女子式的作揖，胡乱开口唱道："啊，梁兄，你这只呆头鹅啊……"

一阵笑骂。后面跟着的三五个，一齐拥进了宿舍。

斜倚在床柜的高一米六五，只有九十余斤的李厚平，抱臂，抖腿，用唾沫吹泡泡。甜腻腻、黏糊糊的笑脸，甜腻腻、黏糊糊的嗓音，甜腻腻、黏糊糊的架势……怀里还搂着那把破二胡。李厚平对于双杠、单杠、吊环、鞍马的兴趣似乎还抵不上他对他爸爸传给他的那把破二胡的爱慕。只可惜他的二胡水平怎么也超不过他的体操分数。每天，他们这个宿舍，都会传出一阵阵令人心惊肉跳、牙齿打软的撕裂声。整整一层楼，从东头到西头，几乎每个宿舍，每个人都深受二胡其害，每天都得忍受一至数回让人厌烦得想发狂的"雌鸡雄鸡"声。好在这幢楼房里本来就少有温文尔雅之士，即便没有二胡之害，也照旧乱成一气。一旦耳朵里听不到吵闹声，说不定次日便会闷出一场大病来。于是，你"雌鸡雄鸡"，我"临行喝妈"，他"叫声妈妈"……

按谢小原的脾气，他一点也待不下去，一刻也容忍不了。他是很爱清洁的，可是这儿，五光十色，五彩缤纷，五花八门。床上、床下是花花世界，桌上、桌下是沼泽地带，门里、门外是铺天盖地。被头、枕巾可以和抹布比黑，可以从一双球鞋里摸出半年未洗的尼龙袜子。军棋子、围棋子、象棋子和西瓜子、香瓜子、南瓜子，搅和在一起，篮球、足球堂而皇之地占据着桌面，使桌面上多了一层干碎的泥巴，而那些书籍笔记却屈居于哪个阴暗的旮旯。冬天敞着大衣领在寒风中哆嗦；夏天，只穿一个短裤衩子，大摇大摆如入无人之境。

无法容忍的环境，无法容忍的同伴，无法容忍的一切……他听说，体育科上一届有个学生进校复查身体时，发现心脏有些问题，医生认为不适宜搞体育，学校酌情处理，让他转了科，去学数学。谢小原非常羡慕那个有心脏病的同学，甚至很希望自己也有些什么疾病，在训练最艰苦的时候，甚至有过更荒唐的念头，想故意制造伤残。可是，他不敢，他没有勇气。

"当……"

"上课啦！"

刺耳的预备钟声和夹杂着粗鲁的喊叫。

谢小原十分不情愿地开始套袜子穿鞋。李厚平他们已经吹着口哨，哼哼着，扬长而去。他突然感到一阵酸涩，无可奈何地去追赶他们。

王老师站在队前。严厉地瞪了谢小原一眼，他迟到了半分钟。

准备活动后，王老师简短地讲了一下要领，就让大家分组练习了。

谢小原带了一只球，正想躲开王老师，可王老师偏偏盯着他。

"你！过去守门！"

他的心抖了一抖，腿有点打软，脚下也迟疑了一点。

"怎么，怕什么？"王老师瞪着他。

怕？谢小原心中涌上一股滚烫的东西，他不再犹豫，跑到了球门前。

"啪！"人还未站稳，王老师的球已飞过来了，他还未来得及用身体挡住球。

"好！马耶尔！"

"啪！"又是一下。

他一个正扑，球弹了出去。

"好！费洛尔！"

"好！"王老师脸上也有了点笑意，眼睛在他身边直转瞄。谢小原忽然感到有点心慌。

"啪"正脚背，地滚球直往球门射来。

他判断稍稍偏差了一点，便扑了个空，球从右下角破门而入。他有些泄气，偷偷看了一眼王老师。企望快换其他同学上来，旁边有好些同学在等着。可是王老师并不理会他，板着脸。他又扑了几个球，渐渐感觉到球的分量重起来了。他几次有意想躲开，又怕蒙不过王老师那双锐利的眼光。越怕，球的分量便越重，撞在胸口上，闷得半天回不过气来，打在腿上，火辣辣的疼。他想喘口气再来，可是球不饶人，像是发了疯似的朝他身上砸来。他有点恼火，小声地叽咕起来：

"妈的，有意整人……太……"

王老师转身冷冷地瞪了他一眼，却装作没有听见，没等谢小原话音落下，拉起来猛地一脚，谢小原猝不及防，一球竟打到他的鼻子上，疼得天旋地转，眼泪都下来了。当他捂着鼻子蹲下去的时候，周围竟然发出一阵哄堂大笑。

大约见他好半天不动弹，王老师便大声喊道："起来，继续练球！孬种啦！"

谢小原"呼啦"一下跳了起来，眼睛血红血红："你老师还骂人！"

"孬种就该骂！"王老师竟像孩子一样同他顶起嘴来。

谢小原被骂了两次"孬种"，热血全部涌到头上："谁是孬种！！谁是孬种！！谁是孬种！！"

周围的同学都被他那副样子吓坏了，不由自主地朝后面退了一点，王老师也迟疑了一下："不是孬种，那就继续来！"

谢小原咬着牙，大冬天只脱剩了一件运动衫……半节课下来，浑身都叫汗水湿透了，连走路都一拐一拐的不怎么灵活自在了。

下课的时候，李厚平从后面赶上来，拍拍谢小原的肩，吐了一串泡泡，说："好样的，今天够意思！"

谢小原鼻子一酸，但强忍住了。他发现熊力正走在他身后。

晚上，谢小原躺在床上怎么也睡不着，因为浑身又酸又痛，翻个身都困难，鼻梁更是疼得难以忍受，更因为……李厚平的那句话。是的，在李厚平他们眼里，确实，只有那样地拼命，才是好样的，因为那就是他们所追求的，所希望的，他们的理想，他们的寄托，他们的一切。可是他，却天天在虚度时光，不得已地为自己不喜欢甚至厌恶的事而拼命，谢小原委屈极了，真想放声大哭一场……

在黑暗笼罩之中，他又想起了在水那边的那座山，那座山曾经

给他带来过许多幻想，许多憧憬和热望。那座山也曾经给他带来过
力量、勇气和信心。现在它也不见了，它让他做了几年的理想之梦，
可是现在理想泯灭了，它欺骗了他，就像生活欺骗了他一样。他背
诵过普希金的那首诗，也曾激动地幻想过：倘若有一天生活真的欺
骗了我，我一定会做到不忧郁，不愤慨，永远向前憧憬……他困难
地翻了个身，呻吟了一下。

"谢小原，你怎么啦？不舒服吗？"

熊力那一贯冰冷生硬的声音在黑暗中变得温暖、柔和了。他在
其他人的鼾声中听出谢小原在床上辗转反侧，呼吸急促。谢小原心
头一热，但没有吱声。

"是不是……"熊力压低了嗓门，"下午伤了？"

"嗯，鼻梁有点疼……"谢小原很害怕，若是落下个残疾，
那可……

"上医务室看一下吧，我陪你去。"熊力好像已经坐了起来，开
始穿衣服了。

"这么晚了……"谢小原有些犹豫，他实在是不想动弹。

"不要紧的，有值夜班的，快起来吧。"熊力穿好了衣服，下了
地，站在谢小原床边等他。

谢小原只好起来，由熊力陪着去医务室，他十分不解，熊力平
时对他很冷淡，进校以后，似乎从来没有正眼看过他。今天却表现
出异乎寻常的热情。平时，熊力只要一走近谢小原，眼睛里便会闪
出一种怀疑的光来，使得谢小原不得不时时地避开他，也常常会紧
张得心里怦怦直跳。不知为什么，他很怕熊力，当然不是因为熊力
虎背熊腰，也不是因为熊力球艺高超。他知道，在班上熊力拥有不

少崇拜者。在他自己内心深处，对熊力也是相当佩服的。熊力的定点投篮，一次一连命中一百零二只。据说有个叫马丁的美国人一连命中二千几百只球，但那毕竟太遥远了，更何况耳听为虚，眼见为实。熊力的一百零二只球是大家亲眼看见的。还有，对熊力的弹跳，对熊力的空中收腹传球、空中换手投篮，凡此种种绝招，他都无话可说。可他奇怪的是，熊力对其他同学都很随和，唯独对他，似乎有一种天然的敌意，会用一种永远不会改变的不屑神情和鄙夷眼光对待他。谢小原很不明白，迷惑不解，他进校以后，从未得罪过熊力，而熊力似乎从一开始就对他抱有成见。他害怕的，正是熊力的那双眼睛。

熊力小心地搀扶着谢小原，到了医务室，值班医生看来对五官科不甚了了，但至少能看出不会有大问题，给了几片镇痛药片，吩咐明天早上再来。便埋头去看那本厚厚的外文杂志了，任凭熊力问长问短，一概只作听不见。

熊力又搀扶着谢小原走了出来。

谢小原很过意不去，说了声："谢谢你了！"

熊力没有出声，只是微微一笑。

谢小原真诚地对熊力说："熊力，入学以来，我们还从没有在一起待过这么长的时间呢。"

熊力似乎有点不好意思，两眼瞅着地面，半晌才说："这要怪我，我这个人心眼儿太小，我最恨那些看不起搞体育工作的人。进校后，我看你每次上课都那么厌烦，平时又总是一个人想心事，和我们合不来，我以为……我以为……今天看见你在足球课上那么拼命，那么认真，我明白了，你是热爱体育的，不是我想象的那样，过去，我可能太片面了……"

　　谢小原感到脸上烫了起来。如果说熊力过去确实有些片面，那么他现在看问题仍然是片面的，表面的。谢小原一想到自己下午足球课上以及后来的想法，浑身燥热了，一冲动，差点儿把自己的原始思想告诉熊力，但他忍住了。他怕失去刚刚开始得到的东西……

三

　　平平出远门了，被邀请到广州、深圳参加一个创作笔会。家里立时清静了许多。姐夫上班回来，只是抢着干家务，并不多说什么。小原却从姐夫的眼睛里发现一丝担忧。他心里很不舒服。

　　欣欣正在大镜子前梳头，好像是新烫的头。那微微卷曲的头发，那一排厚厚的刘海，更衬托出欣欣青春的气息。

　　"欣欣，怎么不去上班了？"小原威严地提醒妹妹，在欣欣面前，他是很严肃的。

　　"嘻嘻……"可是欣欣在哥哥面前，在任何人面前也严肃不起来，"今天夜班。呵，呵呵——"欣欣打了两个很长很长的呵欠，眼泪都涌出来了，这又引起她的一阵大笑。

　　原原到师专体育科报到后不久，欣欣就被一家纺织厂招工录用了。三班制，两天一轮换，欣欣快活极了。第一个月拿到三十几块工资再加十几块奖金，兴奋得手都发抖了。给全家每人买了一件礼物，小原得到的是一只足球，他差一点当场把球踢还给欣欣。欣欣自己买了一双紫红色的中跟猪皮鞋。第二天就穿上了，更显出了她苗条的身姿。其余的钱全由妈妈代她存了，存到一定的数目，她就该办嫁妆了。欣欣总是越过越有生气，朋友也越交越多，在志趣相投的同学之外，这半年又多了一大帮子从年龄、思想、经历、修养、审美观以及人生态度等等方面都大同小异，相差无几的工友。男的女的都有，打破了中学生"男女有别"的禁限。逢到休息日，一来一大帮，叽叽哇哇鬼叫。八平方米里简直翻天覆地，有男孩子的时候，一部无聊透顶的电影也能扯上一上午，男孩子不来的时候，姑娘们俨然是时装公司经理级会谈，要不就把声音憋在嗓门里，悄悄地说，偷偷地笑……小原住在学校平时又难得回家，且撞上了好几回。他很恼火，几次想借机训斥欣欣一下，却又老没有机会。

"呵，呵呵——"

欣欣呵欠连天。进厂快半年了，欣欣什么都习惯，打结的成功率和速度竟然已经超过师傅了。师傅很欣赏她，已经开始提前让她看车。这在一般学徒工中是最最光荣的事了，提前独立操作，而且欣欣的适应能力很强，仅仅挨了几天腰酸背疼腿肿，就过了立织工最怕的"站立"关，前几天下班回来，得意扬扬地告诉大家，厂里评选优秀学徒，她被提名了。可是欣欣对三班制似乎老是适应不了，老是想睡觉，而且怎么也睡不醒。好几次连放在枕边的闹钟响了半天也听不见。若不是妈妈在隔壁房里惊醒，她八辈子也别想当先进。以后干脆把闹钟放到妈妈房里，由妈妈担负起责任。

小原看着欣欣那瞌睡的模样，有些同情她。欣欣却不在乎，一边打呵欠，一边精心抚弄着头发，后来，又翻过来覆过去地对着镜子研究那件秋香色的带帽滑雪衣，一边还叽叽咕咕，好像是抱怨妈妈买大了一号。

"欣欣！"小原忍不住喊了一声，打断了欣欣的自我欣赏。

欣欣不情愿地回头看了一眼小原，用不满意的目光问着："什么事？"

"你……你今天上夜班？"

"嗯。"

"为什么不睡觉？"

"第一个夜班嘛。"

"那……白天你干吗？"

"到玲玲家去。"欣欣看了哥哥一眼，大约发现哥哥有些不高兴，便补充道，"我好长好长时间没去了，好几个月了，玲玲该骂我了。还有，上次她告诉我一种男式毛衣新花样，我又忘了，去学，学会了回来给你织一件好吗？"

"谁要你织什么东西，这么多时间，你就不能找本书看看？"

欣欣停止了摆弄滑雪衣，兴趣又移到了那条法兰绒小喇叭裤上，听见哥哥让她看书，似乎很惊讶地回头看看哥哥，好像没有听懂似的。

"你难道就打算这样过一辈子吗？看看电影，洗洗衣服……"

"谁说的，你不了解我，我已经报告参加了……"欣欣激动地说。

"参加什么？"

"嗯，我们厂排球队呗，前天练了一下，他们都说我弹跳高，素质好，又灵活。唉，哥，你不知道，我们厂排球队可厉害了，那些女的，又高又大，有人比你还高，扣起球来……"

"别说了，"小原像泄了气的球，"你也……太没出息了。"

"怎么没出息？"欣欣反唇相讥，"你不是还专门上大学学体育吗，学打球吗，你说我没出息，你不是更没出息吗？"

"你……"小原哑口无言。

"好了，my brother goodbye"欣欣欣赏完毕，对小原耸一耸肩，走出门，又关上，把那段刺心的歌又留在小原心中，"痛苦和悲伤，就像球一样，向我袭来……"

小原怔怔地站着。直到姐夫一身冷气进屋来，他才回过神来。

"怎么啦？和欣欣说什么啦？"姐夫问。

"没有什么。"小原冷淡地说。

"唉……"姐夫长长地叹了一口气。

小原看看姐夫愁眉不展的样子，心里更窝气，好像所有的不快都是因为看见了姐夫那副窝囊相。

姐夫抱出了一大堆拆下来的被单，有自己卧室里的，也有爸爸妈妈床上的，还有欣欣一条垫单。小原皱了一皱眉，他承认姐夫能干，不光家庭主妇的活能干，还会拨弄电器设备，想自己安装彩电……

"原原，你的被子是刚洗的。你有脏衣服要洗吗？去拿来吧。"

小原扭过头来，他也不想让姐夫替他洗，不像平平，临出门还扔下一大堆脏东西。

"要不要我帮你洗？"

"不用不用，很快的。烧饭还早呢，你自己忙去吧。"

忙，忙什么？他有什么可忙的？放寒假了，家里有四个人空闲了，平平利用寒假出去了，爸爸到了假期跑图书馆跑得更勤，天天早出晚归。姐夫在一所中学的总务处管理教具、粉笔、黑板、课桌、课椅……身强体壮，有使不完的精力，上班时无处发泄，积蓄到假期用来忙家务，可是，小原……放假以前，天天盼放假，厌恶那样的环境，放假以后却又无所事事，百般无聊……

"还是一起来吧……"小原脱下外衣，挽起毛衣袖管，走了过去。

"别别，水挺冷的……"姐夫抬起手挡住了他，并把大木盆朝自己身边抢了过来。

小原盯着那只沾满了泡沫的手，不由得脱口把向欣欣问的话又问姐夫："你难道真的打算就这么过下去吗？"

姐夫似乎也听不懂"嘿嘿"一笑："什么叫这么过下去呀。"

小原很恼火，大声说："浑浑噩噩过日子！当男保姆？当……"

"别吵别吵……"姐夫仍然笑嘻嘻地，但看得出那笑越来越不自然了，"不当保姆，大家回来喝西北风呀，还记得你和欣欣去年高考时的狼狈样子吗？没有后勤部长不行呢。"

"姐夫！"他忍不住叫喊了一声，"我记得，你还写过书，很厚的一本，现在你为什么不写了？你连书也不看了，你……真的满足了么？称心如意了么？一辈子……"

"我是应该满足了。来，帮我一把。"姐夫和小原一起把大木盆抬上水槽，"好了。"

姐夫搓掉了一盆肥皂水，又换上清水，两只手浸在水里，又红又肿，自来水是很凉的，凉得刺骨，不像井水，冬暖夏凉。小原将两只手擦一擦，伸进了袖管。

"我是该满足了。人不能要求得过多……原原，你替我想想，像我这样的一般工人家庭出身的人，一无文凭，二无资历，三无一技之长，我却有平平做妻子，有一个高级知识分子的丈人，一个长期从事党的工作的丈母娘，我有了比较优越舒适的生活条件，有了和我的出身环境截然不同的生活环境，我得到了我追求的东西，而且也许还会得到许多我本不应该得到的。我想我大约不应该再去争夺了，去争一些不应该属于自己的东西，我怕……怕上帝会向我索回，索回我最最不能失去的东西……"姐夫突然停下了。

小原明白，姐夫最最不能失去的，是平平的爱情。"不，我不同意你的说法，你这是，这是……"小原无法用语言来表达自己的意思，他又一次感到了自己的贫乏和狭隘——口头的和内心的。

"我知道，这是宿命论。可是，宿命论里常常会包含着一些辩证法，老子说过'祸兮福所倚，福兮祸所伏'。谁知道呢，一个人得太多，往往不见得就是好事，我见过不少了，求得太多，失去的也多，所以我……"

"可是不！"小原几乎要大声喊叫了，从姐夫的谈吐之中，他又一次想到，姐夫是不应该甘心沉沦的，那些富于哲理的思辨，那些严密的逻辑，都能证实姐夫读了不少书，绝不比平平少，插队时，姐夫是大队合作医疗站医生，为了改变农村医疗卫生落后的状况，曾经发誓要献身医疗事业。酷暑寒冬，天天晚上伏在桌上看呀写呀。平平考上大学的那一年，姐夫也一起参加高考，可是初试就刷下来了。半年以后，他又考了一次，是三十周岁以上高龄青年的最后一次机会了。高考落榜的时候，招工通知也到来了，那一年姐夫已经三十岁了，平平也写了不少信催他快回城……姐夫终于回来了，到一所城郊中学总务处干些杂事。他离开了农村合作医疗站，虽然仍在坚持看医学书籍，但失去了起码的条件，他还得为平平服务，忙家事，抄写稿子。姐夫也写过小说，小原还在中学念书时，曾读过他的一篇小说，感动得哭了一回，并偷偷拿去让语文老师看了，语文老师竟然也流下了眼泪，预言这篇小说肯定会发表，一字也不用修改。可是小说寄出去不久给退回来了。姐夫仍不甘心，又写了许多许多，底稿稿纸都塞满了家里的两只壁橱。平平是在他的影响下才开始写的，却一举成名了。要说偏爱，小原曾一度坚持认为平平的小说比不过姐夫。也许因为平平本人是女性，写的东西细腻一点，有女性气质，也许因为生活就是常常和人开玩笑的，姐夫始终没有能发表一篇作品。自平平发表了第一篇作品起，姐夫自己就不再写了，而是集中精力帮助平平，久而久之，小原听到的对姐姐的赞扬多了，评价高了，他自己也改变了看法，以为姐姐的小说确实高过姐夫一等，以后，姐夫的任务就是和平平一起谈构思，出主意，甚至设计人物，安排情节以及语言的润色等等，他们都共同讨论。再后来，平平不再愿意和姐夫一起谈文学，她有了自己的高一档的文友，满嘴是弗洛伊德和茨威格什么的，姐夫于是退了下来，渐渐地成为一名地地道道的模范丈夫。唯唯诺诺、胆怯小心，失去了男子汉应有的气质。

"好了！"姐夫端开了洗衣盆，接过菜篮，对小原说，"别站着发呆，把被单晒出去，就没你的事啦，我来负责午餐……"

小原没有说什么。端起洗衣盆，到阳台上晾被单和衣服。

晾好衣服回来，姐夫已在上锅了。

"嗞啦！"姐夫往热腾腾的油锅里撒了一把葱姜末子，煸了一下，一股香味扑鼻而来，立时弥漫了一间屋，"嗞啦……"一条半斤左右的新鲜河鲫鱼下锅了。小原看着那熏得发黄的鱼皮，不由咽了一口唾沫。冬天鲫鱼很难买，是姐夫大早起来排队抢来的。全家除了欣欣嫌腥气不吃鱼，都喜欢吃河鲜鱼。

白围单、蓝袖套、熟练的掌铲动作、高超的烹调技术……白大褂、听诊器、洁净的实验室、威严的门诊部……多么鲜明的对照，小原眼前一片模糊……

压杠铃、踩跑道、单调的素质训练、艰巨的球类技术课……科学家、文学家、名扬四海的清华、遐迩闻名的北大……小原眼前又是一片模糊，他心里在哭泣，为姐夫哭泣，更为自己哭泣。他自己应该怎么办，像欣欣那样？像平平那样？还是像姐夫那样？

谢小原像是徘徊在十字路口，面对眼前纵横交错的路他不知所措……

"原原！"妈妈不合时宜地喊他了。

"干什么？！"

"送煤球的来了，五百斤呢，我和你爸爸要上班了，你帮你姐夫一起搬一下。"

姐夫把煤球一只一只地搬进储藏室里，送煤球的小伙子正在相帮。小原走了过去。

他伸出手去。白皙的皮肤一下子碰了炭黑，这时煤箱里又伸进来一只手，小原发现那只手臂上有一块很大的红痣，他一愣，抬头一看……

"你？熊力？！你怎么……"

熊力好像有点儿难为情："我……勤工俭学。"小原迷惑不解地看着他。那天晚上熊力明明亲口对他说，他父母亲全是干部，而且级别职务都还相当高，难道……他赶紧告诉姐夫："这是我的同学，叫……"

姐夫笑了笑："你们上去坐坐吧，我来搬。"小原点点头，正要拉熊力上楼，熊力却说："搬完了一起上去吧，一个人搬怪累的。"

姐夫又回头看了熊力一眼："你一天要拉不少吧？"

熊力笑笑："大约一万斤吧。"

小原敬佩地看看熊力，发现眼前的这个熊力和那天晚上同他谈心的熊力判若两人，和平素在学校里对他冷冰冰的熊力更是大相径庭。

熊力弯下腰去搬煤球的时候，"啪"的一声，一本书从他的口袋里掉了下来。小原捡起一看，是一本《信息与反馈》，他更吃了一惊。熊力不好意思地笑笑，接过书，放到车子上，又搬起煤球来，靠着熊力帮助，五百斤煤球很快就搬好了。小原连忙请熊力上楼。

还没等熊力坐定，小原就迫不及待地提出他急于想知道的事，熊力为什么要送煤球，是缺少吃的？是缺少穿的？还是要筹钱买什么高档品？这毕竟不是西方，大学生洗碗抱孩子不足为奇。在我们这块国土上，至少目前，人们会怎么看呢？要勤工俭学，满可以去图书馆，去文化宫，找些文事做做。可是熊力却找了这么一个工作——送煤球。

"噢，那座山……"熊力的眼睛透过窗户，远目眺望着，"那座山，你这儿也能看见……去过吗？"

小原点点头："还是七八岁的时候……"

"太可惜了，应该再去一次。不过，在这儿，除了最冷的天，你可以天天见到它，和我过去一样，那时我的窗户也正对着它……"

"现在，搬家了吗？"小原问。

"嗯。噢，搬家了，那时候，租的一间房子虽然小，但天天能看见它，现在看不见了。"熊力不易觉察地叹了口气。

"为什么？为什么你要送煤球？"

熊力摆弄着那本《信息与反馈》，凝视着那座遥远的山，半晌才说："为了这个……"他抬高了手背，露出了隆起的肌肉。

熊力上小学时就迷上了篮球。爸爸妈妈造就了他一副天才的运动员身架，却没有给予他成为一个国家运动员的应有的支持。他自己培养了自己一颗滚烫的热爱体育的心，却没有得到一个热爱体育的年轻人应该得到的帮助。还很小的时候，有一次看球看入了迷，跟着外省的一个球队上了火车，差一点儿跑没了。刚进中学，就成了市队主力，许多行家都认为他有前途，推荐他到省青年队的名单已经上报了。谁知，就在这时，发生了一个事故，在一次邀请赛中，他摔折了胳膊。那时他父亲已经回到市委领导岗位上，父母亲可以有更多的时间和精力来关心儿子了。两位老人发现，儿子变了，变粗野了，他们把这种可怕的变化归罪于动乱年代扭曲了下一代。那几年，他们曾把儿子托付给保姆带领。保姆的爱人是个中学体育教师，一家子习武，四肢发达。儿子在那样的环境中能不变吗？正当母亲下决心把儿子拉回来，重新开始正规教育的时候，儿子受伤了。躺在病床上的儿子，对母亲的眼泪，对父亲的关切，和对父母亲以及父母亲的下级们送来的营养品、水果、罐头之类不屑一顾，却成天盼他的那些球友、教练。有一天，儿子兴奋地告诉母亲，省青年队已经决定吸收他了，通知已经发到市体委，而且，而且他刚十七岁，就已经一米八五了，以后，说不定……他简直有点儿癫狂了。可是，打那以后，球友教练却很少来看他了，偶尔来了也是支支吾吾，对省青年队的事更是只字不提。他好纳闷，带着伤跑到市体委，那儿的人告诉他，省青年队的通知并没有发下来过，那是传讹，他像被当头浇了一盆冷水。后来，他在家里又休息了一阵，那一阵，是他感到最无聊的时间，妈妈天天陪他谈心，说他白了，又像小时候的样子了。说他文静了，像知书识礼的人了，谈着谈着，母亲兴奋起来，说："还是这样好吧，幸亏你爸爸想了办法，让体委另外推荐一个人到省青年队去了，要不苦头还有的吃呢……"儿子猛地跳了起来。他突然明白了是父母的错误的溺爱，葬送了他的前程。伤好以后，他又继续开始练起了球。可是球友们和他却有了心理上的距离，连教练对他也不那么严厉了。要知道那种严厉更多的时候让人感到的是痛快和亲切。一个真正的运动员如果得不到教练严厉的要求，他一定会感到痛苦，感到茫然的。一气之下，熊力离开了球队。中学快毕业的时候，父母亲希望他报考大学。可是，他因为年轻气盛，赌气和父母亲闹别扭，在高考的那三天，他居然打上火车票跑到省会看球赛去了。招工的时候，所有的单位他不挑，偏偏挑中了钢铁厂干锅炉工，原因只是钢铁厂的篮球队在全市、在全省、在全国钢铁系统都算得上是一支劲旅。他又出现在钢铁工人的球队里，钢铁工人们那种威武气概，再加上自身精湛的球技，熊力在厂里赢得了绝大部分年轻人的好感，同时也获得了不少姑娘的青睐。后来，在那许许多多眼睛中，他一下子被一双最清澈、最明亮的眼睛俘虏了。她叫小柳，温柔善良。熊力在家里听妈妈叨唠，听爸爸责怪，到了小柳那里，所有烦恼都化为乌有，只有清新愉快和幸福在等待着他。不幸得很，在一次市工人运动会篮球冠亚军决赛中，他又一次受了重伤，据医生诊断为脑震荡，小腿腓骨骨折，这一次他安分守己在家里休息了半年多。开始小柳天天来看望他，一两个月后，突然不见小柳来了，连个音讯也没有，熊力躺在床上，又找不到人带信，只好求妈妈去看看小柳。妈妈回来对他说，小柳不愿意见到他了，熊力的心一下子陷入了深深的痛苦之中，精神全垮了。妈妈深知儿子的心情，比平日对他更好更关心，端饭端菜，一直不提球赛的事，只是要他安心养伤。不几天，他接到了小柳的一封信，熊力压抑着狂跳的心，却看到了能把他推下百丈深渊的一句："……我不愿意和一个搞体育的人一起过一辈子，这种汗水和伤残伴随着的生活实在让人受不了……"摔断了几次骨头也没有哼一声的男子汉终于痛哭流涕了。熬过了最痛苦的时间，冷静下来，熊力又忍着刺心的疼痛读了那封信，他一边确认那是小柳的笔迹，一边又觉得小柳绝不会写出那样的信来……妈妈下班回来，他哀求般地看着妈妈的眼睛，希望妈妈这时候能帮助他，能给他生活下去的勇气。可是妈妈移开了目光，一个可疑的念头闪过他的脑海。妈妈的眼睛为什么那么虚晃，为什么要移开，难道和当年省青年队选拔的事情有什么相似之处么？他的心又狂跳起来了，他想立即跑到小柳那儿去，用百米冲刺的速度，用正常的频率，去抓住小柳，问一问清楚。可是他却躺着不能动弹，脑袋疼得要炸开来，就这样，他躺在床上消耗着生命，磨灭着青春的气息。几个月以后，当他能够下地行动了，他向爸爸妈妈宣布，他还是要去打球的。那口气已经完全变了，变得冰冷，没有一点感情色彩，当父母的没有觉察到儿子的变化，却终于被儿子的倔强惹火了，难道一个能管住全市几百万人口的人，还管不住一个儿子么，爸爸也当场宣布，倘若儿子执迷不悟，还是坚持自己的想法。那么，从此以后，他们就等于没有生过孩子，没有这么一个儿子……熊力一言未发，默默地打起自己的行李，带上几件换洗衣服，住到厂里去了。小柳已经不在那儿工作了，熊力也已过了那个火烧火燎的阶段，无心再去寻访小柳了。就算小柳是被迫扮演了玛格利特或露易丝式的悲剧人物，就算她现在正在无边的痛苦中挣扎，熊力也不能原谅她了。熊力这次身体心灵双重受伤以后，球技明显下降了，年龄也大了，进省青年队、省队，甚至国家队的理想破灭了，报考体育学院的年限也到了，熊力觉得万念俱灰，生命低潮出现了，他不再打球，不再热衷于任何体育消息，他和厂里的另一种人混上了，抽烟、喝酒赌博、夜游，而且动辄挥拳动脚的，厂里规规矩矩的人都离他三尺远，又不敢得罪他，即便干了坏事，领导也从不批评他。有一次，他在街上偶然遇见了小柳。小柳扑向他，声泪俱下，把一肚子话统统倾吐了出来。果真是妈妈……熊力脑子里只闪现了这么一个念头，就再也没有任何思想了。他呆呆地、麻木不仁地听着，最后小柳很明确地表示了要跟他走，他却冷冷地摇了摇头，走了，一切都不可挽回了。这是命运注定了的。小柳含泪转身走了，他看着她那憔悴的面容、消瘦的身体，他的心疼得厉害，可是他只晃动了一下，还是坚持住了……

"后来呢？"

小原见熊力停了下来，急急地追问，他觉得以后的事太重要了。

"后来，后来，我居然在一个夜晚，醉倒在地上，被人扶到了医院，当我清醒过来时，一下子愣住了。他是市队张教练，教练眼睛里饱含着泪水，饱含着内疚和担心。从那以后，不管我怎样拒绝，怎样表现出仇恨，教练天天寻找到我那破宿舍来，他给我带来许多体育界大快人心的消息。我的一颗冷却了的心渐渐还暖了，我的一腔冰冻了的血渐渐回活了。每当晚上有球赛或者其他体育项目，我便开始想往电视室里去了，一个人躺在角落里，沉闷地抽着烟，眼睛盯着电视屏幕，但我心里在渴求了，看到别人都在拼搏，我又醒了过来，我没有残，没有瘫，我还能干呀。这时期，张教练告诉我，还有一次机会，希望我不要错过。我终于重新抬起头来，报考了师专体育科。那里年龄的极限比高校放宽一些……考上师专以后，我就开始着手准备，准备把我在前几年打球中的一些经验和体会以及发现总结出来，像当年那样，驰骋球场的机会已经越来越少了，可是生命却刚刚开始……"

一时间，小原和熊力都陷入了沉默。熊力沉浸于往事之中，久久地激动着，小原则正在试图从熊力的经历中发现一些什么。熊力从沉沦到奋起这一段讲得太少了，不会是那么简单的，有些也许熊力不便多讲，他也不便追问，但他确定那是一个最艰难的过程，比从追求走向沉沦更艰巨，因而绝不可能是轻而易举的。谢小原自己，正处在成人之中，他何尝不想奋起，不想向上。可是，他总是缺少什么，动力？目标？勇气？也许缺少……爱情的鼓舞？哦，不，不是的，熊力……

"那么，她呢，小柳，你原谅她了吗？这不该怪她的呀！"小原问。

"哦，小柳很好，我原谅她了。"熊力眼睛瞅着地面。

"那……你们……"

"我又迟了，又迟了。两天前，就是前天，小柳突然结婚了，但我很高兴。你也许不会相信，这是真的！我确实很高兴，当然也有不少酸意在心里。可我还是去祝贺她了，她给我发的请帖。我们又见面了，彼此都已经理解了对方的心，这就算了，从小柳眼睛里，我仍然发现一丝哀怨，却没有担心了。"

姐夫推门进来，给熊力和小原一人做了一碗藕粉元宵。

小原说了声"谢谢"就叫熊力趁热吃了。熊力却呆呆地看着那热气腾腾的元宵，眼睛有些潮湿，说："好久没吃自己家里做的这种点心了……"

姐夫朝小原使了个眼色，让小原劝熊力快吃，姐夫大约已经听到了他们的谈话。

在姐夫的劝说下，熊力三口两口就扒完了那碗藕粉元宵。似乎有些不好意思，一只手扒着桌子，一只手又摆弄着那本《信息与反馈》。姐夫笑了，硬是要替他们把碗拿出去洗了。

熊力看了一眼小原姐夫忙碌的身影，对小原说："你姐夫可真好。"

按小原过去的心思，此时最好说一声姐夫"没出息"，然后把一切告诉熊力。可是他没有这样做，而是炫耀般地说："我姐夫曾经是很有希望成为一名医学家的，他研究过很深的东西，还写过一部关于老年肺气肿方面的书的初稿，请人看了，说是很有价值的，可是后来他荒废了。"

"太可惜了，应该……"熊力欲言又止，大约觉得不应该这样议论一个年纪比自己大的陌生人。

"可惜人与人是不同的，他有他的想法。常常难以他人的意志为转移。他已经……到顶了，够了，并不觉得这是一种……"

两人正说着，姐夫又推门进来了，对小原说："原原要是上街，留心一下漆器店，看清漆和黄粉到了没有……"

小原的脸一下子红了。他连忙把话扯了开去，对熊力说：

"你，还看这书？"

"嗯，看看有用处。"熊力说。

"你不是在搞篮球理论么，看这个……"

谢小原很是不解。

熊力又一次摆弄着那本书，自言自语："有用的，有用的……"

看见谢小原那迷惑不解的样子，他笑了，说，"谢小原，现在，全国各个领域都在改革，步伐快得很，可你知道吗？是哪一个领域更接近于世界先进水平？"熊力笑着叫小原猜，像小孩猜谜语一样。

小原想了一会儿，觉得无从猜起，便胡乱报了一个："医学。"

熊力笑笑："不对，再猜猜。"

小原发现熊力笑得很有意思，更摸不着头脑了，又瞎猜了一个："丝绸。"

熊力笑得更厉害了："真是当事者迷，旁观者清啊……就是你自己的事业么！"

小原一惊，我的事业？我有什么事业，什么都没有，什么都早已泯灭了……突然，他从熊力的笑容中受到了启发，他明白了：体育。是的，他知道，是体育界赶得最快。冲出亚洲，走向世界。朱建华、李宁、女排、女篮……可是，体育是我的事业么？

"就是体育嘛，所以我要看这些，技术革命、信息、康氏长波理论、冲浪……否则，不等我的熊氏篮球理论问世，就成了出土文物啦！小原，你要是有兴趣，我们俩一起搞，两个人干，比一个人有意思多了，起码有个人吵吵嘴，各抒己见，许多理论正是在争执中诞生的……"

小原听着熊力讲话，头脑里思绪万千……

入学以后，为了摆脱不尽的烦恼，他也学着平平，开始写小说，付出了无数的心血，得到的却是一张张无情的退稿单，"李厚平们"一次次无情的嘲笑，"熊力们"一遍遍无情的冷眼，他的心很快又冷了。

命运有时很会捉弄人，有一天上午，他一下子收到三份退稿，情绪降到了冰点，可是下午课上，却受到老师的表扬。前几天为了应付篮球理论课上布置的论文，他查找了一些资料，结合一些自己的实践，胡乱写了一篇，想不到会受到重视。同学们都很惊奇。下课以后，老师还特意告诉他，已帮他把论文推荐给一家体育刊物，并鼓励他在这方面多努力。回到宿舍，他第一次遇到了"李厚平们"的友好态度。

"好小子，看不出啊。"李厚平又是拍拍他的肩，又是捅他的胸，"有两下子，你想攻篮球理论？介绍一个合作者……喏，熊力。他在这方面……"

他看了熊力一眼，熊力正期待地望着他。他却提不起兴趣，冷冷地说："对不起，我不感兴趣。"

他终于又陷入了深深的烦恼之中……

此刻，小原不敢看熊力那么热情，充满希望的眼睛。熊力能从沉沦中又奋起，是因为他始终热爱着他的专业，即使是在最痛苦的日子里，他的理想泯灭之后又树立起来，那是因为他始终有个明确的目标。可是自己呢，理想？事业？他从来就没有把搞体育事业作为自己的理想和抱负，他的理想是什么呢？文学？不对，自然科学？不对，社会科学？也不对……他一阵茫然，是的，过去他所追求的似乎只是一种虚无缥缈的荣誉，一种空空如也的名声。

熊力目光远远地凝视着那座山，然后对小原说："以后，我们什么时候一起去那儿，好吗？"

小原连连点头"嗯"了一声。

熊力看了一下手表，时间不早了，还得送好几家煤球，他要告辞了，小原真不愿意他走。听君一席话，胜读十年书啊，他真想对熊力说。熊力也看出了小原的依恋，他自己又何尝不想和一个有共同语言的人多谈谈呢。出门时，他问小原："有空的话，我再来，欢迎吗？"

小原还是连连地点着头，把熊力送到楼下，熊力操起板车把手，还有半车煤球，推起来轻飘飘的。小原突然想，他会不会给他爸爸妈妈送煤球呢。虽说都用上了煤气，但冬天还是需要煤球的。熊力也许会这么干的。可是小原是不会这么干的，他总是恨自己不能成为那种具有坚强气质的人……熊力，为了练臂力，腿部力量，为了自己事业，竟然……

小原久久地凝视着远处的，在水那一边的那座山。山仍然是那么神秘，那么富有魅力，默默地矗立着。

四

天已经很晚了，谢小原想了一下，还是朝自己家的方向走去。开学已经好几个星期了，他还没有回去过。

他有些无精打采。刚才体育馆里的一场球赛，师专队输了。虽然赛前明知实力悬殊较大，但真正输了球，还是沮丧的。

前天，省青年队在全国青年篮球赛中大胜而归，捧回了"黄河杯"。路经S市，受市体委热情邀请，决定逗留两天，打两场比赛，以满足S市球迷们的要求。可是球赛组织者却为没有对手而犯愁起来，即使打表演赛，不说旗鼓相当，也得有个相差不多的队，这样较量起来才够味，倘若水平悬殊太大，看起来没味，就像咱们的中学生队对人家世界冠军队。青年队的水平也难以体现出来。于是组织者便想到了师专体育科，那是以体育为专业的地方，要差也不应该差到哪儿去。

刚才在市体育馆进行了第一场表演赛，当双方一上场时，观众们就哄笑起来，哨声、议论声回荡在体育馆内。赛场上一边是一律的人高马大，平均身高一米九〇多，服装新颖整齐，队员个个精神抖擞；这一边呢，一米八八的熊力是该队的主力和第一高度，挨下去是一个比一个矮。虽然熊力当年几乎被选进青年队，可是，如今的青年队看来个个不下当年的熊力。观众们明显开始担心了。他们既希望看到青年队精湛的球艺，为青年队替本省争光而高兴，此时却又巴不得师专体育科能爆个冷门，就像学校开运动会，校运会上大家为自己的系科鼓劲，系科运动会上大家为自己班级出力一样——一种可爱的合情合理的本位主义。

谢小原是替补队员，轮不到他上场。可是，当哨子响的时候，他的心紧缩成一团，好像在场上打中锋，担负着主要责任的不是熊力，而是他。

整整一个小时的比赛中，他只有几秒钟的时间轻松了一下，忍不住笑了一笑。那是当他看见有一群萝卜头大的小学生，整整齐齐地挤在球场边沿上，愣着眼睛在看球，一会儿拍手，一会儿叫好，好一副内行的模样。他实在忍俊不禁……

比赛结束后，他开了门进屋的时候，欣欣不知从哪个角落一下蹦到他眼前，冲他竖起了大拇指："嘿! 棒极了! "

他愣了一下，想起来可能欣欣也去看球赛了，她是什么都喜欢，什么都不肯放过的，电影、电视、音乐会……

他皱了皱眉："你讲清楚些，什么棒极了? 哪个棒极了? "

欣欣白了他一眼，以为他把她当傻瓜："哪个? 还有哪个，就是你们那个同学……"

小原顿时来了劲头："熊力? "

"我可不知道他叫熊力，还是马力，你没听见观众为他喝彩，那么大的声音么，你也算个球队员呢，怎么，真的没听见? ! "

"怎么不知道! "小原挺了挺胸，在欣欣面前，他应该挺挺胸。哥哥么。

"人家都在讲，你们师专队的技术，战术水平都发挥出来了，打得也很顽强，输也输得有水平……是吗? "欣欣眼巴巴地瞅着小原，那副崇拜的样子真叫小原舒服。

"那当然……"小原拖长了声调，"你不知道熊力是什么水平，哼……"

"真的真的，最后那个球，还剩两秒钟了，记录台上有个人举起右手正准备敲锣了，只见你们的那个 8 号，噢，对了就是你刚才讲的那个熊力，熊力? 这个名字倒怪有意思的，只见他一个曲线运动，绕过对方几个高个队员，突然起弹，扣篮入网……"欣欣眉飞色舞，手舞足蹈就差没来一个所谓的什么"曲线运动"动作了。

"哈哈哈哈……"小原大笑起来，"什么曲线运动? 我可是第一次听到，篮球里面还有个什么曲线运动，哈哈哈哈……那叫作运球过人，转身上篮。"

欣欣睁大了眼睛，十分虔诚地听着，就怕漏掉了一个字。

小原看见欣欣如此痴迷，如此认真，越发来劲了，"多着呢，篮球技术，还有多打少，在集体配合之下，发挥其个人攻、防技术战术，一些高超的球艺和绝招，像空中换手投篮、空中收腹传接球、倒地断球等等，有一次我和熊力对抗一打一，我猛地跳起，嘿，起码有一米，盖了熊力一个漂亮的帽子……"

小原自知牛皮吹过了头，以为欣欣会笑他。谁知，欣欣却信以为真，问他："那……刚才比赛的时候，你为什么不上场？"

小原无言以对，脸却有点红了。

欣欣却拍一拍手，恍然大悟似的说："我知道了，我知道了，你一定是练球的时候哪儿受伤了吧，是腿还是脚，我不告诉妈妈……"

小原只好顺水推舟，装好汉："没什么，没什么，小意思，打球受点伤，家常便饭嘛。"

欣欣随口接了上来："就是，就是，我才打了几天排球，就吃了好多萝卜干……"

平平的房门"砰"地打开了。平平气呼呼地瞪着他们："你们轻点好不好，吵死人了……"她看了一眼张牙舞爪的欣欣，做着示范动作的原原，脸一冷，说，"有什么了不起的，打几只破球值得那么大的声势……"

原原一时没能答上来，还是欣欣嘴快，立即说："什么叫几只破球？你去看看就不喊破球了，你才不知道有多么精彩呢……"

平平"哼"了一声："有什么了不起的，不就是多出点臭汗，像猴子一样多翻几个跟头，有什么了不起的值得你大吹特吹的……"

"什么？你说是……"原原突然冷冷地对平平说，"没有什么了不起，哼，不如你大作家了不起，这可不是出一身汗，翻几个跟头就能成功的！不信你去试试看！"

"就是。"欣欣一拍巴掌，"就是！打球可要动脑筋的，我们厂教练老是给我们讲理论讲战术，讲得我们头都大了，比中学里读书还难。我们跟教练讲，宁愿多练几个球，可是我们教练把脸一板，可凶啦，说：'你们以为中国女排就是靠……'"

"好啦好啦！"平平打断了欣欣的话说，"欣欣，你什么时候学上帮腔了，要是真的按你所说的搞体育比读书还难，干吗高考录取分数线反而低？说到底，还是不如文科、理科好啊，你不服气也没用……"

原原霍地站了起来，凶狠狠地盯着平平："我倒有点不服，是的，不服！你以为打篮球搞体育就是跳跳蹦蹦么，不要用脑筋么，告诉你，《孙子兵法》我们还要研究呢！"

平平不屑地瞥了小原一眼："《孙子兵法》……哼哼，你倒是要变成大军事家了，大将风度嘛，可惜啊，只能指挥几只破球，要是真有本事，怎么不进国家队。"

平平连哼带哈，要多鄙视有多鄙视。

"你……你怎么能这么说，进国家队毕竟少数……"小原觉得自己口才不行，急不择词，只得拉欣欣来助战，"你说，欣欣，那个主力，叫熊力的球技怎么样？"

"好！好极了，比你……"欣欣白了平平一眼，"……写的小说好看多了，硬碰硬的！"

平平冷笑了一声，小原知道欣欣的话得罪了平平，她讲了平平最忌的事，说她小说写得不好。果真，平平说："硬碰硬，不过是些四肢发达，头脑简单的……"

"别说了！"小原粗暴地打断了平平。

平平这样讲熊力，由此贬低体育事业的价值，他容忍不了，还有李厚平他们，虽然球是输了，可打得多卖力，多有志气，多有水平。平平竟用这样的污言秽语污蔑他们。小原忽然感到从来没有这样恨起姐姐来，顿时感到血气上升，脸涨得通红。

姐夫涎着脸跑了出来，把三个人轮番看了一遍。哈哈一笑："看你们，何犯着，为了打球的事，亲姐弟还闹翻脸，说出来不让人家笑掉大门牙才怪呢，唉呀，平平，不害羞……"

平平"啪"地打开姐夫的手，回头狠狠瞪了原原一眼，跑进自己的房里。小原冲着平平背影重重地"哼"了一声，恨不得把平平"哼"贴到墙上。

站在一边的姐夫忙上来挡住原原："算了，算了，何苦呢，也要看看值不值得……"

姐夫和欣欣都悄悄地回到自己屋里去了。里面传来姐姐骂姐夫的声音和姐夫讨好谄媚的"嘿嘿"声。

小原回学校去了，一路上，耳边老是回荡起姐夫的那句话，拖长了声调的，何犯着呢……是的，他过去从来不会为这些事当真的，犯着吗，值得吗……他越走近学校，越觉得自己是值得的，他不仅在平平面前捍卫了自己和同学们的尊严，也捍卫了体育界尊严。他不再奇怪自己竟为一场球赛和平平闹成这样，因为在不知不觉中，他发现自己已不是"局外人"了，他已经关心起门内的事来了。

谢小原心里涌起一般热浪，有些甜，也有点酸。

宿舍里还没有安静，夜深了，谈话声传得更远。李厚平正在大肆地吹嘘着他的远距离投篮。大家都在笑，善意的，也带点儿讽刺的味道。谢小原也跟着大家笑了。说实在的，李厚平的远距离投篮命中率是很可怜的，远远没有达到他自我感觉的那样"出手就进"。但值得高兴的是李厚平决不因为命中率不高而畏缩，凡有机会决不会放弃。为此，既失去了一些球，也为师专队赢得了好几个漂亮的中心开花，把比分拉近了。李厚平大约是受了熊力的赞许后乐不可支了，气氛热烈极了，一点不像输了球的样子，谢小原有点后悔刚才回家去，而没有和大家一起回校来，他越来越发现，自己竟是那样地离不开他们了，也离不开他曾经那么厌恶，他们所关心的话题……

又过了一个星期。星期六的晚上，欣欣到学校来看他，带了一大罐子五香茶叶蛋，那是妈妈的拿手菜。天已经相当热了，小原把蛋分给大家，也让欣欣吃。欣欣却笑着说："我不吃，妈妈偏心，只许给你吃。"

小原边吃蛋边向欣欣打听家里的情况。

欣欣盯着小原的嘴巴，咽了口唾沫说："姐夫在家大闹天宫，你的房间已经漆好了，地上是黄的，墙上刷了绿颜色，可漂亮了。"欣欣绘声绘色地讲着，末了，又咽了一口唾沫，原原顺手剥了一个蛋，送到欣欣嘴边，欣欣终于咬了一口，"不过烦死人了，人家都说搬进去之前弄就好了，不过姐夫耐心好，不怕烦……"小原好像又看到了姐夫那满手的泡沫，一脸的汗珠，现在又添了几道黄颜色绿颜色，他的心沉了下来。

"平平呢，平平好吗？"他虽然还记得前次的吵架，但毕竟是自己的姐姐，还是始终关心着的，欣欣噘了噘嘴，翻了一下白眼，没吱声，不知是被蛋黄噎了一下，还是仍然在生平平的气。

小原叹了一口气，不再询问平平的事了。

欣欣吃完了蛋，喝了一口水，笑了起来。

小原希望欣欣快走，怕她什么都不懂乱问，在同学面前露茬儿，出他的丑。几次暗示欣欣，可欣欣偏不走，东瞧西摸，问长问短，俨然是妈妈的小特使，连衣服领子也要扒开来看一看洗干净了没有，要是有条黑痕，她就拍手笑，说回去告诉妈妈。

小原本来是讨厌欣欣的，但不知从什么时候起，他开始喜欢欣欣了。也许是欣欣死心塌地站在他一边对付平平，小原知道那是欣欣自己喜欢体育的缘故，过去他曾对这一点很不高兴，可现在却……

“欣欣，天不早了，快回去吧。妈妈在家里要急的。”

“嗯。不，不要紧的，我和妈妈讲好了，稍微晚一点的，我骑车了，是姐夫的车……嗳，哥，哥，明天是星期天，你不回去吗？”欣欣眼巴巴地盯着小原。

“有什么事吗？”

“嗯，没有。你回不回去？嗯，有点小事……”

“什么事，你说么？”

“嗯，我，我们厂，我们教练……”欣欣结结巴巴地好像挺不好意思，“我们厂女排教练想请教你几个问题，还想，还想，还想你有空的时候，当我们指导……哥……”

“好哇！”李厚平抹了一下嘴巴，没有抹掉什么，反而把蛋黄抹开了，糊了一嘴，黄黄的难看死了，欣欣笑得弯下了腰。李厚平不在乎，"哥哥当指导，妹妹主扣手，配合不错么……"

"去去。"谢小原推开李厚平。

"什么？"欣欣睁大了眼睛，"哥，你……不同意？"

"哪个说的？你也得让我想一想嘛。"

欣欣吐了一下舌头，放心多了。

"明天？为什么这么急？"

"嗯，嗯，明天教练到我们家去……"欣欣胆怯地看了哥哥一眼。

"好你的，你这叫先斩后奏，让我不得不去，是吧？"小原笑了，为欣欣还有那么点儿小心眼而笑了。

"哥，你到底去不去？"

"好吧，看你急得……不过，往后我放假在家里，你还让我洗碗不？还说我不做事么？"

"不了，不了，我再也不挤对你了，以女排的名誉保证……"

欣欣走了以后，小原倒有些急了，他赶紧从书堆里找出几本书：《排球技术战术训练法》《日本排球技术和战术》……

李厚平哈哈笑了："平时不烧香，临时抱佛脚啊，理论家也乱了阵脚了……"

谢小原脸都红了起来。书到用时方恨少，知识到用时更觉贫乏。李厚平说得不错，平时他们都叫他是理论家，他知道那边有多少讽刺的味道，却也不乏一些敬慕。

李厚平他们几个，理论……连字也歪歪扭扭，像小学生方格簿里爬着的笔迹。相比之下，他十分擅长理论，比如《人体解剖学》《人体生理学》《人体医学》《力学》《遗传学》《统计学》等等，上学期理论考核分数全班第一，和技术课成绩全班最好的熊力一起，被罚了五块钱请糖，可是，那毕竟是纸上谈兵啊。要当什么技术指导，可不是几张卷子能解决的问题。

小原把探问的眼光投向熊力，想问问熊力愿意不愿意一起去，那样他就有底了。可是熊力狡黠地笑了，撇开了眼睛。谢小原辗转反侧了大半夜，他为明天和今后的任务担心，更为自己平时"不烧香"而后悔着。

天刚亮，他就醒了。熊力他们照例已上操场了，李厚平照例还在打呼，震天响。谢小原忙完早事，就回家去了。

他骑车路过一片小空场的时候，发现有十几个十来岁的小男孩，正围着一棵大树，其中一个小男孩踩着另一个小男孩腿在打软，他担心他们摔下来出事情，赶紧下车飞跑过去，一刹那间，没等他跑近，上面那个男孩已摔了下来，下面的也倒在地上。

其他孩子围上去问"疼不疼？"

摔了屁股墩的小胖子坐在地上苦着脸，嘴里却说："不疼，一点不疼。"

"你们在干什么？多危险！"小原上前去问他们。

"做篮圈！"

小胖子把手里的一只粗铅丝绕成的套圈给他看。

"篮圈？什么篮圈？"小原一时没有回味过来。

"嘻，篮圈都不懂……"小胖子笑他。

其他孩子也笑他："篮圈都不懂，篮圈都不懂……打篮球的圈圈……"

小原这才明白。这群小猴子不知从哪儿搞来一只旧得翻了皮的篮球，气倒还是挺足的。他心里一动，从小胖子手里接过铅丝篮圈，看了一下，大小倒是合理的，可惜不圆，他用手把凸凹的地方拗圆了，三下两下替他们把"篮圈"扎在树上。然后拿过篮球，退到五六步以外，一勾手"嚓！"球进了。

孩子们欢呼起来了。随即都拥了过来，牵着他的衣服扯着他的大腿。

"叔叔，你教教我们吧……"

"大哥哥，你来当我们的教练吧……"

"叔叔……"

喊叔叔的，喊大哥哥的嚷成一团，吵得小原又心烦又好笑。

他用一只手指顶着篮球旋转，看得小孩子们傻了眼。然后一本正经地问道："你们是哪儿的？"

"双塔弄小学。"

"你们的体育老师呢？为什么不教你们？"

孩子们的脸一下子阴沉了，噘起了嘴："我们没有体育老师的。一会儿翘辫子来喊我们玩跳绳……"

"什么？什么翘辫子？"

"音乐老师，女的，小辫子翘得老高，球也不会打，规则也不懂，把绳子扔给我们，就到语文办公室找高老师谈恋爱去了……"

小原差一点笑出来。

"还有图画老师丢只球给我们就走了，我们也不懂……"

小原笑不出来了，心情似乎有些沉重。中小学不配备一些优秀的体育老师，对国家培养优秀体育人才是很大的损失。这些孩子，兴趣那么大，谁能保证今后不出几个世界冠军。看那个细高条子的男孩，基本动作已是相当可以的。

小原犹豫了一下，问他们："你们是一个小球队吗？"

小胖子说："什么小球队，我们是国家队，喏，他是王立彬。"

细高条子男孩脸一红，低下了头。

"我，孙风武，打后卫的。"一个矮矮的男孩抢着说。又指一指小胖子说，"他，穆铁柱。""我不是，我是……波特！"

"美国鬼子，美国鬼子……"

小原被他们的天真和对篮球的浓厚兴趣吸引了。

"叔叔，叔叔，你一定会打球的，教我们吧？"小胖子又一次恳求。

"叔叔……"

"叔叔……"

孩子们统一了口径，都管他叫叔叔。那一双双渴求的眼睛，使他不忍心拒绝他们。

"哎呀，叔叔是师专的，"小胖子发现了他的校徽，瞎拍马屁，"叔叔，上次我们看球了，你们和省青年队球赛，你也在打球吧，可帅了！"

"小胖子，小波特，你们学校一个体育老师也没有吗？"

"有的！可他不来教我们。"

"可是，"小王立彬细声细气地插话，这是他第一次开口，"我听我们班主任讲，人家不肯当我们的体育老师……"

小原心里咯噔一下。

孩子们大约发现谢小原脸色不对，有些担心，又叽叽喳喳喊了起来。

"可是，我们班主任讲，世界冠军都是从小培养起来的。"小王立彬还是细声细气的。

谢小原摸摸小王立彬的脑袋。从小培养，自己是来不及了，正如熊力说的，驰骋球场的机会越来越少。可他们的生命还刚刚开始。即便自己的生命就要结束，倘若能在其他人的生命中得以延续，那才是人生最大的幸福、安慰、目标和理想……理想，小原似乎第一次感觉到，什么是人生最大的理想。小原的心沉静下来了。

他拍拍小胖子的头："你们经常在这儿玩球吗？"

"我们天天来，下午放学以后。星期天我们玩一天……"

"欢迎我也来参加吗？"小原说得很平稳，但心里却呼呼直跳。他知道这是一个征兆，或者一个起点，这不是轻易得来的。

孩子们一时竟愣住了，似乎意想不到有如此之大的幸福会降临。平日里，为了打球，不知挨了大人多少冷眼和咒骂。他们停了片刻，一起拥了上来，不知怎么表示感谢才好。

小原的眼睛也有点湿润。他像对同辈人一样告诉孩子们，他愿意担任他们的业余教练，约定明天下午五点在这儿碰头。他看了一下手表，慌了，和欣欣约好八点前到家的，现在已经七点五十了。他抱歉地对孩子们说："我不会骗你们的，明天下午再见。"

在一片"再见"声中，他跨上自行车，回头一看，孩子们站得整整齐齐，目送着他，神情庄重。他心里又是一阵激动。这不是儿戏，这是非常重大的事……他又想起了水那边的那座山，他曾经把那座山当成理想的目标。现在他更明白了，要达到那理想的彼岸，就要渡过那宽阔的不平静的水面，要付出代价，要做出牺牲。

他奋力驱车，一路上超越了许多人。

快放暑假了。班上组织全班同学到天池山，搞一次团体活动。

谢小原兴奋极了，他终于能到那座山上去了。在同学们的要求下，班委决定，会游泳的男同学，有把握的可以不乘轮渡，做一次畅游。

谢小原毫不犹豫地报了名，决心横渡江心。

这一天，天气不理想，风很大。

谢小原从小是在游泳池里学游泳的，从来没到大江里游过泳。看着那么高的浪，那么宽的水面，不免有点儿胆怯，但他是不肯承认的。他给自己壮着胆，说："我在游泳池来回能游三千米，这里大约最多有二千五吧……"

"真的？"毛囡惊讶而又敬佩。他大约只在自己家乡的小河浜里扑腾过。

可是下河才游了一半，谢小原就觉得体力不支了。浪很大，他有些慌张，一时乱了手脚，扑腾了几下，又喝了几口水。

熊力赶紧游过去，靠在他边上，问他："小原，行不行？不行的话，他们那儿有救生衣，不过，如果能坚持还是别穿，穿上那东西，游不向前……"

谢小原的心踏实了，说："再游一阵……"

浪仍然很大，奇怪的是，小原觉得自己的体力又恢复了。

熊力鼓励地说："趟会儿水面吧，也是休息呀……"

小原听了熊力的话，翻了个身，仰卧在水面上，手脚省力地划着。这时他忽然发现，李厚平他们几个都紧紧地跟在他后面。他们，在为他"护航"哪！

一股热流夺眶而出，汇入滔滔江水之中。

很快要到岸了。小原听见毛囡在说："啊，痛快极了，我从来没有游过这么长，大家一起游，好像有用不完的劲，真奇怪……"

毛囡的话，无意中深深地震撼了小原的心。就在大家都踏上了沙滩的一刹那，他发现谁也没有带救生衣。他看了熊力一眼，熊力正微微笑着。小原明白了。他突然感觉到，他是靠着大家的力量游过来的……

小原回头看时，沙滩上留下了一串杂乱的却是互相交织在一起的脚印……这些脚印深深地印入小原的心中，他想，让脚印永远互相交织吧，再也不应该有一行孤独的脚印了……

"看，天池山！"熊力的声音也浸透了激动。

小原深深地吸了一口气。仰面望去，啊，天池山！他似乎有些失望，它并不如他想象的那么神秘，那么奇异，那么富有魅力。这是一座很普通的山，海拔一千多米，山上绿树成荫，山顶上有一座小寺和一座砖结构的塔。

开始登山了，小原夹在同学们中间，不一会儿就气喘吁吁了。他深深明白了，山虽然很普通，要征服它却不是一件很容易的事。

身边的同学们，随着登山的节奏，或高或低地哼起了自己喜爱的歌曲，各种音调，此起彼伏，混杂一体，渐渐地杂音合成了一种共同的曲调。谢小原听得那么分明，就是欣欣最爱唱的那首歌："痛苦和悲伤，就像球一样，向我袭来，向我袭来，可是现在，青春投进了激烈的球场！嘿！接球！扣杀！……"

青春投进了激烈的球场……谢小原的心被歌声猛烈地震动了。他深深地吸了一口气，振作了精神，奋力地向上攀去。

豆瓣街的谜案

一

从前有一段时间，豆瓣街上的人都在说九头鸟的事。关于九头鸟的说法很多，说每天夜里九头鸟从这里飞过，发出九种不同的怪异的叫声。也有人怀疑这种说法。如果谁说是有九只鸟一起飞过，也是可能的，或者说其实是一只鸟，它并没有九个头，但它会叫九种声音。所以，有关鸟的说法，都不很可靠。但是大奎妈很坚定，她一口咬定是一只九头鸟而不是九只一头鸟或者一只一头鸟，问她是不是看见了，她不说看见也不说没看见，但她坚持说是一只九头鸟。

豆瓣街上的人都觉得不是好兆头。

豆瓣街上的人历来对动物十分敏感。

比如从前有一次一只绿色的猫趴在老赵家的屋顶上生下八只绿色的小猫。不久以后老赵因为强奸军属被判了二十年徒刑，又后来老赵家十四岁的女儿赵国英因为被人强奸投井自杀了，老赵的女人好像有点疯了，她常常要和别人谈起猫的事情，但她还晓得每天要去做活，他们家的老奶奶因为便秘，每天要坐两个小时的马桶，从前她坐在马桶上，点一根烟，泡一杯茶，拿一本字很大的书来看，现在她坐的时候，就重复地唱一支非常悲哀，节奏非常慢的歌：乌鸦乌鸦对我说，乌鸦真真孝，乌鸦老了不能飞，对着小鸦啼。小鸦早起打食归，打回食来先喂母，母亲从前喂过我。然后她就掉下一串老泪。赵国强那一年十岁，他每天拿一只皮弹弓到外面去打猫，他的一只眼睛有点斜，打猫的时候，老是把人家的玻璃窗打了。

又比如从前张老师养了一只老母鸡，每天下一个蛋，张老师很喜欢这只鸡。有一天鸡不见了，张老师找了三天，她骂过偷鸡贼就不再想这只鸡了。第四天早上有个小孩来告诉她，说鸡在井里。这口井的井水很清，可是自从赵国英跳下去又被捞起来以后，豆瓣街上的人就不再用这口井了。张老师跟着小孩跑过来，她朝井里一看，鸡浮在水面上。张老师用一只竹篮把鸡捞上来，鸡还活着，并且在竹篮里生了一个蛋，在回家的时候，鸡对张老师说："你的女儿是妖精。"张老师听了鸡的话就昏了过去。醒过来以后别人问她鸡说什么，张老师很生气，说你们拿我当憨大，鸡怎么会说话。人家说那你为什么昏过去，张老师说我愿意昏过去我就昏过去。那天夜里闪电打雷，有一道蓝光照下来，把张老师五岁的女儿王小红吊到街心梅公祠前，直笔笔地跪下，王小红的左脸颊从此留下了一块青记。

这是豆瓣街上的一个谜。

再比如从前大奎妈要生大奎的时候，住进医院待产，大奎爹心里高兴，他一个人在家杀鹅吃。大奎爹贪吃。他们家养了一群大白鹅，被他吃剩下最后一只，大奎爹养的大白鹅很凶，看见人就追着啄，啄了就是一个乌青块，所以大家都希望大奎爹天天吃鹅，大奎爹把最后一只大白鹅捉来，把刀磨快了，一刀就砍下大白鹅的头，被砍了头的大白鹅没有死，它断了的颈项里喷出一股浓浓的鲜血，喷在大奎爹脸上，糊住了大奎爹的眼睛，然后那没有头的大白鹅大摇大摆旁若无人地走出了院子。半夜里大奎妈阵痛了，大奎奶奶回来喊大奎爹。她进门发现家里的东西被翻得乱七八糟，她心中害怕，就喊大奎爹的小名，一路喊一路往里屋去，于是她看见大奎爹死在床上，舌头吐出来，看上去像是被人勒死的，大奎奶奶大哭起来，就是这个时候大奎在医院里出生了，他的哭声之粗狂、之豪壮、之昂昂亢亢，使接产的医生护士吓了一跳，她们说，这个小毛头，怎么这样哭法，少见的。

大奎爹为什么被杀，这成了豆瓣街上的一个谜，当然同时也是公安局的一个悬案。

在豆瓣街上还有关于蛇、关于狗、关于老鼠、关于蟑螂等，以及关于九头鸟的种种故事。

总之，豆瓣街上的人一致认为九头鸟叫是一件很不好的事情。但是他们暂时还不明确九头鸟是在什么地方叫，比如九头鸟每天夜里飞过豆瓣街的时候，是不是停下来休息一会儿，它停在谁家的屋顶上呢？比如九头鸟每天夜里飞过豆瓣街的时候，它会不会拉一泡屎，它拉在谁家的门前呢？

只有大奎妈坚持说九头鸟停在梅家姐妹门前的一棵马眼枣树上，她不说看见也不说没有看见，但她坚持这样说。

梅家姐妹是梅怡和梅慧。

梅怡和梅慧都没有结婚。

梅怡和梅慧不是一对年轻的姐妹。

说出她们的年纪和她们的相貌，也许会让人失望。但是既然大奎妈坚持说九头鸟和她们有关，那么说一说有关梅怡、梅慧的一些事情，还是有必要的。

梅怡、梅慧有一张合影，据她们回忆是在1933年拍摄的，1933年的时候，她们双双在丹阳女子艺专读书，梅怡学绘画，梅慧学绣工。照片无疑是发黄了，但梅怡、梅慧的脸很白，也很胖，梅怡穿一件浅色印小花的真丝旗袍，梅慧穿着白色的短上衣，深色的裙子，那是她们一生中最光辉灿烂的日子。梅家姐妹深得校长吕先生赏识。丹阳女子艺专是靠四大家族资助的，所以吕校长如果向董事长汇报学生，报出梅怡、梅慧的名字，也是极有可能的。所以说不定连四大家族都晓得有梅怡、梅慧。梅怡、梅慧的家庭也是很好的，她们的父亲梅伯年，考过前清秀才，并且家底厚实，据说他们梅家还是北宋诗人梅尧臣的传人。梅伯年不仅自己好学，对两个女儿也要求甚严，在当年大家闺秀不出门的气氛中，梅伯年把长于庭院未曾见过什么世面的梅怡、梅慧送上摇往丹阳的小船。梅怡、梅慧在河里走了五天五夜，才到达丹阳。

以后发生了很多很多事情，最主要的就是梅怡、梅慧默契配合，一个画一个绣，搞出好多苏绣上品、珍品，然后她们就不再年轻了，梅怡得了帕金森病，右侧肢体震颤不止，梅慧得了白内障，严重影响视力，她们从此不再画也不再绣，所以她们从前做的绣品就有很高的价值。她们有许多绣品被博物馆收藏，或者卖给了外国人，或者被国家领导送给外国元首，也有平白无故地被别人拿走的，现在还有没有剩下的、剩下多少、藏在什么地方，梅怡、梅慧没有说。她们不肯说的事情，别人很难打听到。

还是回过来说九头鸟，九头鸟停在梅家门前的马眼枣树上，是大奎妈说的。大奎妈是寡妇，她一年四季穿黑衣服，头上兜一块黑头巾，走路很怪，像故事里的巫婆。她带着大奎守了二十年寡，没有勾搭过男人，豆瓣街上的人都很奇怪。大奎妈其实长得很好看，长得好看的女人（何况是寡妇），不勾搭男人，至少在豆瓣街上是少有的。

大奎妈说九头鸟停在马眼枣树上，她肯定有她的依据，不过她没有把这个依据讲出来。大奎妈不是那种街上常见的喜欢搬弄是非、喜欢无中生有、无事生非的长舌妇，比如像张老师那样的女人。张老师其实根本不是老师，她的男人王老师才是老师。他们搬到豆瓣街来的时候，大家都叫王老师、王师母。张老师说："我姓张。"又说，"他什么老师，他的字还是我教他的呢。"问王老师是不是，王老师就笑，也看不出笑的什么意思。豆瓣街上有一个女人，就说："那我们该叫你张老师吧。"她那时候看张老师穿了一双花的尼龙袜，心里也许不快活，有点嫉妒，这句话原本是挖苦的，可是张老师也就应了。再以后豆瓣街上的人都喊她张老师。小一辈的人不晓得这一番来龙去脉，还以为她过去做过老师。

大奎妈说过九头鸟停在梅家门前马眼枣树上这句话以后，张老师就去敲梅家姐妹的门。张老师见了梅怡、梅慧，她把大奎妈的话说了一遍，梅怡、梅慧各人坐一张藤椅，各人膝盖上盖一块红的毛毯。张老师不喜欢那种红颜色。梅怡、梅慧听张老师说九头鸟，她们没有反应，只是梅慧眨动了一下逐渐被白翳蒙蔽的眼睛，说了一句："马眼枣树。"

傍晚的时候，梅家姐妹出门散步，看见马眼枣树下站着一个人，他正抬着头，朝树上看，好像在找什么东西。他听见梅家的门开了，就回过头来，对梅家姐妹鞠一躬。

梅慧隐约看见他鞠躬，就问梅怡："他是谁？"

梅怡看了他一会儿，说："你是老赵？"

梅慧说："老赵回来了，你什么时候回来的？"

老赵说："我昨天夜里回来的。"

梅慧想了想，又说："老赵你好像出去有几年了吧？"

老赵说："是二十年。"

梅慧叹口气说："已经二十年了。"

老赵说："是的，已经二十年了。"

梅慧问他："你在看什么，树上有什么？"

老赵说："我在看枣子，从前我和国英、国强夜里来偷枣子，你们不晓得吧，我拿一根竹竿朝树上打，国英和国强就在地上捡。马眼枣是好吃，蜜蜜甜，又脆。"

那时候马眼枣树长得很疯，看上去枣子比叶子还要多，豆瓣街上，大人小人都要来偷吃。枣子总是在刚成熟就被采完了，从来没有留下一点来腌成蜜枣。其实马眼枣腌成蜜枣比生吃更好吃，但是大家等不及，再说梅怡、梅慧也不会腌制食物。

梅慧听老赵说起枣子，她又叹口气说："有好多年不长枣子了。"

老赵说:"它老了。"

梅怡、梅慧没有说话,老赵也不再说话,只是看着这棵不再结果子的树。

到天黑了,老赵就回家去。老赵的家还是从前的那个家。他们家的老奶奶仍然活着,仍然便秘,因为中气不足,现在她每天要坐三个小时马桶,而且她已经唱不出"乌鸦"歌,也流不出眼泪,她生活在一个混混沌沌的世界里。老赵回来的时候,她躺在床上,老赵喊她一声"娘",她没有睁开眼睛来看他。其实她不是老赵的娘而是老赵女人的娘。老赵女人到轮船码头去接老赵。劳改农场在太湖当中的一个小岛上,四面是水,逃不出去。老赵从来没有产生过逃的念头。老赵也不会游泳。但是那里边有人逃过,不断地有人逃,他们会游泳。他们中间的一个奋力游了四个小时,爬上一个半岛的小码头,看见警察等在那里,于是他咕咚一下就晕倒了。他们中间另外的两个朝一个荒岛游去,从此就不见了,警察派了队伍到荒岛上搜过,没有搜出来,湖面上也没有他们的尸体。老赵就想他们是不是被鱼吃了,可是太湖里没有吃人的大鱼,老赵又想他们是不是沉在湖底不愿意浮上来,老赵为他们设计了种种悲惨的结局,他常常被自己的设计弄得胆战心惊。如果老赵有机会听说太湖渔民在拜过水仙老爷后,新近又拜长毛鬼,长毛鬼袭击渔船,来去无踪影,老赵会不会想到长毛鬼也许正是那两个逃犯呢。

老赵背着一个破烂的被窝卷,上了岸,他并不指望女人来接他。他站在码头努力地辨认街路,但他发现自己已经迷失了方向,他走向一个东张西望的老女人,谦卑胆怯地问:"请问豆瓣街朝哪里走?"

他说出"豆瓣街"三个字时觉得很拗口。

老女人回过来看着他就哭起来，他看见她的脸，他笑了一下，说："你来接我。"

女人接下来说了许多话，女人说这么多年了，有好多人劝她改嫁，要给她介绍对象，她都没有动心。女人又说，赵国强高中毕业，她叫他去考大学，他不肯，她说即使赵国强肯考，他也考不取，只好在工厂里做事。女人又说老太太，女人说老太太身体还很健壮，但老太太已经很老了。

最后女人说，回来就好，回来就好，回来就像个家了。

老赵回来，吃了十几只鸡，补了身子，又把头发胡子修过，换了新的衣服，人模人样的了，他比别人多一点沉重，反而显得有派头。

老赵还不老，五十五岁，老赵女人也不算老，等老赵恢复了元气，他们又可以同房了。老赵很开心，老赵女人也很开心，既然开心，老赵就讲了很多很多话，老赵女人也讲了很多很多话，她甚至又提起了从前的事，她说老赵："人家都说你是老实头，你那一次怎么做出那种丑事？"

老赵"嘿嘿"一声，说："我是昏了头。"

老赵女人说："是她勾引你的？"

老赵说："好像是的，那时候我好像吃了迷魂药。"

老赵女人"呸"一口。

老赵"嘿嘿"一笑，说："反正我们老赵家不吃亏。"

老赵女人说："啊，你还说不吃亏，你怎么讲得出来，你进去二十年，自己苦头吃忘记了啊，我是忘不了的，我们的日脚怎么过的，你还说不吃亏。"老赵女人想到辛酸之处，就哭起来。

老赵女人哭了一阵，老赵说："说好不提那些事的，不讲了。"

老赵女人说："是不讲了。"

他们又高兴起来。过了一会儿，女人却忍不住又要说这个话题，女人说："你和她睡觉的时候，她同你说什么？"

老赵说："不记得了，不是说好不再提了么。"

女人说："你赖。"

老赵说："我想想。"

女人提醒他："女人勾引男人，总归是有目的的，她是不是想你的钱？"

老赵说："那倒没有，她只是问我在梅家看见什么值钱的东西没有，我说梅家值钱的东西多了，真是开了眼界，她说你肯定拿了，有没有金戒指，我说我什么也没有拿，我们是跟跟热闹的，又不是头头，不敢拿的，不信你可以叫老林、老王他们做证，那时候他们都在，还有好多小孩窜来窜去，她不相信，哼了一声，就不理我了。"

老赵女人说："看，是吧，我说的吧，女人勾引男人，总归是有阴谋的，你以为她喜欢你呀，你也不撒泡尿照照自己的脸，猪头狗脸，她看得上你。"

老赵回味说："是呀，她细皮嫩肉。"

老赵女人又"呸"一口，然后说："你吃官司，她倒好，到部队做官太太去，害人精。"然后女人叹一口气，就睡了。

老赵刚回来的几天，还不大好意思在豆瓣街上走来走去，他偶尔出门打点酱油什么，街上的人见了他，好像看见一个英雄一样，惊奇地叫："哎呀，老赵你回来了。"

这使老赵很受鼓舞，以后他就比较随便地在豆瓣街上走来走去，只要别人跟他打招呼，问他什么，他总是有问必答，不厌其烦。

比如人家说："老赵，你吃苦头了。"

老赵笑笑，说："还好，也习惯了，也是做做吃吃。"

比如人家说："老赵，人家都平反，你怎么不平反？"

老赵说："平反什么？"

人家说："听说你是冤枉的。"

老赵说："不冤枉。"

豆瓣街上的人由此很服帖老赵，说老赵是大丈夫，拿得起放得下。

对于老赵的回来，豆瓣街上的人反应是比较热烈的，反而赵家的人倒是比较冷漠，如果说他们家的老奶奶对老赵是一种混混沌沌的淡漠，那么他们的儿子赵国强就是一种不混沌的淡漠了。

其实赵国强并不是专门对老赵淡漠，许多年来，他一直是这样过日子的。

老赵女人曾经很指望赵国强有出息，这也是很有可能的事，有许多人家的小孩，因为家庭的不幸，反而变得懂事。

可是赵国强使他的母亲很失望，他毫无出彩之处。

其实赵国强也有光彩的时候，在他十岁以前和十岁的时候，应该说他是很有特点的。他六岁就能把梅家的小猫掐死，七岁他又敢捏住大奎爹大白鹅的嘴，他在十岁的时候因为打猫曾经一口气打碎了豆瓣街上二十块玻璃。被打碎玻璃的人家探头出来，看见是他，骂他"小杀坯"，并不找到赵家门上去叫赔玻璃，有的人家只是看着他叹口气，也不骂他。赵国强就继续打猫。直到有一天他打碎了一块玻璃，等了半天，没有人探出头来骂他，或者叹气，他很奇怪，就翻过后墙爬上那个吱嘎吱嘎作响的老楼梯，他推开那扇门，他看见了什么，转身就往下跑，他从楼梯上滚下来，摔得鼻青脸肿，回家躺了三天，以后他就不再打猫也不再打玻璃，变成了一个规规矩矩的乖小人，再无建树。

赵国强十岁的时候看见了什么，十岁的赵国强能看见什么，这成了豆瓣街上的一个谜，豆瓣街有好多谜，这是其中之一。

赵国强就长成了一个极其不出众的人，他既没有口才也没有肚才，并且他也不想要有什么才，所以到了应该急着找女朋友应该结婚生小孩的时候，他却什么也没有。但后来毕竟还是有了，破锅子自有翘锅盖来配，翘锅盖就是豆瓣街上的邻居王小红。

说王小红翘锅盖是不公平的，其实王小红除了左脸颊上有一块青记，其他方方面面都是很出众的。比如她的身材，比如她的头发，比如她的嗓音，比如她的五官，又比如她的工作，比如她的待人接物，比如她除了左脸上青记以外的一切。

王小红和赵国强谈恋爱，王老师支持，张老师反对，因为张老师比王老师厉害，所以虽然有二比一的优势，却是没有胜利的希望，以至于发展到后来，王小红对张老师说，你不许我嫁他我就去跳井，张老师则对王小红说你若是嫁他我就上吊。

母女对峙，看起来必死其一。王老师说哪里谈得到死呢，他好像很想得开。

这是二十年以后的事情，赵国强三十岁，王小红二十五岁。

二

关于豆瓣街上梅公祠的种种威风，那都是从前的事了。好像一个人老了，不光皮肤皱，个子也会缩，现在梅公祠比从前矮得多了。并且破破烂烂，七穿八孔，无人问津，有时候梅公祠大门前两旁也会出现一堆黄沙或是乱砖什么的，大家以为要来修梅公祠。可是过几天黄沙什么日渐少去，最后就没有了，始终没有人来修梅公祠。所以豆瓣街的人逐渐不再把梅公祠放在心上。

只有王小红，她永远做不到对梅公祠视而不见。

据说王小红从稍懂人事起就被许多人告知，她左脸颊上的青记，就是在梅公祠前印上去的，并且由此推测是梅家祖宗惩罚她。所以王小红从小就对梅公祠以及梅家姐妹有一种恐惧感，她每次走过梅公祠，她的内脏就会彻底翻动一次，以至于有好几次月经来潮，竟是十分准确地来在走过梅公祠门前的时候。

因为脸上的青记，王小红从小就不幸。小时候被同学起绰号"青屁股"，绰号没有好的，但也没有比"青屁股"更难听的了。她回去哭，张老师就出去骂，可是她骂得到豆瓣街上的小孩，却骂不到其他街上的小孩，大家还是叫她"青屁股"，几乎一直叫到初中毕业。后来王小红长大了，她念了卫生学校，懂了许多医学知识和科学知识，她明白了打雷和青记绝对没有任何关系，关于她在五岁的时候被雷电吊到梅公祠前印上了青记这样的说法实在是荒唐之极，无丝毫科学根据，所以也就没有丝毫可信之处，然后她便堂而皇之地走过梅公祠，她不再恐惧，可是她的心里仍然有什么东西在动，她隐隐约约地感觉到，她在回忆什么。

她努力地回忆，她努力地要把一件什么事情想起来，这就是她对梅公祠的所有想法。

有时候她被这种没有结果的回忆弄得神经兮兮，她就跑到梅家姐妹那里去。她问她们，从前究竟发生过什么事，为什么要瞒着她。梅慧就把从前的事又讲一遍。

王小红愤怒地说："骗人，骗人，你们骗人。"

梅慧说："不骗人，你要是不相信你去问你妈妈。"

王小红于是愤怒而且失望地退出来，用不着去问母亲，这件事原本就是她说出来的，并且当她知道女儿同赵国强谈恋爱以后，她就常常拿这件事来说女儿，说女儿忤逆，天雷还要打她的右脸。

王小红对梅公祠充满仇恨，她希望有一把天火把梅公祠烧掉，她希望有一场地震把梅公祠震塌，她希望有一天早上走过那里，梅公祠突然没有了。可是她的希望和她要回忆的事情一样总是不来，也许永远不来。她仍然每天要经过梅公祠。

梅怡、梅慧的家就在梅公祠旁边，马眼枣树就在梅家门前。

王小红每天都看见老赵站在马眼枣那里，抬头朝树上看，好像在找什么东西。

王小红就去问赵国强："你爸爸天天在马眼枣树那边看什么呀？"

赵国强说："我不晓得。"

王小红指指自己的脑门，说："他是不是这个有点毛病了。"

赵国强说："我不晓得。"

王小红看看他，说："你怎么一样也不晓得。"

赵国强眼皮耷下来，不说话。

王小红说："你这样，我不同你谈了，没有劲。"

赵国强说："随便你。"

王小红闭了嘴，过了一会儿她又说："唉，像梅老太婆那样不结婚也蛮好。"

赵国强说："那你就不要结婚。"

王小红笑起来，她看赵国强规规矩矩地坐着，他从来没有碰过她。王小红对他有一种莫名其妙的感觉，她想来想去，想不出赵国强有什么可爱之处，但她想来想去，又觉得自己一定是要和赵国强结婚的，所以她常常感觉莫名其妙。

这是在公园的一条长椅上，时间是夜里，秋天。

在赵国强叫王小红不要结婚之后，王小红问了以下一些问题。

"你看我这个青记难看吗？"

"你相信关于这个青记的说法吗？"

"你爸爸回来了怎么不做点事，他叫你们养他吗？"

"你说梅老太婆家是不是很有钱？"

"你知道从前我小的时候发生过什么事情吗？"

"你以为一个人能够回忆起五岁时候的事情吗？"

"你晓得街上的人都在说九头鸟吗？"

"你听说过九头鸟吗？"

关于以上的绝大部分问题，赵国强一概以无动于衷的态度对待。但是关于最后两个问题，赵国强说："我见过九头鸟。"

王小红大吃一惊，说："你瞎说。"她根本不相信有九头鸟。

赵国强说："是真的。"

王小红问："什么时候，在什么地方，九头鸟什么样子，是不是真的有九个头？"

赵国强却不再回答，但他的眼睛亮起来，盯住王小红看，突然他把两只粗壮有力的胳膊一拢，紧紧地抱住王小红，他对着她的眼睛说："闭上你的嘴巴。"然后他用自己的嘴唇压住王小红的嘴唇，使王小红感到一阵气闷和晕眩，她再也问不出问题来。

后来他们回家，或者是正走在豆瓣街上，走过梅公祠的时候，赵国强说："在梅公祠后院的小楼上。"

王小红说："什么？"

这时候他们都走到了自己家门口。

有一盏路灯的青紫的光正好照在王小红的脸上，王小红的脸就变成青紫色的，左脸颊上的青记反射出紫黑的光，她看到了赵国强异样的目光。

王小红问："你说什么在梅公祠后院的小楼上？"

赵国强说："你不肯闭嘴，你去问大奎妈。"

大奎妈算是豆瓣街上的一个人物。

大奎妈现在要嫁人了。大奎过了二十岁生日，大奎妈说我要结婚了。

大奎妈现在不再穿黑衣服，她现在穿紫红的衣服和豆绿的衣服，这样好显得她年轻一点。

大奎妈进入了更年期。

大奎妈从前的许多优点和许多缺点都没有了，更换成了另外的一些优点和缺点。比如大奎妈从前一向很自重，在男人面前不苟言笑，这是优点；现在大奎妈对男人的态度有了极大的改变，她对他们笑，对他们做出各种姿势，这是缺点，她使豆瓣街上相同年龄的妇女都接受了一种危险的带有威胁性的信号。再比如大奎妈从前待人接物一概冷冰冰的，拒人千里之外，即使和豆瓣街上的邻居，也没有三句话说，这是缺点；现在大奎妈和谁都能热热闹闹地拉几句家常话，这就是优点。

这一切变化都因为大奎妈进入了更年期，大奎妈进入更年期的时候，正是豆瓣街上盛行关于九头鸟的传说的时候。

大奎妈和九头鸟有什么必然的联系吗？

大奎妈的从前和大奎妈的现在也是豆瓣街上的谜吗？

大奎妈嫁到豆瓣街来，看起来是出于一个偶然的原因，但也许就是一种必然的结果呢。

从前大奎妈还是个小姑娘，她进了刺绣厂做刺绣女工。大奎妈的师傅偏巧就是梅家姐妹梅慧的徒弟，那时候梅怡、梅慧已经不大做绣品了，只是偶尔的有重要任务才会交给她们做。梅怡、梅慧的名气很大，在大奎妈这样的初学刺绣的小姑娘心目中，她们简直就是仙女。大奎妈的师傅常常拿梅怡、梅慧的绣品来给小姑娘看，有一次大奎妈跟着师傅到梅家去请教一个问题，这样大奎妈就走进了豆瓣街。

大奎妈跟在师傅屁股后面走进豆瓣街的时候，有一个小伙子正在豆瓣街的井台上杀一只十分肥壮高昂的大白鹅，大白鹅很凶，不肯引颈挨刀，小伙子挽起白衬衣的袖管，嘴里咬着刀，一只手掐住大白鹅的头颈，另一只手抓住它的两只脚，大奎妈就被这一幅威武的画面迷住了。

这小伙子谁都猜得出他就是大奎爹，这一点不用怀疑。所以从某种意义上说，梅怡、梅慧是做了大奎妈的媒人呢。

再说大奎妈把一个杀大白鹅的威武场面印到心里，她接着跟在师傅后面走进了梅家姐妹的家。

大奎妈终于看到了梅怡、梅慧，她们已经有点老了，并不像仙女那样，但她们安详的神态、高雅的气质还是给大奎妈留下了极其深刻的印象。

大奎妈的师傅向她们请教了一两个问题以后，就显得局促不安起来，支支吾吾，好像有什么话要说，又不好开口。

这时候梅慧笑起来，说："你这个人，还是要看，缠不过你，今天给你看看。"

梅怡"嗯"了一声，看看大奎妈，说："小姑娘就不要给她看了。"

大奎妈的师傅就跟梅怡、梅慧走到另一间房间里去了。大奎妈在外面听见里面的声响，好像是开橱门或者是开箱子的声音，接下来是师傅尖脆地叫了一声"呀！"然后就没有声息了。

之后她们一起走出来，大奎妈的师傅就告辞，带着大奎妈走了出来。大奎妈看出师傅好像很激动，就问她什么事，师傅看了她一眼，叹口气，说："一幅绣品，真好啊。"

大奎妈说："是梅先生她们绣的？"

师傅说："不是，是她们先生的先生绣的。你听说过沈寿吗？"

大奎妈那时候还不晓得沈寿，她摇摇头，师傅也摇摇头。

后来大奎妈晓得谁是沈寿了，她问师傅绣品绣的什么。师傅说："你不要多问。"

大奎妈没有看到沈寿的绣品，梅家姐妹当着她的面瞒她，她没有很气恼。那时候她心里被那幅杀大白鹅的画面塞满了。

后来的事情就朝大家想象的方向发展。大奎妈嫁到豆瓣街来了。

这样大奎妈就和梅怡、梅慧做了邻居。大奎妈晓得一句古话叫"远亲不如近邻"，她将要同梅家姐妹相处得很好，这就使她想起了沈寿的绣品，她想只要相处得好，她们一定会把绣品给她看的。以后她就可以到厂里去炫耀一番。

受这样的思想支配，有一天大奎妈看见梅怡、梅慧在门口晒太阳，她走过去的时候，就对她们说她想看看沈寿的绣品。

端庄稳重的梅怡、梅慧这时候就像两只受惊的兔子。

梅慧说："什么沈寿的绣品，哪里有？"

大奎妈说："从前我跟师傅来，你们让我师傅看过的。"她说出了师傅的名字。

梅慧说："你是谁？"

大奎妈笑起来，说："我就是你们的邻居呀，隔壁28号里的，林家的新娘娘。"

梅慧想了一想，说："你是新娘娘。"

大奎妈又笑，然后她又说："让我看看沈寿的绣品吧？"

梅家姐妹这时候不再惊骇，她们告诉她，以前是有一件沈寿的绣品，后来交给公家了，沈寿的绣品公家是要收藏的。

大奎妈点点头，随后她就把这件事情忘记了。

大奎妈嫁到林家以后，有一两年一直没有怀孕，大奎爹并不着急，他是乐天派，很好说话，只要有鹅吃，其他他都不在乎。可是大奎奶奶很着急，大奎妈自己也很担心。大奎奶奶和大奎妈就到庙里去求签，结果求到一张下下签。大奎奶奶看不懂，大奎妈也看不懂，就请和尚解释。和尚说，克星在南面。

大奎奶奶回家之后，把南面的东西仔仔细细想了一遍，然后她就到梅怡、梅慧家去了。

大奎奶奶是有道理的，梅家在林家的南面。

那时候梅怡、梅慧还不很老，脑筋很灵光，她们听大奎奶奶吞吞吐吐讲了一半，她们就明白了，随后她们笑起来，后来她们笑得不可止了。

大奎奶奶很生气，这关系到林家会不会断子绝孙的大事，大奎奶奶说："你们这种人，不肯顾惜别人的。"

梅慧说："你不要说了，我们让出去，春天到了，我们想到杭州去玩玩呢。"

大奎奶奶就开心起来，回家以后，她对大奎妈说："好了好了，克星让我赶走了。"

大奎妈问怎么回事。

大奎奶奶只是说克星让她赶走了。大奎妈怕婆婆得罪梅怡、梅慧，她急急忙忙追到梅家去，她看见梅怡、梅慧正在整理行装，把箱子打开了，这样，大奎妈一下子就看见了箱子里的东西。大奎妈没有作声，她连忙转过身子，就听见箱子"砰"的一声关上了。梅慧看看大奎妈，说："你这个小姑娘，道什么歉呀，本来我们春天就要出去转转的。"

很少说话的梅怡也说了一句："祝你早日养个大胖儿子。"

梅怡、梅慧走了以后，大奎妈果真很快就得胎了。

这就扯得比较远了，说到了大奎妈，又说到了梅怡、梅慧，要说的其实不是大奎妈，也不是梅怡、梅慧，而是王小红，说王小红，归根到底是为了要说九头鸟。王小红听了赵国强的话以后，她决定去找大奎妈问九头鸟的事情。

王小红在一个没有月亮的夜里去找大奎妈。王小红走到大奎家门前，她看见大奎轻悄悄地从家里出来，吹了一声口哨，就有几个和大奎差不多年纪的小青年，从黑暗里走出来，他们围在一起叽叽咕咕说了几句话，就一同朝前走。王小红看到他们走到梅公祠前停下来，大奎去拨梅公祠前殿的大门，大门是木栓拴的，大奎很快就拨开了，他们进去，把门关上了。

梅公祠的前殿里面什么也没有，空空荡荡，虽然梅公祠后院的楼上楼下都有住家，但是后院和前殿离得比较远，住家从来不走前殿穿过，而是从旁边的过道夹弄进出后院。梅公祠前殿终日关闭，总有一种阴森恐怖的气氛，一般的人，像王小红这样的，是不大敢随便进去的。

王小红看见大奎他们进去，她就跟过去，站在门口听，听出来大奎在里面赌钱，她听一个人说："妈的没钱了，大奎借一点来。"

大奎说："我也不多，不够你输。"

又一个说："妈的到哪里弄点钱来才好。"

又一个说："妈的豆瓣街一个穷街。"

然后大奎说："梅老太婆家有钱。"

立即被反驳："梅老太婆家有屁钱，斩三两肉吃有屁钱。"

大奎说："你懂屁。"

那个说："你懂屁。"

又一个说："算了算了，来牌来牌，梅老太婆有钱没钱，关我们什么事。"

王小红走开的时候想他们不要动歪脑筋去偷梅家的东西才好。

王小红这时候重新走到大奎家门前，她看见了一件奇怪的事情，她看见大奎妈和老赵站在一起，她看见他们靠得很近，老赵个子高，大奎妈个子矮，所以大奎妈的脸好像躲在老赵的胳膊下面。王小红立即想起关于大奎妈要嫁人的说法，难道她要嫁老赵吗，这是不可能的。虽然大奎妈没有了大奎爹，但是老赵还有老赵女人，虽然大奎妈比老赵女人年轻好看，但老赵女人等老赵等了二十年，老赵不会是没有良心的人，还有老赵从前就是为这种事吃官司的，老赵不会不吸取教训。

王小红这么一想，就可以迅速做出判断和决定了。她朝他们走过去。老赵先看见她，朝她一笑，说："哎，找你呢，到你家去，你爸爸说你到大奎家来了。"

王小红说："他怎么晓得我到大奎家来，我没有对他说么。"

老赵说："可能你无意中说了。"

王小红想一想，说："大概是，找我什么事？"

老赵说："我们家老奶奶，下午到医院去看了，说要住医院，又没有床位，叫一天两次送到那边去打针，老骨头经不起了。"

王小红问："她哪里不好？"

老赵说："还是老毛病，大便大不出，肚子胀，想托你开开后门，弄一张床位。"

王小红点点头，说："好吧，我明天帮你们想想办法，不过老太太这种毛病，蛮难的。"

老赵谢过王小红，但不像要走的样子。王小红看出来老赵要同大奎妈说话，并且是不能让她听的。问题是大奎妈大概是想听老赵的话，而不是王小红的话。所以大奎妈问王小红是不是特意来找她，找她有什么事情，是不是很要紧的事情。

王小红觉得有点伤心，她决定不问大奎妈什么了，她说："没有什么要紧的事情，来问问你，我有马海毛，淡黄的，打什么花样好。"

大奎妈笑起来，说："小丫头，虚头晃脑。"

王小红说："没有虚头。"

大奎妈说："马海毛么，双起来打枣眼花，厚一点，要薄一点么，单线打秋叶花。"

王小红说："晓得了。"看一眼老赵，又说，"我走了。"

大奎妈也不留她。王小红走出一段，回头看看，大奎妈和老赵已经进大奎家去了。王小红往前走了一段，想想有点不甘心，她又回过来，她是一个比较老实的人，她很少偷听别人讲话，可是这一个夜晚她就偷听了两次，一次是大奎，一次是大奎妈。

王小红就这样贴在大奎家门边听大奎妈和老赵在屋里讲话，因为这是偷听，起先她很紧张，心乱跳乱蹦，后来她听了他们的一段对话，她就不再紧张，她只是觉得很奇怪。

他们的对话是这样的。

老赵问："到底在哪里？"

大奎妈说："当然在你那里。"

老赵说："瞎说，要是在我那里，我再吃二十年官司。"

大奎妈说："不是你拿的，你为什么要吃二十年官司？"

老赵说："那是另一回事的，你怎么可以这么讲，人家都说是林长顺拿的呢，命也送掉了。"

接着大奎妈哭起来。王小红虽然没有听说过林长顺这个名字，但她猜出来林长顺一定就是大奎爹。

后来大奎妈不哭了，又说："你再想想，当时到底怎么样的。"

老赵说："唉，我想了二十年也没有想清楚。"

大奎妈说："所以叫你再想想呀。"

过了一会儿，老赵说："我想想，那一天把梅家的东西都搬到梅公祠前面的场上，叫大家批判，大家也不批判，就看那些东西，后来就说少了。"

大奎妈问："当时还有谁？"

老赵说："你们林长顺，还有王老师。"

大奎妈说："你怎么不去找王老师再问一问呢？"

老赵说："王老师，当初就是他做了证，才判了我的刑的。"

大奎妈说："唉，我们怎么不晓得。"

老赵说："你们是不晓得的，那时又不像现在，什么开庭可以公开的，那时候，都是不公开的，王老师在证词上画押，按手印，我是亲眼看到的。"

大奎妈说："这个人，看不出来，这么坏啊。"

老赵说："他人是不坏，他也是没有办法，那时候专案组不讲道理的，要是林长顺不死，说不定也会叫他出来做证人的。王老师也是没有办法，再说后来他对我们家一直很好的，现在国强和他女儿谈恋爱，他是支持的，可是他的女人，唉……"

大奎妈说："雌老虎，说不定东西就在她手里。"

老赵说："不会的不会的。"

大奎妈说："你这个人，所以要吃冤枉，相信别人，这个人不会拿，那个人也不会拿，那就是你拿的。"

老赵"嘿嘿"一笑，说："照我想起来，就是他们自己拿的。"

大奎妈说："你真是不临市面，你这种话陈年老垢了，那几个人，老早抓起来判了，枪毙了两个，总算给他报了仇，他们屋里都搜查过，没有，听说别样他们都承认，就是这样不承认。"

老赵说："真是滑稽事情。"

大奎妈说："你再想想，当时还有什么人，总归是有人拿的。"

老赵说："实在想不起来了，要么就是有一些小孩子，窜来窜去，疯得不得了。"

大奎妈叹了一口气。

王小红听到这里，她的心里就翻滚起来，就像经过梅公祠门前时的那种样子，她就感觉到她所回忆的东西，慢慢地想出来了。她朝梅公祠门前走去，她就看见了一个场景，就是老赵讲的那个场景，她看见有许多小孩子在大人腿缝中钻来钻去，奔来奔去，她看见有一个头上扎着红蝴蝶结的五岁左右的小女孩，在一大堆叫她眼花缭乱的漂亮的东西中拿走一件，她把那东西拿在手里，大人谁也没有看见她，她就走开了。

这个小女孩是谁，就是王小红她自己，她拿的是什么东西，后来放到什么地方去了，现在大奎妈和老赵谈论的，会不会就是这件东西呢，这件东西很宝贝吗？

王小红从一个回忆走向另一个回忆，要回忆的内容越来越多。

就在这时候，梅公祠前殿的大门开了，大奎他们一伙人走出来，正在开大奎的玩笑。

有人说："大奎的后爹是谁呀？"

大奎骂人："去你的，我后爹是你爷爷。"

他们哈哈大笑。王小红连忙走开了，她急急忙忙回家。

后来王小红就给赵家老奶奶弄到一张床位。王小红在医院里工作是很好的，三年就做了护士长，所以她比较有办法。

可是老奶奶坚决不肯住医院，她认为她们叫她住院是怕她死在家里，可是她哪儿也不去，就是要死在家里的。

家里人没有办法，只好由她。王小红说："你们也不要天天把她拖来送去了，有什么事，打针或者其他什么，我来帮帮，也是顺带。"

赵家的人自然把王小红看成儿媳了，十分开心，赵家女人总觉得自己的儿子配不上人家，她要对儿子说，叫他出息一点。可是赵国强不想出息。

有一天王小红给老奶奶打了针出来，见老赵一个人在灶屋做饭，王小红走过去，突然地说："那天夜里在大奎家你和大奎妈说的话，我听见了。"

老赵惊慌地看着她，说："什么话？"

王小红不回答，反而问："你说，那东西是不是我拿的？"

老赵呆呆地看着她，不摇头也不点头。

王小红又说："你记得不记得当时有一个戴着红蝴蝶结的小女孩，五岁，在那里拿了什么东西，在梅公祠门前场上。"

老赵变了脸色，说："小孩子怎么瞎说。"

王小红还问："你想起来没有，你一定想起来了，可是我不记得了，我五岁，我拿了什么，我一点也不记得了，你告诉我是什么？"

老赵后退了一步，说："你，你不要胡思乱想啊，不关你什么事的。"

王小红坚持说："可是我回忆起来了，是在我五岁的时候，在梅公祠前面。"

老赵摇头，说："你这个小孩，五岁的事情，怎么可能想起来，你不要乱猜。"

老奶奶在屋里听见他们声音大了，就喊："你们在说什么，说我要死了，我跟你们说，我不要上火葬场，我要睡棺材。"

老赵也对里边喊："你不要瞎搅，谁说你要死了，都说你活百岁呢。"

老太太又喊："你们进来拉我一把，我要大便。"

老赵进去服侍老太太坐上马桶，又走出来了。

王小红说："你告诉我是什么东西。"

老赵决不告诉王小红。

但是除了王小红，大家一定都已经猜到那件东西，就是沈寿的那幅绣品，因为在前面的故事里早已经露出了许多蛛丝马迹。

三

这样离目的就近了一些，至少有这么一些情节已经明了。这些情节是：老姐妹梅怡、梅慧有一件沈寿的绣品，豆瓣街上的人从前都没有见过这幅绣品，在历史长河的某一个特殊的阶段，这件东西不见了。为此大奎爹送了命，为此老赵吃了二十年的官司，当然杀大奎爹和整老赵的人看起来并不是窃贼，因为如果他们已经得到了那件东西，也就不必要再大动干戈，甚至伤害人命了。所以王小红又被牵进去了。据她的回忆，也许真是她五岁时拿的，但也许不是，因为没有证据。唯一有所证明的，是她脸上的青记，但这纯粹是迷信。

梅怡、梅慧早已经不提这件事了，好像从来就没有这件事发生过。她们很想得开，那个时候有多少人家失去了多少宝贝，又怎么样呢，找得到的，后来公家都退还了，实在找不到的，公家也赔了一些钱，总算是尽心尽力了。并且梅怡、梅慧一定都明白，像沈寿绣品这样的东西，不应该私藏在自己手里，是应该交给国家的。

那么大奎妈和老赵为什么还要提这件事呢，也不过是发泄发泄不平罢了，他们要过正常的日子。大奎妈要嫁人，老赵刑满回来后要找工作，这才是当务之急。还有王小红是有点苦恼的，不过她的苦恼归根到底还是脸上的青记引起来的，要是没有这块青记，她也不会这样没完没了地回忆什么，猜测什么，一个二十五岁的未婚姑娘，生活原本应该是最丰富多彩的呀，随着医学水平的不断发展，医院里的专家说，像王小红脸上的青记，用不了多久，就可以通过手术切除掉，并且可以不留任何疤痕。这话是一年以前说的，现在已是一年之后，已经有专家在开这样的先例了，也有胆子比较大的人去碰运气，成功率据说不低。王小红虽然属于胆子小的人，现在她还不敢去，但她毕竟已经看到了希望之光。

这就是说，谁也没有必要再去重提旧事了。

这样似乎就可以结束这个故事了，因为以后将要发生的老赵找工作，大奎妈嫁人，以及王小红是否动手术割除青记等等都和谜案无关。

但问题是大家仍然是想了解这个谜案的，不是吗？

所以话题重新又要回到和谜案有关的人物身上，回到老赵，回到大奎妈，回到王小红以及梅怡、梅慧等人身上。

这里似乎忽略了一件事，也就是在故事一开始就讲到的关于九头鸟的传说。

豆瓣街上的谁也没有亲眼见过九头鸟，只有赵国强说他见过。赵国强平时是不大讲话的，他一定是因为喜欢王小红，才跟她说的，换了别人，可以肯定他决不会说。

倘若赵国强真的见过九头鸟，那么是不是在他十岁的时候呢，他是不是因为看见了九头鸟以后就改变了他的性格呢，他如果真的看见过九头鸟，那么九头鸟到底是什么样子，为什么他又不肯说了呢？

这些事，在豆瓣街上仍然是谜。因为此后不论是他喜欢的王小红，还是他不喜欢的其他人，总不能从他那张讨厌的、永远紧闭着的嘴巴里挖出点什么来。

还是不谈赵国强吧，这个人太闷，脾气臭，谈论这样的人真是没有趣得很，还不如讲讲老头子老赵。老赵虽然在里面关了许多年，也没有变得很古怪。这本身也是一件比较奇怪的事，因为据说有许多人关了些许年出来，就有各种变态，比如心理变态，比如性变态，比如人格变态，比如其他种种变态，可是老赵不变态，至少别人是看不出来。

老赵仍然没有工作，所以他只好做做家庭妇女的工作，有一天老赵去买菜，他走过盆景园，绕进去看看，他好像对盆景比较有兴趣。老赵走到山石盆景那一边，看见有几个工人在雕凿石头。老赵看了一会儿，先是叹气，然后蹲下来，把一些石块拿来看看，后来他说："其实不在于精雕细刻，要佯。""佯"是土话，老赵的意思是说要有想象。

人家自然不大高兴，说："你是谁？"

老赵说："我走过来看看。"他一边说一边就拿了几片石头，横竖看了一看，旁边有只空盆，他拿来把石头放在里面摆弄一番，大家看时，已经有一组如起伏之岗峦的形状缀成。

老赵站起来，拍拍手上的尘土，准备走了，这时候就有无巧不成书的事情来了，盆景园的负责人其时也蹲在地上敲石块，他本来是别的单位的一位处级干部，因为爱好盆景，入了迷，工作上就有点拆烂污，领导上晓得，自己也明白，后来干脆让他到盆景园来工作。盆景园只是一个科级单位，他调过来虽然职位是低了，心里却安逸了，如鱼得水。但可惜的是他手下的人，真正懂盆景艺术的甚少，现在遇见老赵这样的高手，自然不肯放过的，他见老赵要走，连忙喊住他，问老赵在哪里学的这一手本事。

老赵老老实实说是在农场里学的。他在农场二十年，除了放炮开山炸石头，就学了摆弄山石盆景。农场里满天满地的石头，闷煞人，要不是把这种对石头的恨变成对石头的爱，会使人发疯的，常常有人无缘无故拿人头去撞石头，自然是头破血流。

盆景园的负责人问老赵现在在哪里做。

老赵仍旧老老实实地说："我刚刚从里面出来，我是戴罪之身。"

然后就和大家预料的一样，人家不管老赵过去怎样，请他到盆景园做临时工，带徒弟。

照这样讲故事，是不是有点过于戏剧化，从而有虚假的嫌疑呢，也许是有一点，但如果不是这样巧，老赵就得继续为找工作的事伤脑筋。

老赵自从到盆景园做事以后，结识了不少爱好盆景的人，这些人当中有不少是退休工人，也有很多有身份有地位的人，比如老干部、老教授，和他们接触，就使老赵也变得有点文绉绉，有点雅了。

比如老赵结识了一位老画家田老，从前做过市里的文化局长，现在是政协的副主席，进出都是小轿车接送的。田老看了老赵的盆景，要请老赵"指教"。老赵现在见识多了一点，胆子也大了一点，推托不过，就跟田老坐上小轿车去了。老赵看过田老的盆景，只拣好话讲，老赵想拍拍马屁的意思有的，但确实田老的盆景也是挑不出什么毛病来，田老那一天很高兴，硬留老赵喝酒，老赵想恭敬不如从命，就喝了。田老问起老赵家住在什么地方，老赵告诉他是住在豆瓣街，这样又碰上了一件无巧不成书的事情，田老马上就笑起来，说："豆瓣街，这条街名字有意思的，梅怡、梅慧就是住在豆瓣街的么。"

老赵连忙点头称是，说："你认识他们？"

田老说："何止认识，我还做过她们的先生呢，那时候我在丹阳女子学校做老师，毛头小伙子，二十来岁，梅家两姐妹，读书很聪明的。"

老赵又点头称是。在豆瓣街上，大家都承认梅怡、梅慧是了不起的人物。

田老叹了口气，说："可惜她们，却没有小辈，有个小辈也好把本事传下来呀，又是老法思想，不肯传外人的。"

老赵说是。

接着又喝酒。

后来突然提到了沈寿的绣品，是田老提出来的，把老赵吓了一跳。

田老说："那件东西，可是无价之宝哟，这姐妹俩，一世人生也算是积了一件宝。"

老赵不由就多了一句嘴，可能因为酒喝得有点过量，他说："可惜被偷了。"

田老惊得"啊"了一声，张着嘴半天合不拢。

老赵以为自己祸从口出，不敢再作声。

过了一会儿，田老问："什么时候偷掉的？"

老赵告诉他有年头了，有二十年了，他把那时候的事情讲了一遍，他甚至想把自己为这件东西吃的冤枉苦也告诉田老，可是他思想斗争了一下，还是没有说。

田老脸上的表情就有点莫名其妙，老赵看着有点害怕。田老好像要说什么或者要问什么，结果却没有开口，这以后田老就不再劝老赵喝酒，只顾自己一口一口地喝，并且脸上的表情也越来越奇怪，自言自语地说了一些半句头的叫老赵不明白的话，比如说怎么可以什么，比如又说梅怡、梅慧怎么会什么。

后来老赵回家，心中总是不安，田老那些奇怪神态给老赵的感觉就是这件东西确实非同小可。

几天以后的一个傍晚，老赵回家，就有一辆黑色的小轿车从他身边擦过进了豆瓣街，在梅公祠前的空场上停下来，老赵看见田老从车里出来，直奔梅家去了。

梅怡、梅慧这边，常有坐小轿车的人来看她们，所以田老坐了车来，豆瓣街上的人并不很稀奇，当然这也是他们承认梅怡、梅慧了不起的一个重要原因。

老赵注意到，大约有半个钟头，田老出来了，坐了小车走了，老赵心中好像有一种含糊不清的预感。

这时候就有一辆红色的小轿车和田老的黑车交叉而过。红色小轿车是来接大奎妈的，大奎妈今夜出嫁。

炮仗和鞭炮响起来，豆瓣街立时显得很兴旺，大人小孩都出来看。

红色小轿车是要把大奎妈接走的，大奎妈的新丈夫生活条件很好，房子很大，大奎妈自然是要住过去的，豆瓣街上的房子就留给大奎。大奎妈也曾问过大奎，愿意不愿意跟她一起过去，大奎的后爸不讨厌大奎。可是大奎不愿意，他二十岁了，他要一个人过。大奎妈虽然有点不放心，但好在新家离豆瓣街并不远，来去很方便，可以常回来看大奎的。

四十三岁的大奎妈第二次做新娘，就像初嫁的小姑娘一样乱脉息，她把婆家来接她的人安顿了吃水潜蛋，对新官人说："你们等一等，我去一去，马上就来的。"

大奎妈走出来，直奔梅家去。

这时候天色渐黑，梅怡、梅慧吃过夜饭，已经要洗脚上床了，见大奎妈进来，就恭喜她。

大奎妈说："我要走了，有一句话，我一直想来说的，一直没有来，我对不起你们，沈寿绣品的事，是我讲出去的，我那时候年纪轻，嘴巴不牢，是我讲你们家有沈寿的绣品的，后来弄得……"

梅怡叹了口气。

梅慧说："现在开开心心的时候，不讲了。"

大奎妈感激地看着两个老人，她的眼睛停留在桌子上，她就看见有一张照片，照片上是个男人，她一看这个男人的样子，她就忍不住叫了起来："这是谁？"

梅慧说："是我们从前的一个学生，跟梅怡学画的。"

大奎妈说："就是他呀。"然后她突然悟到了什么，很激动地说，"是你们帮我们搭桥的，肯定是的，我想想，怎么这么巧呢，你们没有告诉我。"

梅慧点点头，说："也是随便说起的，他太太死了，我们跟他说到你的。"

大奎妈说："怪不得，这么巧，不过他从来没有提起过你们，噢，我晓得了，你们真好……"大奎妈一边想，一边就感动得哭起来，她想自己因为嘴巴不好，惹得梅怡、梅慧受害，她们却以德报怨，她当然越想越感动。

大奎妈淌了一会儿眼泪，梅怡、梅慧也不说话，就看着她哭，后来那边新郎等不及，差人来喊，大奎妈才告辞了梅怡、梅慧，回过去。豆瓣街上的人看见大奎妈哭红了眼睛，都觉得奇怪，这地方从前虽然有哭嫁的风俗，但毕竟是从前的事了。现在嫁新娘的，笑也来不及，再说就算要哭嫁，也要在娘家里哭，大奎妈怎么跑到梅怡、梅慧那里去哭呢。豆瓣街人人心中纳闷，传来传去，豆瓣街上又多了一个谜。

在大奎妈嫁人之前，豆瓣街上的人就说过，大奎妈一走，大奎这匹野马就收不住缰绳了。大奎在他妈面前还是比较守规矩的，但大奎骨子里不是一个本分的人。

大奎从来没有见过他爹，但大奎却继承了他爹的一个习惯，喜欢吃鹅。当然现在街上是不许养鹅，不许养家禽的，所以大奎吃鹅，就用不着自己杀，街上卖熟食的店摊很多，鹅也很多，有各种各式的烧法，比如有烤鹅，有糟鹅，有盐水鹅，有酱鹅，等等，大奎要是嘴馋想吃，尽可以去买。

现在大奎妈嫁人了，大奎家里只有大奎一个人，他下班从厂里回来，在街上买半斤鹅带回家吃，自由自在，吃过饭他的朋友就来找他玩，他们现在不必跑到梅公祠里去，那里黑咕隆咚，实在是没有办法才进去的，现在他们在大奎家里就是拆天也没有人管。

豆瓣街的邻居看见大奎这样，心理就很复杂，他们觉得大奎这样不好，但他们又不大好去批评大奎，或者劝他不要这样要那样，不要那样要这样。

这一天大奎下班走过熟食摊，照样买半斤盐水鹅，一刀斩下去，一称多了二两。大奎说多就多吃，少就少吃，包了鹅回家下酒，这样他就吃了七两鹅，好像恰巧这一天夜里有什么事情，所以他吃得比较急，连吞带咽，没有咬得很烂。吃完这七两鹅，大奎觉得不舒服，他没有出去找朋友玩，就关了门睡觉，后来他看见门外走进来一个和大奎差不多年纪的人，这个人说，我也要吃鹅，你喜欢吃鹅头我很高兴，我也喜欢吃鹅头，我带鹅头来了，你吃吧。大奎问他是谁，那个人说，我是你爹。大奎说别开玩笑了，我爹早死了。那人说我就是你死去的爹，其实我没有死，我一直在这里，一直在看你们，那件事情不弄明白，我是不走的，你娘逃走了，就要你去弄明白了。大奎连忙问什么事情，大奎爹不说什么事情，只是问梅公祠是不是要倒了，说完大奎爹就走了。

当然大奎爹死了二十年这是事实，所以大奎根本不可能看见他爹，这无疑是大奎做的一个梦，也可能是大奎爹来托梦。

　　大奎醒来的时候是半夜里，他身上一阵一阵发冷，胃里胀得发痛，好像有什么东西在里面搅动。大奎平时因为身体很壮实，很少生病，所以一旦有哪里疼痛，就很慌张，他跌跌撞撞爬起来，跑到王老师家敲门，等王老师和张老师一起出来开门，就看见大奎倒在地上，口吐白沫，人事不知了。

　　大奎敲王老师家门的目的很明确，他想求助于王小红。王小红这一天做夜班不在家，王老师和张老师拉大奎，他们拉不动，他们又不能让大奎这样躺在他家门口。王老师就去喊赵国强，张老师没有反对，大概因为赵国强力气大，赵国强能把大奎背起来。

　　赵国强把大奎背到王小红那里，看了急诊，诊断为急性食物中毒，就送到病房灌肠，药水灌进去，大奎就开始呕吐，吐出来的自然是没有消化的盐水鹅，最后大奎的嗓子眼好像被什么东西卡住了，医生护士又是拍背又是捶腰，弄了半天，只听扑通一声，吐出一大块，凑过去一看，是一只完整的鹅头，小护士吓得大叫一声，跑去找王小红，说你带来的这个人见鬼啦，快去看看吧。王小红正和赵国强说话，两个人一起跑过去，看见那个大鹅头，顿时目瞪口呆。

　　大奎吐出鹅头以后，胃里就不再难受，神态也清醒了。但经过这场大难，他浑身没有力气，躺在床上，听见王小红和赵国强在说话。

　　王小红说："喂，怎么搞的，大奎怎么会吞下一个鹅头，怪不怪，你说怪不怪？"

　　赵国强不说。

　　王小红又说："我本来是不相信这种事情的，豆瓣街怎么有这么多奇怪的事情，赵国强，你相信不相信？"

赵国强仍然不说话。

王小红说："你知道不知道大奎爸爸是怎么死的，我听人家说，是被大白鹅吓死的……"

这话使大奎想起那个奇怪的梦，大奎不由"嗯"了一声。

王小红走过来，说："大奎你好点了吧？"

大奎点点头，有点难为情。

王小红说："你怎么搞的，怎么把一个鹅头吞下去了。"

大奎说："没有，我没有吃鹅头，我买半斤盐水鹅，不带鹅头的。"

王小红说："吃了就不要赖，这样馋法，小命也要送掉了。"

大奎愣了一会儿，突然说："鹅头是我爹给我吃的。"

王小红吓了一跳，说："大奎，你怎么了，你热昏啊！"

大奎就把那个梦讲了出来，讲得自己汗毛凛凛，也讲得王小红汗毛凛凛，很少有笑容的赵国强却笑了一笑。

王小红说："你笑什么？"

大奎说："他不相信我。"

赵国强不笑了，说："人有灵魂，人死了灵魂不死，来托梦，这没有什么奇怪的，我姐姐也常常托梦给我。"

大奎说："豆瓣街上到底有什么事，还有那个破房子梅公祠，我妈还说有什么九头鸟，你说真的有鬼吗？你告诉我吧。"

赵国强不再说话了。

大奎说："你肯定知道。"

王小红也说："你肯定知道，你上次说你见过九头鸟，就是不肯告诉我们。"

赵国强说:"我说不知道,你不相信,我说知道你也不会信,我说你就是九头鸟,你信不信。"

王小红说:"你骗人,你瞎说。"

王小红不相信,大奎自然也不相信,但事实上赵国强说的却是真话,许多年来,赵国强确实就是有这样的想法,虽然不能简单地说王小红就是九头鸟,但王小红和九头鸟确实是有关系的。

赵国强小时候打皮弹弓打碎了王小红家的玻璃,张老师那一天不在家,所以没有人出来骂赵国强,赵国强跑到王小红家里,看见王小红抓着一只九头鸟,这就是赵国强记忆中的事实。

赵国强记忆中的事实离豆瓣街谜案是不是很近呢?

大奎生病,灌肠呕吐出鹅头来,这都是半夜里发生的事情,到第二天早上,大奎好了,可以出院了。王小红下夜班,所以,他们三个人就一起回家。

走过梅公祠,看见有人在梅公祠门前,指指戳戳,他们听人说,梅公祠要拆了。现在已经考证出来,这个梅家,和那个很有名的梅家,不是一族的,所以这个梅公祠就没有很大价值。但是这块地皮的价值很大,可以造两幢楼房,可以解决百十来户人家住房,所以就决定拆掉梅公祠。

破旧立新,这应该是一件很正常的事,在豆瓣街虽然有些议论,但并没有很大的是非生出来。

四

在拆除梅公祠的前几天晚上,梅怡、梅慧老调了。老调是土语,意思就是人到老了，不是因病而死，是自然死亡，也就是老死，用文气一点的话说叫寿终正寝。梅怡、梅慧虽然都是有一点毛病的，比如梅怡有帕金森病，比如梅慧有老年性白内障，但她们的毛病都不致命，大家都以为梅怡、梅慧是老调，老调是要有福气的，没有福气的人，是轮不到老调的。可是梅怡、梅慧俩姐妹竟然同时老调，这样的巧事实在叫人想不通，这也许又会成为豆瓣街上的一个谜。公安部门如果觉得蹊跷，也许会立案侦查，但不会查出什么结果的，梅怡、梅慧既不是他杀，也不是自杀，这一点不用怀疑，她们确实是同年同月同日同时老死了。

当然梅怡、梅慧老死的确切时间，豆瓣街上的人并不晓得，梅怡、梅慧平时很少出门，有一两天、两三天不见她们，也不奇怪。

后来因为拆梅公祠，怕有大的声响和灰尘什么，居委会挨家挨户关照，让梅公祠附近的住户有所准备，居委会主任去敲梅家的门敲不开，推门，门没有关死，就推开了，她进去一看，见梅怡、梅慧穿得整整齐齐，双双躺在床上，主任开始以为她们在睡。走近一看，她吓坏了，跌出门来就喊："快来呀。"

豆瓣街上的人都来看梅怡、梅慧的遗容，议论梅家姐妹实在是了不起的人物，连她们的遗容也叫人羡慕。

有一封封了口的信，放在桌上，想起来总是遗书一类的东西，收信人是她们原先单位的领导，所以邻居也不敢随便拆开，等到刺绣研究所来了人，拆了信，大家就晓得遗书的内容了。

遗书是这样写的：

　　我们两姐妹一生一世没有做什么对不起良心的事，只有一桩，乃不得已而为之，连累了众乡邻，我们去后，便真相大白。

　　这件东西交给政府。

　　这件东西在箱子里。

字体十分端正，清楚。

这里就有两个问题。

梅怡、梅慧后来都有了毛病，梅怡手不能用，梅慧的眼睛不能用，这么端正清楚的字，她们恐怕写不出来，而且这口气虽是梅怡、梅慧的，但文笔却不像，肯定是有人代她们写的，这个人是谁呢，这是第一个问题。

　　第二个问题是箱子里究竟有什么。这个问题好解答，箱子就在屋里，当场就可以打开。

　　后来就把箱子打开了。

　　上面一层是一些旧式的旗袍、旧式褂子和几双从前的绣花鞋，这些都不奇怪，把这些东西拿开，就看到了箱子底层，箱子底层有一只布包，布是一般的花洋布，大家很自然地把花布包打开了。

　　这时候就听见老赵叫了一声："冤枉啊。"

　　大家回头看他，就看他吐出一口血来，然后老赵就歪歪斜斜地倒了下去。血的颜色不是很红，有点像那种黏稠稠的止咳糖浆，挂在老赵的嘴巴上。

　　好了，大家一定都猜到了，梅家姐妹箱子里的花布包，包的是沈寿的一幅绣品。

　　绣的是一只十分怪异的鸟，它有九个头，它停在一棵马眼枣树上。

有人知道，这是根据一则古老的民间故事绣的。

故事是这样的：

从前有一个穷人，他在家门口种了一棵枣子树，过了好几年，才结了果子，那枣子又大又白，形状就像马眼睛，大家把这枣子叫作马眼枣。在枣子成熟的时候，有一天夜里，这个人听见外面树上有声响，他出来一看，一只怪异的、长了九个头的鸟，把他的枣子全吃完了。穷人哭起来，说，你这个妖怪，你赔我的枣子，你偷吃了我的枣子，我拿什么去换钱买米呀。这时候九头鸟说话了，九头鸟说，我不是妖怪，我吃了你的枣子，我会赔你的。九头鸟飞起来，拉下一泡大便，穷人上去一看，却是一堆金子。

故事本身也许并没有什么了不起的意思，但问题是绣品是沈寿的手工，沈寿是谁，如果不了解沈寿是谁，也许根本就没有必要讲述这个故事，同时也没有必要弄清这桩谜案。沈寿是清末著名的艺术家，他的绣品早在 1911 年和 1915 年就在意大利、在美国的世界博览会上得过奖，并且沈寿先后在好多地方办学传艺，培养了许多刺绣人才。这就是沈寿。

沈寿的绣品在今天讲起来确实是一件无价之宝。

但豆瓣街上也有人不这么想，比如张老师这样的人，张老师非常不平地说："什么宝贝，给小毛头做尿布还嫌脏。"

事情就是这样。

也许还要补充一桩往事。

一个五岁的小女孩，在大人们很混乱的时候，她看见一块漂亮的绣花布，她拿了，在大人的眼皮底下大摇大摆地走了，谁也没有注意，她带回家，她的母亲看见了。恰恰她的母亲是一个自以为有知识，却偏偏是什么也不懂的妇女。她当时骂女儿，骂她什么脏东西都往家里拖，像只小老鼠。

小老鼠把这块布扔在角落里，她又出去玩了。

当然，还是有人看见了这件事，那就是绣品的主人，她们后来到小烟纸店去买了一包水果糖，就从小姑娘手里换回了那块绣品，然后她们把它包起来，压在箱子底下。

这个小姑娘谁都知道她就是王小红，但是她拿了沈寿的绣品这件事跟她脸上的青记到底有没有关系，是不是天雷真的能在人脸上打上一块记号呢，这就没有办法解释了，就像目前科学还无法解释的许多其他现象一样，尽管科学的进步已经可以把青记切除而不留痕迹，但科学仍然解释不了许许多多问题，或者叫作谜。

还有大奎妈。但是大奎妈已经嫁人，离开了豆瓣街，她现在生活得很幸福，还是不要再拿已经过去了的事情去烦扰她吧。

好像没有什么要说的了。

豆瓣街总算解开了一个谜，当然豆瓣街上还有很多的谜，豆瓣街一直就是谜。比如豆瓣街为什么要叫豆瓣街就是一个谜。

月色溶溶

一

和气生财，这是钢铁厂厂长路大鹏的座右铭。

钢铁厂的厂史并不很长，也只二十来年，现在回想二十年前的一些事情，还都是历历在目的。钢铁厂开办的时候，真是什么也没有，厂房是四面通风的棚子，机器是很旧很破的二手货，工人劳动操作没有什么保障，那几年每年都有一些严重的伤及人命的工伤事故，有时候大家看着一条火龙从钢轨中飞出来，将谁拦腰截断，或者是别的更惨不忍睹的情形，或者有烫伤烧伤，留个疤落个残疾什么的，那都是稀松平常的事。

弹指一挥间，旧貌换新颜，这就是钢铁厂的写照，一点不假。

今天的钢铁厂和从前的钢铁厂比起来，真是什么都换过了，唯一没有换过的就是厂长路大鹏。路大鹏和气生财。

自然钢铁厂的发展原因是多方面的，但每个厂有每个厂不同的特点，就钢铁厂看，和气，是其中一个很重要的因素，路厂长明白这个道理，所以在钢铁厂发展起来以后，路厂长并没有丢掉优良的传统和作风，厂进步了，上门的人多了，厂里多半的人嫌烦，可是路厂长说，上门都是客。

上门都是客，钢铁厂确实做得不错，来了人，泡茶，敬烟，上水果，留饭，这些都可以做得很好，唯一有些遗憾的，也是不能比过一些轻工业或者日用品厂的，就是钢铁厂的产品不好作为礼品送人留念。给来厂的人每人发一块钢锭或者发多少65线材，倘若能设法抱起来，弄到废品收购站去，倒也多少值几个钱，但这显然是不可能的。一般的人到一个厂家参观或者学习什么的，如果看了半天听了介绍，最后却没有得到些纪念品，那是会令人失望的。纪念品不在大小多少，在于纪念意义。有大得多的当然更好，没有大得多的，小一点少一点也无妨，但总是要有一些，这对一些生产日用品的厂来说是很简单的事情，把厂里的产品拿出一些，说是请大家试用也就行了。正品若是正紧俏，用副品三等品代替也行，比如像皮鞋厂，最好是羊皮牛皮，退而次之猪皮也行，或者到羊毛衫厂，纯羊毛标志是较高的目标，不行的话，混纺也凑合，还有比如丝绸什么的，都是有纪念意义的。

路大鹏说，别人有，我们没有，我们可以去买一些。

厂里就去买了些可以作纪念品的东西，比如备着一些雨伞，如果来参观的人碰上下雨，就发出伞来，一人一把，自动的或者半自动的，折叠伞，不算很高档，但也还说得过去，这不是送礼品，只是因为下雨，大家没有带雨具，影响参观学习，就发一把伞，人之常情。有时候也有一些晴雨两用的风雨衣类的衣物，其意义也和雨伞是一样的，出于工作的需要罢了。前几年常常备一些包装得很好的铱金笔或者一些上班上街都可以用的提包，男的拿男式包，女的拿女式包；也可以反过来，或者想回去拍老婆一记马屁，也或者想给别的什么人带一点小意思去，男同志拿女包，女同志拿男包也是常常有的事情。这两年笔和包都不大有人要，改换成一些日常生活用品，比如厨房小用具，比如洗头洗脸的清洁剂之类，也是受欢迎的。这样，钢铁厂在方方面面都做得比较周全，基本上贯彻了路厂长"上门都是客"的方针。

但是路厂长却没有很多时间来应酬客人，他管着一个大厂，有几千工人要开销，无数的机器要运转。人是铁，饭是钢，路厂长不能不问，所以他不能抽出更多的时间来陪客人。这大家也都明白也都理解，谁也不能叫一个钢铁厂的厂长放下自己的工作。那一天就是多少吨钢材呢。

现在钢铁厂的接待任务是由厂办主任乔小周承担的。乔小周来厂时间不算太长，大概有两三年，开始是搞宣传，写写黑板报，表扬好人好事什么的，后来看他脑子比较活，路子也比较多，就调到厂办，慢慢地从一个一般办事员，成长为厂办主任，在这样一个大厂，人才济济的地方，乔小周应该说是成长比较快的。

乔小周做厂办主任，秉持路厂长的意思，做好接待工作，上门都是客，乔小周做得也不差，对这一点路厂长比较满意。

钢铁厂的好客传统，远远近近都是知道的，越是知道的人多，上门的也越是多，慢慢地乔小周也有些应接不暇。一般的来客，只要不是上级主管部门领导，也不是路厂长的关系，其实也是可以马虎一些，不过乔小周并没有这样的想法，他总是尽可能把接待工作做得好一些。虽然平时厂长也不可能管得那么宽，有许多客人来他根本也不知道，混混也就过去了，但是乔小周不是这样。

这天一早，乔小周看了一下记事表，没有事先联系约定的接待任务，他泡了一杯茶，坐下来，只是觉得浑身没有什么力气，可能是因为这些天比较累的原因，乔小周想今天如果没有客人来，他需要休息一下。可是乔小周却不知道，正是在这时候，上门来的人已经出发。

这一天到钢铁厂来的是一位文人。文人从前乔小周是很看重的，因为乔小周从小就崇拜文化人，特别是作家什么的，他自己也不是没有做过作家梦，但是醒过来，总是做不成作家，做不成乔小周也不怎么特别地懊恼，做不成作家，做一个厂办主任也一样。但是乔小周因为从前有过那样的梦，所以对文人的感觉始终还是不错的。

其实文人现在也不像从前那样吃得开，文章也不大写得出，写出来也不大容易发表，发表出来也不大有人看，看了也不大有人觉得怎么样，钱也拿得不多，脸色也不是很好，身体也是弱弱的，总之哪方面也不比别人强些，难怪大家现在也不怎么看得上文人。这一些乔小周也不是不了解，平时大家在一起也说说社会上的一些现象，厂报的几位同仁，还有厂里一个文学社的一些小青年，也算是小小的业余文人，说起来总是一肚子的不满，感叹文化的跌落和贬值降价，大家一方面是为文人抱不平，另一方面又觉得文人自己也有许多问题，贬值也不能全怪社会、怪商品经济或者怪个体户，说来说去，谁是谁非总是说不明白的。

到钢铁厂来的文化人叫刘振明，是市文联下面的一个协会——文协的一位副秘书长，这文协的副秘书长到底是个什么官儿，也不是很简单就能说清楚的。文联是这样的，一个文联下面有十一个协会，比如文学协会、书法协会、美术协会、音乐协会、舞蹈协会、摄影协会，等等。在每一个协会里，又有自己的组织，比如文协就有理事长一人，副理事长若干人，下有理事多少，常务理事多少，秘书长是由理事长提名的，共有正秘书长一个，副秘书长又若干。刘振明就是其中的一位副秘书长，但是刘振明又和别的理事长、秘书长有所不同，别的长们都是兼职的，也就是说他们各人都有自己的本职工作，做文学协会的什么长，只是业余的罢了，而刘振明却不一样，他的饭碗就在文联，他是专职的文化干部。所以别的什么长可以在一选之后一去不返，什么事情也不问，但是他却不能，文协的工作做不好，领导不会找别的什么长说话，却是要问一问刘振明的。

但是文学协会的工作开展起来是有一些困难的，别的困难也说不上，说到底也就是一个钱字，有了钱就有了一切，没有钱就没有一切，这是文协副秘书长的切身的也是非常深刻的体验。当然这深刻的体验并不是真理，这只是刘副秘书个人的体验，并且也可能只是一时一事的体验罢了，或者有朝一日刘副秘书长有了钱，他会觉得钱并不是那么重要，他回想起当年对钱竟是看得那么重，真是有些不明白了，这也是可能的，但是就目前来说，刘振明还没有钱，文联每年给文协大概是一千元的活动经费，在文协下面还分有各种各样的小学会，比如散文学会，比如散文诗学会，比如杂文学会，还有报告文学学会、儿童文学学会、小品文学会、小小说学会等等。经过民政部门的治理整顿，只是整掉少数实在是上不了台面、说不出名堂的野鸡兮兮的学会，其他的大部分还保留着，这也是一手抓繁荣的需要，是铲除不得的。有了这许多许多兴兴旺旺的学会什么的，文协的事情自然是蒸蒸日上，但是文协的那一千块钱却是怎么也不够分，活动也是开展不起来，协会学会不开展活动，就形同虚设，只不过唬唬人罢了。

　　当然钱是死的，人是活的，虽然只有一千块钱，却是要拿来当作几千块上万块来派用场，刘振明肩上的担子真是不轻。请进来的办法是办不起的，若是请一个外地的著名作家，层次固然是高，讲课也一定生动，但是费用也是可观，说不定提出携带老婆孩子或者情人什么的同来做豪华旅游，仅仅是吃喝玩住，这一千块钱也是下不来的。有层次的作家，当然是要在有层次的宾馆下榻，要在有层次的饭店吃饭，就是讲座的会议室恐怕也不能是一般的地方，以这样的开支，每年文联下给文协的钱就是请一位作家来也搭不上。当然这种捉襟见肘的窘迫也非文协一家所有，现在凡是能沾上点文化边儿的，多半有这样的情况，比如剧团排戏这是正业，但是排戏没有钱，就只好去做一些副业，像唱唱流行歌跳跳时代舞之类，虽然有人对此颇有微词，但人家好歹能给赚些钱回来，有钱，那总是好事，也就不管他人的微词了。再有书协美协什么的，多少也给协会里积了一些钱，最是苦了文协的人，写了小说拿到哪里去？写了诗歌若是开朗诵会即使不卖门票，能有三五个痴迷于此道的青年人来，那已经是很捧场了，如果要以此来创收，看起来也是此路不通。前些时候报告文学倒是红了一阵，给企业家树碑立传，再向企业家收些钱，谁也知道这样做不怎么地道，但是谁也不能指责这样的做法，虾有虾路，蟹有蟹路。从文协来说，前几年也不是没有赶这股潮流，文协虽然单位穷一些，但是不乏一些弄潮儿，也确实给文协弄了一些资金，但是时隔几年，那些收入早已转入社会这个大口袋中去了，在文协的小口袋里，早已空空如也。

群众团体说到底是要靠活动，靠一种向心力把大家吸引过来，这才叫群众团体，所以领导上对文协的要求就是，有钱要搞活动，没有钱也要搞活动，办法自己去想。

刘振明就把办法想到钢铁厂来。

对钢铁厂的名声，刘振明也是早有所闻的，但是一直找不到借口寻上门去，虽然钢铁厂说上门都是客，但作为客来说，上人家的门总要有一些理由，哪怕是一点点的理由。在文协这里，实在也找不到一点点的理由，尽管没有理由，刘振明还是想去试一试。

其实刘振明也不是完全盲目，前不久他听民间文学协会的人说起，他们在钢铁厂开了一次讨论会。也是没有什么理由，后来想起钢铁厂也有一位能写写民间故事的青年工人，水平当然是不怎么样，不过刚刚够发表水平而已，民间文学协会还没有吸收他入会，这一次大家突然想到他，就以他为借口，到钢铁厂去开了一个会。人家厂里并不因为那青工是一个无名小卒而怠慢，会开得皆大欢喜，该有的都有了，别的会议能做到的也都做到了，民间文学协会的人回来一说，别的协会也都蠢蠢欲动，刘振明也是不能不动，而且要动就要抢在前面，这一点刘振明是明白的。

刘振明的目的，其实也不很重大，和民间文学那边也差不多，只是想把一次会议放到钢铁厂开。这一次活动，出席领导是文协的

正副理事长和正副秘书长，有十多人，还请了兄弟市文联的代表数
人以及两位生在本地，红在外面，正巧回家乡探亲休养的名作家。
请这些人等，并不是随便请的，——都有目的，所以人虽然多了些，
但是意义重大。文协这一阵正在捣鼓着改作家协会的事情，别的兄
弟城市纷纷完成了从文协到作协的过渡，形势逼人，形势催人，文
联领导也不是不知道这些情况，已经请示过市领导，答复是既然别
人改，我们也改，但是具体怎么改，改的过程中会有哪些问题，哪
些麻烦，要注意些什么方面的矛盾等，这都是要文协自己去落实、
去准备的。为了落实和准备这些事情，开个理事会是有必要的，理
事会上请些兄弟市的代表介绍改作家协会的经验也有必要，再请两
位见多识广的，既有远见卓识、又对家乡充满深厚感情的作家发表
一些意见，对于帮助文协的工作，尤其是作家协会的工作会有很大
的作用，也是有必要的。至于文协改成作协的重大和深远意义再说
恐怕要离题远了，就此打住。总之好处是很多的，只说在钱的问题
上就可以比文协多争取一些，仅此一点，也是应该。

　　刘振明现在身负的责任并不轻，如果钢铁厂此行不能成功，他
还不知道下一步该往哪里走，当然现在也不必想得太远，走一步是
一步，这是刘振明从事文化工作以来所积累的一点小小的经验。

　　刘振明到钢铁厂的那一天，也正是时候。这一天早晨，乔小周
到了办公室，看看记事表，今天没有接待任务，他很高兴，坐下来
泡一杯茶，先拿张报纸清理一下思路，这时候刘振明打听到厂办主
任乔小周的办公室，就走了进去。

　　乔小周站起来，问："你是——"

　　刘振明拿出介绍信交给乔小周，乔小周先是一愣，他大概有好

长时间没有碰到过来客给他看介绍信的事情了，因此一开始在尚未看介绍信的时候，对刘振明就有了一种感觉，也说不上是好还是不好，只是觉得有些滑稽，他还以为是政法或是监察部门的。看过介绍信，乔小周笑了，说："是文联，要什么介绍信呀。"

刘振明感觉到乔小周的热情，已经很感动，他跑过不少大企业，也看过不少的冷脸，所以对比下来钢铁厂实在是名不虚传。刘振明说："乔主任，我们上门来，总是要想麻烦你们的。"

乔小周说："不麻烦，不麻烦。"

刘振明看乔小周给他泡茶，连忙说不喝茶。

乔小周又笑，说："哪能连茶也不喝一杯。"

泡了端过来，茶是很好的新茶，碧绿碧绿，看了叫人喜爱。刘振明就说了来意，当然说得不是很直接，吞吞吐吐，乔小周都能听懂，他接待这样的角色多了，真是翘一翘尾巴就知道拉什么屎、放什么屁。他很耐心地、笑眯眯地听完刘振明的话，想了一会儿，问道："你们文联，前不久也来开过，是不是？"

刘振明说："那是，是他们民间文学协会的麻烦你们。"

乔小周说："你们文联的协会很多？"

刘振明说："有十一个。"

乔小周笑了一下，说："好多。"

刘振明有些尴尬，他想是很多，如果文联的这些协会每家都到钢铁厂来开一次会，那钢铁厂也不知像什么了，他知道乔小周虽然嘴上不说，但是心里总会这样想的，刘振明想着想着，突然有些可怜起乔小周来。可怜自己这已经习以为常，可怜人家大老板，这倒是没有过的事情，刘振明也觉得自己的思路有点怪，好在乔小周并不知道他想的是什么。

乔小周又想了想，说："你这事情，有没有和路厂长说过？或者和张书记打了招呼？"

刘振明正要摇头，那边电话铃响了，乔小周说："对不起，我接一接电话。"

乔小周过去接电话，电话很长，说了半天也没有个断的样子，刘振明坐着无聊，看看桌上的照片，在一张许多人合影的大照片中，他看到乔小周，一笑，接着他又看到站在当中的一个人，是自己中学的同学，路小燕。路小燕因为取了个女人名字，常常给同学欺负，刘振明却和他很好，虽然称不上保护神，但两人常常一起进出，刘振明那时打架很有名，所以别的孩子也不敢拿路小燕怎么样。现在刘振明看照片上的路小燕已经很是像模像样的了，又是坐在最中间的位置上，这说明路小燕在厂里的地位是相当重要、相当显赫的。刘振明开始只是感叹着时光的流逝，愣愣地看着照片，想着从前和路小燕的种种有趣的事情，后来他突然地想到了一个至关重要的问题，什么路小燕，路小燕就是路大鹏，路大鹏就是路厂长。

乔小周打完电话回过来，看看刘振明，说："刚才说到哪里？"

刘振明愣了一下，乔小周笑了，说："问一问，你这事情是不是经过路厂长或者张书记了，因为我们厂有个规定，一般接待外客都是要厂长点头，至少也要通过一下书记的，我们是负责具体任务的，一定服务到家。"

刘振明指指照片说："我和路厂长是同学。"他不说事先有没有和路厂长谈过。

乔小周只是"哦"了一声，并不显得很意外，他说："那是，一般总是和路厂长有些关系的，什么同学、老乡啦，或者是老同事什么的。"

刘振明有点失望，突然发现路大鹏就是路小燕的惊喜慢慢地消失了去，他看着乔小周的笑脸，不知怎么再说话。

乔小周却说："你等一等，我看看路厂长今天有没有会，没有会的话，我告诉他你来了，对了，你是叫刘……"

刘振明说："刘振明。"

乔小周说："是的，刘振明，名字很好记。"

乔小周出去了，也不知是不是去看厂长，或者是假的，刘振明无法去证实，即使是到外面转一圈回来告诉他厂长不在，他也没有别的办法，总不能指着乔小周的鼻子说你骗人。

过一会儿乔小周进来，刘振明注意看他的脸色，但是从他的脸上实在看不出什么，乔小周说："路厂长正好上车出去了，我拦住他一说你，他就笑了，他说记得你，是小学的同学，那时候你力气大，常常欺负他呢。"

刘振明很想解释不是小学是中学，不是他欺负他，是他保护他，等等，乔小周却继续说："看起来你事先也没有碰头，厂长说有好多年不见面了，是想见一见，很多感慨。"

刘振明说："那是。"

乔小周说："厂长现在出去了，有要紧事情留不下来，要我代他说一声抱歉。"

刘振明说："那倒没什么，他忙。"

乔小周说："会议的事情就这么定了，你说哪一天，我们准备就是。"

刘振明心里很激动，但是表面上不能露出来，他谦虚地说："我们无所谓，你们是东道主，听你们的。"

他们就一起商量了会议的日程和一些具体安排，最后乔小周一再要刘振明放心，叫他只管回去发通知，钢铁厂也不知办过多少会议，没有一次办得叫人不满意的，这一次也一定能让文联文协的同志满意。

刘振明说："那是，我们放心。"

乔小周又说："到时候我们放车子出来，你看上车点定在哪里，说好了，你可以通知大家。"

刘振明说："真是的，真是的，连车子也都为我们想好办妥，真是的，叫我们怎么说。"

乔小周笑着说："你就说在哪里集中。"

刘振明说："就在文联门口吧。"

乔小周说："好，八点半我们准时到文联门口。"

刘振明一再地道谢，反复说了许多意思差不多的话，乔小周只是笑，说："就这么定了，这会议一定放在我们厂里开，别的什么单位拉你们你们都不能去，一定到我们这里。"

刘振明点头，他想乔小周难道不知道根本不会有什么单位拉他们去白吃白喝，乔小周不会不知道，但是看乔小周的样子，一点也看不出虚情假意来，刘振明没有想到这一次出马，这么顺利，马到成功，心里真是有说不出的感觉，当然是些很好的感觉。

他和乔小周道别的时候，真是非常地感动。

二

到了开会的日子，一大早刘振明就到了文联，守在传达室，文协的两长们，不管怎么说，在这地方也算是有些头面的人物，最好是不要怠慢。刘振明和传达室的老王说说话，给老王派了两回烟，看时间已经到了规定的八点半，老王说，不急，说八点半，总要到八点三刻才开始有人。这一点刘振明也是知道，平时若是参加别的会议他自己也是这样的，但是这次是他主持的事情，心情就不大一样，这也可以理解。他站起来，到外面停车的地方看看钢铁厂的车子来了没有，说好是一辆中型面包，进口豪华型的，车身呈天蓝色，刘振明想那车一定漂亮。车没有来，人也没有来，谁也不吃亏。

又过了一会儿，人开始来了，陆陆续续，到九点来钟两长们已经到齐，除了请过假的，该来的都来了。兄弟市的文联代表及二位外地作家因为事先没有联系上，也就作罢。刘振明让大家先到二楼会议室坐，大家就去坐了，自带茶杯的拿出来喝茶，文人多半早上是没有什么精神的，喝了茶，才有精神。刘振明问没有带茶杯的几位要不要泡茶，那几位说不用了，反正一会儿就走，到钢铁厂喝去。

刘振明就没有泡茶，他看看大家，笑着说："今天不错，人很整齐。"

大家说，到钢铁厂，都愿意去，钢铁厂好客。

刘振明笑笑，说："那是。"

大家说了刘振明一些好话，说刘振明这一次出了大力，做这方面的工作，文协的人多多少少是有所体验的，知道这事情来之不易，后来又谈到今天的会议，说如果今天的会开得顺利，能够通过改作家协会的有关事项，是要给刘振明记一大功的，也有的说记什么功，下次改选选刘振明做副主席就是。

刘振明一听连连摇头，说："开玩笑，开玩笑，我们这种人，只是做做服务员罢了。"

也有人觉得刘振明做副主席确实不怎么合适，作协的副主席，至少是要在创作上有些成就才行，刘振明虽然也写写小诗什么的，但是那些好像都不成气候，出了一本小诗集，也是靠赞助来的，所以不论刘振明怎么能干，让他做副主席恐怕不太好。于是就提出另一种意见，说，其实副主席也不过挂个空名罢了，像小刘这样，与其做个没有实权的副主席，倒不如叫他做正秘书长，既有实权，又能干事。

这意见一发表，在场的现任正秘书长就有些小小的想法，他笑笑说："我早就是这样的意思，上次选举的时候，我就说，我做正的不行，叫小刘做，你们偏不。"

秘书长说了这话，刚才发表意见的人有些尴尬，不再说话，大家一时都有些沉默。刘振明看了看表，九点过十分，朝楼下看看，车子还没有来，他说："可能路上堵车，说好八点半接的。"

大家说那一定是堵了车，现在的交通真是没有办法，又说四个轮子比不过两个轮子，两个轮子比不过两条腿等，正说着，刘振明叫起来："来了。"

大家探头朝下看，果真一辆很豪华的中型面包车过来了，大家在刘振明的带领下，一起下楼，到车子跟前，就见乔小周跳出车来，上前跟刘振明握手，说："真对不起，真对不起，路上又堵了。"

刘振明说:"不要紧,我们知道肯定是堵了,反正也没有什么急事。"

然后一一向乔小周介绍了文协的两长,乔小周每和一个人握手,都说久闻大名,或者说久仰。大家暗自好笑,也不知乔小周久仰的什么,只是应酬着说你们太客气了,用不着接的,等等,乔小周说:"我们路厂长关照的,要接,还要送。"

大家十分感慨,说,钢铁厂真是。

上车后,乔小周坐在前排司机旁边的位置上,他不停地回头朝后面的人看,看到谁,就说,某老师,你的小说我读过,哪一篇哪一篇我最喜欢,好是好在什么地方,高明是高明在哪里,说的话并不多,但一听就是内行话;然后又说另一位某诗人,你的诗,我觉得怎么样怎么样;又说说一位写过电视剧的电视剧怎么怎么,说得一车的两长们都不由得对乔小周刮目相看起来,看来见面时他说的久闻大名,久仰什么倒不是信口胡吹,大家纷纷说,你是行家你是行家。

乔小周说:"我只是喜欢看看文艺作品,怎么算得上行家,你们作家,真是会夸张。"

大家一起笑。

钢铁厂就在城郊,不一会儿就到了,进了厂门,车子倒是绕了好一会儿,路也是东一条西一条,大家说,哇,厂好大。

又说,真是,叫我们自己摸进来,恐怕摸半天也摸不到地方呢。

乔小周说:"我们到的这边是生活区,等会再到生产区看看。"

下车后就领进会议室,高大宽敞,圆桌型的,桌子上已经摆好水果,有香蕉橘子,还有些小吃,都是广式的,茶杯里已经放好茶叶，看上去也是新茶，颜色很好。

因为是圆桌，也难分出个主次，大家稍稍谦让就落了座，有服务小姐来泡茶，有嘴巴子油滑的就说，钢铁厂真是什么都好，连服务小姐也这么漂亮，说得小姐脸红，抿着嘴笑。

乔小周说："你们都是文人，素质好，请给我们提提建议，也帮助我们工人提高提高素质。"

大家笑，说，谁帮助谁呀，谁比谁素质高呀。

说笑了一会儿，乔小周对刘振明说："今天这样安排你们看行不行，上午先听我们厂的党委副书记介绍一下厂里的情况，再到厂区参观一下，就吃中饭，时间也差不多，下午你们开你们的会，吃过晚饭——"

刘振明说："晚饭不在厂里吃了，太打扰了。"

乔小周说："说好了的，已经都安排了，再说路厂长白天实在是没有空，只有晚上能过来陪陪你们。晚饭后，再 OK 一下，怎么样，我们厂里的 OK，设备都是一流的。"

大家说，那当然，当然 OK。

乔小周说："那就这么定了。"

刘振明点点头。

这时候厂党委副书记来了，先是说了一番欢迎的话，听得出他对文学不大懂，不像乔小周那样，但是对政治思想工作却是有很多话说的，不过因为时间关系，给他指定的讲话内容是介绍厂里的情况，所以也只好忍痛割爱了。听这位李副书记介绍的时候，正是大家最没有精神的时候，一个个昏昏欲睡，喝茶也没有用，就叫吃水果，又吃小吃，话梅什么，酸一酸，提一提精神，好在李副书记对介绍厂况看上去兴趣也不大，只是拣最主要的说了说，报了一些数字，除了刘振明做了一些笔记，别的人恐怕什么也没有听进去，刘振明看看乔小周的脸色，乔小周也是久经这样的场面，并不觉得有什么不妥，眼睛盯着墙上某一处，也不知在想什么，反正总不是想的文协的这次会。

最后李副书记说："今天向各位领导、各位朋友就汇报这些，还有什么问题，可以提出来，你们都是我们的老师。"

乔小周接上去说："各位老师都是人类灵魂的工程师。"

两长中有两位女同志，忍不住就笑了，其中一位是诗坛上颇有名气的小妮，嫣然一笑说："什么呀，我们这些，什么工程师呀。"

李副书记看了小妮一眼，说："怎么不是，当然是，这是谁说过的话么，是高尔基，是不是？"

小妮说："是的，是高尔基。"

李副书记笑了，又看小妮，说："这位老师，看上去年纪很轻啊，真是，真是了不起，是写什么的？"

乔小周说："她叫小妮，是全国著名的青年诗人。"

李副书记说："小妮，姓小？姓肖？"

乔小周说："那是笔名。"

李副书记说："对，大作家都有笔名。"

大家听了直是笑，拿小妮寻开心，没有笔名的直说自己为什么成不了大作家呢，原来是因为没有笔名，要向小妮学习。李副书记说："那是。"

趁大家说笑的时候，乔小周把刘振明拉到一边，告诉他，纪念品已经准备好了，是全套不锈钢厨房用具，刘振明听了直说这怎么好意思，这怎么好意思。乔小周说你不用客气，这也不是对你们文联一家，这是我们厂的老规矩。

刘振明点着头，心想以后要是钢铁厂有什么事情求到他，他是一定要尽全力帮助，可是人家钢铁厂也未必就会有什么事情求到他。这使刘振明心里很不安。

说好纪念品的事，两人回到这边桌旁，听李副书记在问："为什么笔名要取个小妮呢，这小妮好像是很洋气么。"

号称第一嘴的沈全说："怎么不洋呢，你看她这人，就很洋，这衣服，这眼镜，这些，这些……"

小妮笑着说："是洋，我崇洋媚外。"

李副书记说："哪里，哪里，不是崇洋媚外，是改革开放。"大家听了又是大笑，一边吃着水果，一边说着笑话，充满家庭气氛，李副书记说："和你们文人在一起，很轻松的，你们会说话。"

小妮说："那我们以后常常来。"

李副书记说："欢迎。"

乔小周看了一下时间，已经快到十一点，说："是不是先到厂区参观一下？"

大家站起来，跟着出了会议室，又上车，李副书记说我不陪大家了，等会儿吃饭陪大家。大家说别客气，你忙你忙。一群人坐着车在厂里绕圈子，一边绕，乔小周一边介绍这是什么什么车间，这是什么什么高炉，这是哪里进口的什么配套什么什么，一一说来，大家听了，只记得住乔小周说过的全国第一流之类的话，也不知道指的是哪一种机器，哪一个车间，还是指的全厂都是，只是嘴不应心地说了不起，真是好之类的话。乔小周也知道大家是在应付，他也不计较，该说的还是说说，不该说的就不说，最后到轧钢车间，说下车下车，这地方要下去看一看，这一套设备是最新进口的，日产线材多少多少，于是一群人一一下车，在车间门口领了安全帽戴上，互相看看，评出最滑稽相是老陈，老陈胖，头很大，安全帽却很小，顶在头上看上去是有趣，老陈看小妮笑得最厉害，说："你就不要笑人，你自己看不见自己。"

小妮很在乎老陈的话，回头问别人，我戴了怎么样，我戴了是不是也很滑稽。

大家说，滑稽，很滑稽。

小妮就开始弄自己的帽子，弄了一会儿，又问人，这样好一些吧。大家说，这样更滑稽。小妮不再理睬他们，几步追上乔小周，听他的介绍去了。

车间里噪声很大，乔小周要想使自己的声音盖过这噪声，真是很费力，他也懒得再说，只是用手指着一根根的火龙，大家看那火龙，直往前飞，直是咂嘴，说："乖乖，乖乖。"

走着走着就感觉到火的热，小妮上前凑在乔小周的耳边问："到夏天这里很热吧？"

乔小周说："最热的是炉前。"

小妮又问："这火龙会不会失控飞出来？"

乔小周点点头。

小妮说："很危险。"

乔小周说："是危险，不过现在安全措施落实了，好得多，而且火龙飞出来毕竟是少的。"

正说着大家就"呀"地叫起来，一看正有一条火龙脱了轨，飞出来，并没有伤到什么人。站在一边的工人慢吞吞懒洋洋地走过去，用大钢钳把火龙拖到一台机器边上，这时候火龙已经慢慢地暗下去，在机器上一搅，搅成一圈，工人又慢慢地把钢材拉下来，拖到一边很随便地一放。小妮看了全过程，回头问乔小周："这是怎么？"

乔小周说："这是次品。不过这一阵线材好销，次品也供不应求。"

小妮说："哦。"

老陈也过去问乔小周："这样的次品，多不多？"

乔小周说："一般不多。"

话还没有说完，大家又一次"呀"起来，又看到一条失控的火龙出来，乔小周一笑，说："今天不像腔了，今天出洋相。"

沈全说："奖金敲掉了。"

乔小周说："那是。"

小妮说："敲谁的？"她看不出这种事情的责任在谁。

乔小周说："敲这个班组的。"

大家听了很有感慨，说，真不容易。

沈全说："这钱要叫小妮赔出来。"

小妮说："为什么？"

沈全说："人家青年工人光顾了看你，出了次品，怎么不要你负责。"

小妮说："去。"

乔小周笑着说："工人也不会看谁，天天有人这么走一圈，要看的早就看够了，中外上下，哪里的人没有来过，刚开始倒确实是有人分心的，现在不在乎了。"

小妮说："是吧，想栽我，没那么容易。"

沈全说："天地良心，我不是想栽你，我是拍你马屁的，想说你长得好。"

小妮说："马屁拍在马脚上。"

沈全说："能拍到马脚也很幸福。"

小妮说："去。"

大家笑，乔小周说："这就是把钢坯轧成线材的全过程，看完了，走吧。"

于是出了车间，摘下沉甸甸的安全帽，只觉得外面的天地真开阔，耳朵根子真清静，都有些饿的感觉，乔小周很适时地说："饿了吧，走，到餐厅。"

一群人到了餐厅，李副书记果然在，又来了工会主席等人，松松地坐成两桌，一看桌上凉菜是八个，乔小周说："自己厂里弄的，没有什么名堂。"

李副书记说："便饭，便饭。"

刘振明说："很好，很好，真是丰富。"

小妮看了一下凉菜，说："荤的多。"

老陈说："好。"

小妮说："你好我不好，我喜欢吃素菜。"

李副书记连忙说："有，有素的，等会儿就上来。"一边说着一边进厨房去，看起来是去关照什么，刘振明就觉得有点不好意思，这帮人，白吃人家的还挑肥拣瘦。他又看看乔小周，乔小周只作不知，拿了啤酒和雪碧，挨个倒酒，老陈说："我要雪碧。"

小妮说："女士喝雪碧。"

老陈说："我就算女士好了。"

李副书记说："这位老师，来一点啤酒不要紧的。"

老陈说："不行，我胃病。"

大家笑着说，你这胃病倒是生得好，人家有胃病的都像猴子似的瘦，你这胃病倒很胖。

老陈认真地说："医生说，越是这种情况越要警惕，逆反现象是很危险的。"

大家谁也没有听说过这种论调，沈全说："这是陈氏医科吧。"

老陈用手捂住杯子，说什么也不肯喝酒，只好作罢，沈全说："跟你这种人出来，没有劲。"

老陈笑嘻嘻地说："反正人多，又不是我一个人，你只当我是个死人吧。"

小妮说："好了，好了，看说得这么可怜，死人也说出来了，不喝就不喝，不勉强就是。"

沈全说："就是，还不如我们女士爽气，我们两位女士喝。"

小妮说："来就来一点，啤酒也喝不死人的。"

话就说得很那个，好像人家钢铁厂的东西都是发了霉倒也没处倒，非要请这帮文人来消受似的；好像人家钢铁厂不请文人来喝这啤酒，厂里的机器就转不起来似的。刘振明用脚踢小妮，小妮不仅没有领会，看上去连谁在踢她都搞错了，她红着脸瞪了沈全一眼，沈全莫名其妙，脸却也有些不自然。刘振明暗暗叹了口气。看看厂方的几位领导，注意力只是放在劝大家喝酒，并不在乎谁说了什么话，谁也没有说什么话。

李副书记给小妮加满一杯酒，小妮直嚷不行不行太多太多，李副书记看着她直笑，说："喝醉了我负责。"一边说一边又给另一位女士倒酒。

另一位女士叫陆芬，为人和她的名字一样不惊不诧，她是写散文的，平时不大作声，但文章却很有分量，李副书记给她倒酒，她很周到地谢过，也不说是多了还是少了，是能喝还是不能喝。

总算把酒一一加好，开始吃饭喝酒，小妮就一直往厨房那边看，说："怎么还不上素的。"

李副书记说："我已经关照了，给小妮女士多弄几个新鲜的蔬菜，很快就来。"

小妮一笑。

沈全看小妮一眼，说："其实你已经很苗条，不用再减肥。"

小妮说："我不是减肥，我天生喜欢吃蔬菜。"

沈全一笑，说："那我提个建议，你的笔名最好改一改。"

小妮和别的人都注意听，沈全说："还是叫小妮，不过妮字，改成那个尼。"

李副书记问："哪个妮？"

老陈抢先一笑，说："尼姑的尼。"

李副书记连连摇头，说："不行不行，哪能用那个尼。"

沈全只是看着小妮笑，小妮却不恼，想了一会儿，突然拍一拍巴掌，说："好，好，这个建议好，我就改成尼姑的尼，小尼，我在这里正式宣布，以后我的笔名就是小尼。"

李副书记看着小妮，说："你不是当真的吧？"

小妮说："我是当真。"

李副书记又摇头，说："怎么能呢，怎么能呢。"

乔小周插嘴说："他们文人，就是喜欢这样。"

沈全说："标新立异。"

小妮说："哗众取宠。"

沈全说："拾人余唾。"

小妮说："仰人鼻息。"

李副书记朝他们看看，又像是称赞，又像是别的什么意思，说："你们文人，真能说。"

一直不开口的中年作家高鸿生淡淡一笑，说："会叫的不一定是好驴子。"

高作家一开口，小妮的脸就有点变，她沉默下来，只是用眼睛的余光看着高鸿生，沈全却不在乎高鸿生，他说："那是，但这并不能反过来说明不叫的驴子就是好驴子。"

沈全一说，小妮又忍不住要笑，可是看了高鸿生一眼，她没有笑，别人倒都笑，高鸿生宽厚地歪了歪头，肩膀也不让人觉察地耸动一下，小妮当初正是被高鸿生的这种不动声色的风度所迷住的。在小妮刚出道时，走进文协这个圈子，第一眼就看见高鸿生，好像觉得从此以后，眼里再不会有别人。

当然这都是从前的事情，虽然算起来也不过两年，但大家觉得已经是很久很久以前了，现在小妮倒是觉得幽默才是真正的智慧，而沉默不是，像沈全而不是高鸿生那样的。但是小妮对于高鸿生，始终还是比较敬重，因为他的文章小妮佩服，就这样。

后来老陈说："不说驴子，说说小妮吧，大家帮小妮尽尽心么。"

小妮看高鸿生一眼，又看沈全一眼，说："尽什么心，我是不要别人操心的。"

沈全说："好，有志气，改了笔名，动真格的了，做尼姑。"

小妮说："就做尼姑，气死你。"

沈全说："感觉真是好。"

小妮也觉得自己那话说得有点不得体，低了头赶紧吃菜。

乔小周这时候突然笑起来，说："说起尼姑不尼姑的，有一次真是笑话，来了一个尼姑访问团，到我们厂来要赞助。"

大家说，真是什么事情都有。

老陈说："现在什么事情没有。"

李副书记点头，说："就是，乱。"

小妮问乔小周："那你们有没有给她们钱？"

李副书记抢先说："那怎么能给，那是骗子呀。"

小妮说："骗子也知道钢铁厂大方，好客。"

乔小周说："那是，谁都知道。"

沈全笑笑说："我们也一样。"

李副书记连忙说："不一样，不一样。"

沈全说："虽然身份、叫法不一样，但是目的是一样的。"

李副书记愣了一下，又看看小妮，小妮只是在笑，李副书记说："那还是不一样，反正是不一样。"这边桌上正说着，另一桌上突然声音高起来，这边大家回头看，是钢铁厂的工会主席多喝了些，脸也红了，喉咙也大了，正在说什么话，说着说着就哈哈大笑起来。笑得大家有点不知所措，因为他说的那几句话，实在是不值得这么笑法。

这边刘振明不知是文协谁在跟工会主席说什么，怕是文协的谁去惹了他，这笑声听起来并不是什么好的笑法，他正要站起来过去看看，乔小周拉住他，叫他坐下，说："没有事。"

工会主席站起来，高举酒杯，又笑，说："来的都是客，有头有脸的，我就是喜欢和你们喝酒，喝呀，喝呀。哈哈哈。"

笑得那边一桌的人都发愣，乔小周则平平静静地一笑，过去把工会主席按下去，说："喝，喝，再喝。"一边说一边又和他连续对干两大杯啤酒，两大杯啤酒下去，工会主席的声音果然低了下去，脸上的红也退了些，也不再莫名其妙地笑，这边大家才松了一口气。乔小周回过来落了座，说："老经验，喝到这时候就要乱笑，再喝些，就好了，我们有数的，每天这样。"

小妮说："怎么每天要这样呢？"

乔小周说："每天陪客人，每天喝酒，当然每天都要来一下。"

大家听了乔小周的话，都沉默。

乔小周见大家这样，笑着说："其实是他心里有点气，主要是和老婆有点那个，小误会，就因为这，别的没有什么。"

乔小周又解释了一下工会主席的脾气什么的，大家听了，觉得既然这样，最好不要叫他天天陪客。乔小周也知道大家的心思，说："厂里都忙，不叫他出来凑凑数，陪客太少，不像样子，路厂长要批评的。"

文协的人听了，又都哑口无言。

乔小周说："再说他到底也有几分酒量，万一碰到乱上的客人，不喝也要逼你喝，不喝就是看不起他，碰到这样的客人，他也好出来抵挡一阵。我们这些人，五脏六腑，都是伤痕累累的。"

乔小周看大家不说话，笑了笑又说："都像你们这样的客人，我们就好办多了，李书记，你说对不对？"

李副书记说："那是，文人到底是文人，不一样的。"

一顿饭就在这样的气氛中结束，结束前李副书记再三说中午是便饭，晚上路厂长来陪大家，又说看得出中午大家没有放开来喝酒吃菜，到晚上一定不许客气，先告诉大家晚上酒有三种，挑选的余地也大，一定希望大家尽兴，等等。说得文协的人又闻到了酒香似的兴奋起来。

李副书记和工会主席一帮人走后，乔小周问刘振明，中午如果想休息一会儿，可以到厂部招待所，有床位，开个门就是，如果不休息，就请直接到会议室。刘振明征求大家意见，意见不一，有喝了些酒的，头晕沉沉，希望歇一歇，没有喝酒或者像沈全这样喝了不少却不在乎的则认为不要再麻烦别的什么了，开什么房间，躺一小会儿，倒要人家收拾半天。乔小周在一边看着他们争论，也不发表意见。最后大家说还是小刘说吧，既然是小刘操持的，叫小刘做主。刘振明也有些累，但是他还是从工作需要考虑问题，一上午过去了，正题还没有开始，再休息，这些人他也不是不了解，这一觉不到两三点是不肯爬起来的，三点以后再开始讨论，不要说讨论改作家协会的方方面面的工作事项了，就是定一个两套班子的人选、人数问题恐怕也来不及，所以刘振明说："大家辛苦一点，就不休息了，下午的事情还不少呢，改作家协会的事情就要在今天定下来，明后天要报上去的。"

大家说，看，还是小刘负责，听小刘的。

于是一群人到了会议室，换过茶，吃了些水果什么的，乔小周说："你们开会，我先告辞，等大约五点钟我过来。"

大家站起来相送，乔小周示意大家坐。

乔小周走后，沈全说："这厂办主任，是个人物。"

小妮说："你又要说什么了，人家也真是不容易，陪我们这些穷瘪三，真是不容易的，叫你你肯不肯。"

沈全说："你心疼人家，就申请调来做助手，人家保证欢迎，首先是李副书记欢迎。"

小妮说："去。"

刘振明看他们又要扯开去的样子，连忙说："我们就开会吧。"

大家都想提起精神来，可是提也提不起来，一个个瘟鸡似的，就听见老陈的鼾声。

"哄"的一声，都笑，精神也来了。

三

老陈醒了，睁开眼睛看看大家，想了想，说："我和他打架了。"

大家问和谁打架。

老陈又想了想，说："是工会主席，他骂我。"

大家笑，说，醉了醉了。

老陈说："我没有喝酒。"

大家说，睡糊涂了。

老陈说："我没有睡着，我在想着，我这心里，不好受。"

没有人再接他的话，老陈停了一刻，好像还在想梦里的情节，过了一会儿，他说："我们文人怎么落到这地步，就像小妮说的，仰人鼻息。"

小妮说："我没有说你。"

　　刘振明听老陈的话，他有些想法，说："老陈你不要误会，人家钢铁厂对我们真是全心全意的。"

　　好几个人都说是，说我们这会和人家钢铁厂又没有一点点的关系，人家这样接待，真是实心实意。

　　老陈又看看大家，说："我想哭。"

　　沈全说："你哭就是，没有人不许你哭。"

　　老陈说："我又哭不出，想哭哭不出，这是最难受的。"

　　大家说，那是，这些人大概都有过这样的体验，多多少少，深深浅浅的区别罢了。

　　刘振明自然也是和大家差不多的想法，但是他觉得这种想法只是在自己心里放放也就行了，像老陈这样说出来，又要打架，又要哭什么的，是没有道理的，不管怎么说，人家这么热情这么周到，还惹你一番屁话，真是没有道理，要是乔小周或者李书记、路厂长什么的听见这样的屁话，那真是要气死，气哭。刘振明想想文人有时候也是的，说得出，但是老陈是老同志，文章也写得好，刘振明也不能直说他什么，只好把话扯开去，说："我们还是讨论正题吧。"

　　老陈却不肯就此罢休，说："我这也是正题，我是关心我们文协生死存亡的大事，你只知道改作家协会改作家协会，以现在这样的情形，改了作家协会又能怎么样，还不是像那些骗子尼姑似的。"

　　刘振明说："老陈你这就多心了，人家乔主任是说着玩的。"

　　小妮也说："就是，就算是想要说说我们也不至于这样直露，好歹我们也还是作家和诗人什么的。"

　　沈全笑，说："所以说你感觉好。"

　　小妮说："我感觉是好，我对生活充满信心，不像你，心理阴暗，自己阴暗，还用阴暗看人。"

沈全说："不过有一个人例外，我看她时，一点也不阴暗。"

小妮说："去。"

老陈说："我看我们文协还是自力更生，搞个实体什么的，有了钱才能扬眉吐气。"

老陈一说，大家又笑个不止，这话题也不知提了多少遍，各种方案也不知研究了多少次，大家的决心也不知下了多少回，永远只是纸上谈兵罢了。

小妮说："别提了别提了，提起来就触心，上次捧了你们的热屁，我倒是一本正经一门心思的，找了人，送了礼，讲了情，结果……哼哼。"

这也不是一次两次，也不明白小妮说的是哪一次，反正这些年来，每一次文协开会都会提起这个问题。

老陈见大家笑他，说："这一次的感受太深了，所以这一次真的要行动起来，你们不动，我一个人动。"

沈全说："那就辛苦你，不好意思，我们坐享其成啦。"

说来说去，都是废话，刘振明再一次打断他们，说："告诉大家一件事，厂里还给我们准备了纪念品。"

这引起了一些注意，大家问是什么。刘振明说是全套不锈钢厨房用具，这一说，好些人兴奋起来，纷纷议论全套不锈钢厨房用具指的是什么。

老陈说："全套，那肯定是很全的，说不定连电饭煲、压力锅什么都有。"

小妮说："那不可能，那一全套，得好几百，好一些的上千。"

沈全说："给了你你也搬不回去。"

老陈说："我能搬回去，要是你搬不回去，你就送给我好了。"

沈全说："你倒像是真拿到了似的。"

小妮说："我估计是那么一全套，就是铲刀、勺子还有切菜刀、漏勺那些，也是不锈钢厨具。"

大家想想，那可能性比较大，兴趣低了些，有人说那一套大概值二十几块钱，小妮说："不止，二十几块的不是不锈钢，不锈钢的要四十几块。"

大家说，真是的，也很贵，还送我们，真是吃了还拿，不好意思。

老陈说："正好，我家的菜刀也不行了，要想买菜刀，这下好，省得到处找菜刀去。"

大家听了笑，沈全说："菜刀也用不着到处找。"

老陈说："你不懂，你又不当家，你知道现在好的菜刀很少很少，跑几个店也不一定能买到中意的。"

沈全说："那你就在家等，不是常常有卖菜刀的上门推销么。"

老陈说："倒怪吓人的，门一开，一把亮晶晶的刀进来，胆子小一点的真会吓出心脏病。"

大家又笑。

小妮想了想，问："钢铁厂到底是生产什么的？"

大家说，那还用问，是生产钢铁的吧。

小妮说："那这不锈钢餐具也是他们生产的？"

刘振明摇摇头。

小妮说："那是哪里来的呢，总不会特意买了送我们吧。"

老陈说:"是哪里来的你就不要多管了是不是,你拿就是。"

小妮想了想,说:"我知道了,也可能是他们的联营厂生产的。"

沈全看着小妮笑,说:"管他是谁生产的,反正不锈钢也是钢做成的,和钢铁厂总是有些关系。"

说了半天,只是在说些鸡毛蒜皮的事情,刘振明再一次提醒大家应该谈谈正事了。大家也都觉得是该说说改作家协会的事情了,话题终于转了过来。

一说到改作家协会的事。大家又想到经费问题。改作家协会是要开全体会员大会的,人数虽不算太多,但也在一百多人以上,这一百多人的吃,会议费用,哪怕是每人泡一杯茶,还有开会的租场费,等等,没有哪一样是离得开钱的。大家一说开,互相又觉得好笑,怎么文人真是没落成这样,不说钱就开不成会似的。刘振明告诉大家,这开大会的钱,市里负责解决,不用文协自己操心,至于市里准备花多少钱开这个会,那是市里领导的事情,多花点钱,开得上点层次,也是市里光荣,少花钱,开个廉政会,也是一路,也是光荣。刘振明说,我们文协两长要讨论的就是拟一个作协两套班子的候选人名单,报上去,请领导作最后定夺。

但是人选这个问题也不是三言两语就能定下来的,而且改作家协会的主要矛盾恐怕也就是在这里了,所以两长们才说了个开头,十来个人就已经有了四五种意见。刘振明说:"这样不行,还是集中一点,不要说得太离谱。"

正说着,就见乔小周领着一个年轻人走进来,乔小周说:"来了个同行。"

大家一看,都认识,沈全先叫起来:"是你小子。"

这是市里一位业余作者，叫凡康，许多人认为他的社会活动能力比他的写作能力更强一些，但是他自己不这样认为，他有许多很好的想法，也写过不少作品，出过书，也得过奖，这都是很硬气的。

乔小周见他们果然认得，说："对不起了，我那边来了一帮客人，我去了。凡康你先在这里坐一坐，等会儿再说吧。"

乔小周一走，大家说，凡康，从实招来，到钢铁厂混什么来了。

凡康苦着脸说："你们以为我愿意来呀，也是没有办法。"他告诉两长们，他写了第一部长篇小说，自认为是创作上的一个很大的突破，但是出版上有困难，出版社要他包销五千本，只有四处求人，钢铁厂也是不能放过的。

刘振明说："他们厂里怎么说？"

凡康看了他一眼，说："还没有说起呢，他们那边来人了，叫我这边坐坐。"

老陈说："凡康，你的手也太长了，你出你的书，跟人家钢铁厂有什么关系，要叫人家替你买书。"

凡康说："我是写工人生活的。"

小妮问："是钢铁工人？"

凡康说："那倒不是。"

老陈说："那你有什么理由叫钢铁厂帮你买书。"

凡康说："我没有理由。"

老陈笑了一下，说："真是，明知没有理由，还——"

凡康也笑了一下，说："你们来钢铁厂开会，又是什么理由？"

老陈一愣，说不出话来，大家却笑了。

老陈说："反正我们这会和你的事情不一样，我看你还是早一点打道回府吧。"

凡康说:"你急什么,刚才乔主任送我过来路上跟他简单一说,他说好商量,既然好商量,就有希望。"

两长们听了凡康的话,都觉得这钢铁厂真是太好说话,太好商量了。

凡康说:"买千把本书,对钢铁厂来说,小意思。"

小妮说:"是乔主任说的?"

凡康一笑,不说是乔小周说的,还是他自己想的。

改作家协会的事情被凡康这么一来,打断了,再也续不上去,刘振明说了几次,大家的心思都集中不起来,喝喝茶,吃吃水果。又过了一会儿,乔小周又过来了,直是对大家说对不起,也不知道有什么对不起的,凡康说:"我走了,明天再过来谈吧,他们这是领导开会,我不能听。"

乔小周笑笑,说:"你当真呢。"

一直不说话的作家高鸿生又开了一次口,他的中气很足,音色浑厚,所以一开口就很能吸引人,他说:"像我们这样无端打扰钢铁厂,实在是不好意思,只有获取,没有给予,这种品德是很不好的,所以这好半天,我一直在想,我们不能老是希望钢铁厂为我们做些什么,我们也应该想想我们能为钢铁厂做些什么。"

说得很在理,大家都点头,乔小周说:"哪里话,哪里话,你们来,我们请还请不到呢,怎么说是打扰呢。"

刘振明说:"这次会是我联系的,其实从一开始我就有和高老师一样的想法,能不能为钢铁厂效一点力,可是想来想去,也不知能给钢铁厂什么帮助。"

大家都说是，钢铁厂是托拉斯，什么都有，我们小小文人实在也是帮不上什么忙。

高鸿生一笑，说："那是因为都没有想到点子上，我现在倒是有一个点子，但是这事情我还不能完全做主，先说说，我还要跟主办单位去商量，这算是先斩后奏，不过，要是我没有几分把握我也不会说这话的。"

这大家都明白，高鸿生确实是个办事比较稳妥的人。

高鸿生靠近乔小周问："你知道《大地》吧？"

乔小周想了一下，点点头："《大地》是我们省的一家文学刊物，很好的，我看到上面有你的文章。"

高鸿生很高兴，说："你对文学的了解很深很广，很不简单的，一个钢铁厂的厂办主任能有这样的素质，真是不多见。"

乔小周一笑，说："哪里，我不过平时在厂里看看书罢了。"

高鸿生说："我要说的就是《大地》的事情。"

《大地》是省里的重点刊物，在全国也是有名气的，最近决定搞一次大奖赛，请省委领导出来，省委管文教的副书记做委员会主任，省委宣传部几位正副部长都是评委，省政府也有领导参加，说明省里很重视这一个大赛。至于大赛赛什么，那都是刊物自己的事情，他们现在是想请某一大厂家，在全国全省都是有名望的重点企业一起参加，最后决定哪个企业参加，大赛的名称就以这企业的名字命名，叫作某某杯，如果钢铁厂参加，就叫作钢铁杯。高鸿生一再强调，这事情还没有最后落实，已经听说有好些企业想参加，但是这次只接受一家企业，竞争很厉害，如果钢铁厂有兴趣，他一定帮助钢铁厂去争取。

高鸿生说完后，大家都朝他看，高鸿生好像有些不明白，不知大家看他什么，他朝小妮看看，小妮的脸有点红，把眼睛避开了。

过了一会儿两长包括凡康都笑了，他们说，真以为高老师能帮上钢铁厂的忙么，说到底，又是变相赞助。

高鸿生说："这次不一样，这一次的赞助是有很大收获的，是帮助钢铁厂扬名的，你想省委这么多领导出来，上报纸，上电视，凡是能宣传的都要大力宣传。"

沈全说："那当然，宴席上厂长和省委书记、省长同桌，省委书记、省长本来也不知钢铁厂有个什么样的厂长，这样一来，不是有印象了么，要不是这钢铁杯，一家钢铁厂的厂长哪能和省委领导同桌呢，是不是。"

乔小周只是笑。

沈全继续说："还有，厂领导，当然也包括乔主任这样的厂办主任，一人一份高级纪念品。"

老陈插嘴说："省委领导也拿。"

沈全说："那是，还有——"

小妮说："沈全你不要说了，什么好事情到你嘴里，就变了味道。"

乔小周也说："我也知道高老师确实是想为我们做点事情，其实高老师你不必有什么不安的想法，我们钢铁厂现在有这能力，帮助搞一些文化建设，这对我们厂本身就是一种提高。"

刘振明说："钢铁厂一直是有眼光有远见的。"

沈全说："当然，赞助你了就是有眼光有远见。"高鸿看着乔小周说，"那我说的这事——"

乔小周笑着说："高老师不瞒你说，钢铁杯什么杯的，我们厂也不知道已经承办多少回了，有音乐上的唱歌比赛，也有体育上的种种比赛……"

高鸿生说："那是，可以想象。"

乔小周说："本来你说的这事情，和《大地》合办一次，也没有什么，办也是可以办的，只是最近我们主管部门批评我们社会活动太多，不允许我们在短时间内再搞什么，真是的。"

高鸿生说："那就算了。"

乔小周说："过一段时间，说不定会松一些，这一次赶不上，如果他们下一次还办，说不定就行了。"

高鸿生张了张嘴。

乔小周又说："《大地》我是很喜欢的。"

大家就顺着乔小周的话说起《大地》来，很快时间就到了傍晚，改作家协会的事情一点眉目也没有，刘振明说："你们看，这一天又这样，怎么办呢？"

大家安慰他，说，不要紧，过一日再开一次会，不说别的专门谈改作家协会的事情就行。

刘振明说："好吧。"

乔小周出去转了一下，回进来，把刘振明叫到一边，说："真是万万分的对不起了，中午我跟你说的，送每人一套不锈钢餐具，这事情黄了。你知道怎么回事，那餐具放在那边会议室，下午来的客人都看到了，以为是送他们的，厂长也只好顺水推舟了。"

刘振明说不出话。

乔小周说："这也怪我，准备得太少，也没有想到下午突然又来了一批人，现在餐具倒是还余着几套，但是你们这些人一人一套是不够了，另外去弄了些T恤衫，你看，你们这些人，一半人拿餐具，一半人拿T恤呢，还是一律都拿T恤。"

刘振明说："干脆都拿衣服吧，省得你要这我要那的。"

乔小周说："我也这样想，一视同仁为好，其实价值倒是差不多，只是不一样的东西好像就有不一样的待遇，是吧。"

刘振明说："你都明白。"

乔小周说："还有要向你说明一下的，这些T恤，式样可能老了些，但是是全棉的，现在国外市场最吃这种。"

刘振明说："谢谢了，谢谢了。"

说好后乔小周就请大家到餐厅，因为中午已经吃过一顿，大家已经熟门熟路，进去一看，两桌已经放好，凉菜的数量和质量都比中午高，大家说，太客气，太客气。

因为中午说好晚上路厂长、张书记要来的，大家也不好说坐，站着等，乔小周让大家坐，大家都说不行不行，要等厂长、书记，乔小周就出去看。

乔小周一出去，小妮就问刘振明："刚才乔主任把你拉到一边，神神秘秘的，什么事？"

刘振明就把更换纪念品的事情说了，只是没有说更换的原因，一说小妮就拍手，说："好，换得好，我本就不想要什么厨房用具，我最喜欢T恤衫。"

老陈说："我又失落了。"

大家问怎么失落，老陈说："送T恤衫，我这块头，哪有我穿的，又是我儿子拿去。"

大家说，跟你儿子还计较。

老陈说："不是我跟他计较，是他跟我计较，你们不知道……"

谁也不要听他说他的儿子，沈全说："我最好拿一件女式的。"

小妮说："拍老婆马屁。"

沈全说："那不一定，也可能是送情人的。"

小妮说："潇洒。"

沈全说："对了，问一下，你喜欢什么颜色？"

小妮说："去。"

大家又开心地笑。

后来乔小周进来，说路厂长、张书记等一会儿来，那边的客人是他们的顶头上司，先在那边陪一会儿，请大家原谅。大家都说，这有什么原谅不原谅啊，顶头上司来，哪能不陪。于是就都落座。虽然厂长、书记没有来，但是摆上来的酒确实有好几种，不说啤酒饮料什么，光白酒就有三种，好的有郎酒。

老陈一见，拿起杯子，说："我喝一点。"

大家说，你怎么也开了戒？

老陈说："我高兴。"

大家说，他是看到了郎酒了。

老陈说："那是，看到郎酒不喝，那算什么。"

刚开始吃喝，声音不很大，大家都忙于填肚子，所以很安静，安静得听不见这餐厅还有别的点音，好像这餐厅里也就他们这帮人在吃，也许厂长、书记他们陪的客人是在另一个餐厅，一个大厂有几处餐厅，那也很正常。

开吃不多一会儿，就听到外面有声响，乔小周站起来，说："他们来了。"

果然有三五个人个个手里举着杯子，一脸的笑进来了，走在前面的就是路大鹏路厂长，他一进这地方，一眼就认出了刘振明，上前拉住刘振明的手，哈哈一笑，说："老同学，老同学，好多好多年不见面了。"

刘振明也笑着说："真是的，好多年了。"

路厂长认真地看了刘振明一会儿，说："你也没有什么大变化。"

刘振明看看路大鹏也还是老样子，个子不高，文文弱弱，走在路上恐怕谁也不会想到这是一家大钢铁厂的厂长，铁腕人物。刘振明说："同学中，你最有出息了。"

路厂长说："你说的，什么出息，一样过过罢了。"

刘振明笑，说："可是不一样，和我就大不一样。"

路厂长说："怎么回事，怎么一直不来找我？"

刘振明说："我还不知道你改了名做了钢铁厂的厂长。"

路厂长看看他，说："不可能，别的同学都知道，你怎么会不知道，我和你在中学算是要好的了，你是我的保护神呢。"

刘振明不好意思地说："哪里。"

路厂长又问："和别的同学来不来往？"

刘振明说："也不大来往。不来往的也几十年不碰头，常常碰头的几个，也都没有什么话说，路上碰见，点个头就算。"

路厂长说："那倒也是，各人有各人的事情。"

两人说了一会儿，路厂长说："看我，光顾了老同学叙旧，把新朋友丢在一边了，该罚该罚。"说着就自己主动喝了一杯，大家叫好。

乔小周已经把过来敬酒的几位钢铁厂主要领导一一介绍过，张书记也跟着路厂长敬了大家一杯，文协这边能干的都很主动地干了，张书记说："好，都是爽快人，我就是喜欢和文人交朋友。"

说得大家兴起，互相敬来敬去，闹成一团。还是张书记眼睛凶，他看准陆芬一滴酒也没有下肚，就把目标对准了她。文协几个人为陆芬解围，说陆芬真的不会喝酒，从来没有喝过，等等，张书记听大家说，只是笑，等大家说过，他说："你们都上了她的当，我看得出她是个能喝的。"

大家听张书记这样说，一齐朝陆芬看，陆芬有点尴尬，后来突然站起来，大声说："好，张书记，我喝三杯酒，你买我三百本散文集。"

陆芬真是一语惊四座，大家盯着她，谁也想不到陆芬会说出这话来。陆芬倒是不慌不忙，从自己的提包里拿出几本薄薄的但是装帧很精致的书，一一写上某厂长某书记某主任指正的字，然后走到每一个领导面前，把书递给他们，张书记拿过书一看，说："好书，很漂亮。"

陆芬笑着说："那么说定了，我喝三杯，你买我三百本，我家里，这书堆得比人高，真是著作等身。"

张书记愣了一下，随后说："好，一言为定，你喝。"

陆芬一仰脖子，一杯下去，再仰脖子，二杯下去，一点看不出受了酒精刺激的样子，真是脸不变色心不跳，张书记哈哈笑，说："你们看，你们看，我说的吧。"

文协一帮人一个个看得有些呆，这杯子不小，有七八钱模样，陆芬倒真是不显山不露水，好钢用在刀口上，大家心里只是自叹不如。

第三杯酒，陆芬也不忙喝，拿过去让张书记闻闻，说："是真的，不要到我喝了，又说是假的。"

张书记说："那哪能。"

于是陆芬又喝了第三杯酒。

陆芬这样一来，最紧张的是凡康，他连忙朝乔小周看，乔小周会意，凑到路厂长耳边说了几句，路厂长一边笑，一边看看凡康，一边点着头。

陆芬三杯酒把场面占去了大半，小妮有些落寞，过一会儿她对路厂长说："路厂长，百闻不如一见，从前老是听人家说钢铁厂怎么好，心里还不服呢，今天这一来，真是服了，口服心服。"

路厂长说："哪里，其实你不知道我们厂，有句话叫金玉其外，下半句我也不说了，就是我们厂。"

大家愣住，都朝厂长看。

张书记接过路厂长的话说："你们知不知道我们厂去年亏损多少，累计亏损又是多少？"

大家摇头。

张书记看着路厂长，路厂长也看着张书记，他们都笑，却没有说出亏损的具体数字。

一时没有人说话，路厂长和张书记却一点也没有在意，问大家到钢铁厂这一天，是不是愉快，对厂里的接待有没有意见，有没有不满意的地方，有的话尽管说出来，下次来再加以弥补，等等。大家说，没有意见，没有意见，接待得太好了，叫我们不好意思，尤其是厂办乔主任很辛苦，照顾得很周全，把他拖了一整天也没得休息，说了乔小周一大堆好话。

路厂长看看乔小周，对大家说："乔主任确实是个热心的同志，你们可能还不知道，这几天他爱人开刀住在医院，只有一个九岁的女儿在陪她，乔主任每天要到很晚才能回去，回去还要守着病人。"

大家同时"啊"了一声，一个个都怀着感激和内疚甚至有些悲壮的心情去看乔小周，七嘴八舌地说，早知这样，无论如何这几天是不能来打扰的，又说早知这样，就是来了也不能叫得乔主任这样陪着，又说乔主任这样的好同志现在真是不多见，也只有在钢铁厂能有这样的好人，说了一大堆，都是真情实意。

乔小周也没有被大家的话说得不好意思，他一边吃菜，一边说："这有什么，惯了，很正常，也不觉得有什么特别的难处。"

大家更是感叹工厂的工作是多么的辛苦、多么的劳累。

又劝了大家几杯酒，路厂长和张书记说了希望大家尽兴的话，就回到那边桌上陪客去，这边尽兴好像已经尽得差不多，再过了一会儿，就觉得可以散席了。散席的时候乔小周宣布晚上还有节目，就是卡拉 OK，大家一听，都说不了不了，不能再拖你了。

刘振明也对乔小周说："真的很满意了，就到此为止。"

乔小周也劝了几句，见大家执意不肯，说："实在不想再留，我也不勉强，以后有机会再来就是。"

大家说，对，以后再来就是。

乔小周就叫人去通知司机把车子开过来，又去抱了赠送的 T 恤衫，是装在一只大纸箱里的，车子一来，就往车子上放，回头对大家说："尺寸什么，我都已经替大家选好，我看过大家的身材也都有数，大家上车自己选一下就是。"

老陈说："像我这样身材的也有？"

乔小周说："有的，是特大号。"

沈全看了小妮一眼，说："这下完了，想拍马屁也拍不成了，只有拍拍自己马屁，也好。"

一边说笑着，大家一边上了车，乔小周把头伸上车，说："本来要送你们的，那边的客人今天要住夜，我还要去安排他们的住处，只好抱歉了。"

大家都感动得很厉害，又说了许多话，都是感谢乔小周的，乔小周只是淡淡地笑笑，最后刘振明紧紧握住乔小周的手，感慨地说："乔主任，你真是不容易。"

乔小周也握住刘振明的手，说："你也不容易。"

他们互相说了再见，车就开动了，车上的人朝下看，小妮伸出头去对乔小周喊道："乔主任，我回去一定为你写一篇文章，到报纸上发一发。"

谁也没有听见乔小周说了什么，也看不见他听了小妮的话有些什么表情。车子开出厂门，老陈就开始从那纸箱子里乱掏，找了半天，总算找出一件标着特大号标志的 T 恤，拿了就抱在怀里，然后每个人都找到了自己理想的尺寸，果然乔小周是有心人，把每个人需要的大小尺寸都摸得很准。唯一不太满意的是小妮，她觉得颜色好像有点灰。老陈说，这是因为隔着一层包装袋，回去拆开来肯定很好的，沈全则说，灰就是流行色。小妮忍不住当场就要拆开来看，正在这时，只听"哇"的一声，陆芬吐了，也没有来得及开窗，就吐在车上了，大家看她的脸，发青发灰，很不好看，问她要不要紧，陆芬好像连说话的力气也没有，只是摇了摇头，示意不要紧。

满车厢弥漫开一股酒酸气，司机回头看了一下，刘振明连忙道歉，司机也没有说什么。

回到家里，刘振明的老婆问他怎么弄到现在回来，刘振明说明是吃了晚饭回来的，所以晚了些。老婆说，钢铁厂倒是不错，吃了中饭还留晚饭。刘振明洗了把脸，在桌旁坐下。

老婆看他的包，发现里面有一件衣服，问是不是厂里送的，刘振明这才想起来，说："是厂里送的，是 T 恤。"一边叫老婆拆了看看，老婆拆了一看，忍不住笑起来，说哪是什么 T 恤，刘振明一看，就是一般的套头汗衫，上面还赫然地印着钢铁厂几个大字。

刘振明说："就是 T 恤，T 恤也就是汗衫的意思么。"

老婆说："那是。"她仔细看看，又说，"是全棉的，也好的，现在外面，全棉的还不大好买呢，多半把不是全棉的说成全棉，这全棉的汗衫，衬里穿最好了。"一边说一边又把汗衫展开来，发现很小，又叫刘振明看，刘振明看那上面的标码，确实是大号，他说："怎么搞的，标码和实际尺寸不一样。"

老婆说："正好，你穿不下我穿。"

刘振明想老陈的那件恐怕又要失落，他的儿子恐怕也拣不去。

刘振明不再和老婆说 T 恤衫的事情，他坐下来，泡一杯茶，拿出一篇没有写完的文章，继续下去，夜深人静，思路慢慢地通顺。

写好一大段，刘振明站起来伸个懒腰，他朝窗外看看。

月色溶溶。

晚　景

一

隔一阵子，陆先生就到钱老师这边来坐坐，给钱老师搭搭脉象，看看舌苔，再看看气色，或者开几帖清火解热的中药，也或者不开什么，只是和钱老师说说旧话。钱老师拿陆先生开的方子，并不一定把药配回来，或者有时觉得口腻舌厚，就叫正红去配回药来，钱老师自己煎了来吃，也是可有可无的样子。

钱老师和陆先生，已有好多年的交情了，那时候钱老师的母亲钱老太太风湿痛，去请医生来扎针，医生只来了一回，因为病人多，他很忙，走不开身，就叫学生意的三官来帮钱老太太扎针。三官跟先生已经跟了三年，先生的本事学了也有好几成了。三官来的时候，年纪很轻，大约有二十岁的样子，穿一件蓝竹布长衫，头发剪得很短，看上去很老实。钱老太太开始不相信三官，不要他扎针，三官就很尴尬，站在一边不知道怎么办才好。后来大家劝了钱老太太，而且三官是很用心的，手也是软软的，扎针又轻又快，老太太后来就喜欢三官来扎针了。

那时候没有人叫三官陆先生，大家叫他三官小先生，叫陆先生是好多年以后的事情了。

陆先生现在常常来看钱老师，陆先生走的时候，钱老师要送他一段。这一段是一条备弄，很长，又窄，又很暗，老人在备弄里慢慢摸索着往前走。

有时候陆先生停下来，喘口气，说："从前是荷花提着灯笼送我的。"陆先生说着，就叹了一口气。

钱老师听陆先生说荷花，也跟着叹息一声。

荷花是钱老师的太太带过来的丫头，虽是个小丫头，从小陪小姐在闺房里，细皮嫩肉，人又乖巧，荷花跟着小姐到钱家来，时间不长，钱家的人都看重她，反倒显得钱太太不如荷花有身份似的。钱老师那时候也是很喜欢荷花的，钱太太可能有点吃荷花的醋。

当年荷花给三官开门，开了门就说："三官小先生来哉。"钱老师现在回想起来那声音仍然是很脆很甜的。

后来就有人说荷花送三官走备弄，三官拉着荷花的手，大家就有些议论。

钱老太太还是比较开通的，她想撮合这一对人的，可是钱太太作梗，叫娘家把荷花要回去。钱老太太虽然生气，但为了家庭的和睦，忍气吞声一回也是应该，荷花毕竟只是一个丫头。

现在钱老师叹着气对陆先生说："荷花的事，也怪我的。"

钱老师说的是实话，当时钱老师没有阻止太太把荷花赶回去，钱老师那时候好像有一种想法，他不愿意荷花这么快就嫁人。钱老师知道自己这种想法是自私的。

陆先生听钱老师批评自己，他笑了起来："从前的事情，不说了吧。"

钱老师说："从前的事情，不说也罢。"

老人笑了一回，又慢慢地往前走，然后钱老师停下来说："不过从前你可没有现在这样想得开的，是吧？你见不到荷花，很伤心的。"

陆先生说："那是的。那时我不明白，怪钱老太太，怪你，背后还骂你们恶讼师。"

钱老师笑了笑。

陆先生说："后来我先生跟我说，钱家是讼师人家，还是不攀亲的好。"

钱老师又笑笑。

钱老师家好几代人都是做讼师的。钱老师自己也不是做老师的，他在民国期间做过几年律师，也算是子承父业。后来大家叫他钱老师，也不知是怎么叫起来的，可能是因为没有别的更恰当的称呼，当然总是因为钱老师有学问才这么称呼的。倘若钱老师不是做的律师，而是做从前的讼师，别人恐怕不会叫他老师的，讼师和律师，是不一样的。在从前讼师不能算什么正式职业。做讼师的人在社会上不大被人看得起，认为讼师只是靠一张嘴皮子，反正这世上的道理都不是绝对的，这样说那样说、翻来翻去都有理，讼师就是利用这一点，钻空子，捞钱财；又觉得讼师多半是为犯了罪的人说话，有些犯了罪的人确实是很坏的坏人，十恶不赦，但被讼师一张嘴一说，倒好像不是十恶不赦，居然也有一二可赦之处，这就难免觉得讼师多半是昧着良心说话的，为了拿钱，把坏人说成好人。当然讼师也不仅仅是为罪犯或被告说话，比如在唐朝、宋朝的时候，倒是专门为原告说话的，也就是代替别人进行诉讼。讼师在为原告说话时，如果将被告的罪行夸大，与事实不符，凭着一张嘴，甚至将好人说成坏人，这同样是伤天害理的，以至于后来在吴地方言中有了一个众所周知的词叫作"恶讼师"。恶讼师的内涵无疑已经超出了讼师的范围，泛指一切刁蛮恶劣、阴险狡猾、专门帮别人出坏主意的人，比如有人帮某一个不得人心的人出坏点子，欺负人，压迫人，大家就说，"这个恶讼师！"这个人其实不是做讼师的。这是方言谚语的举一反三、触类旁通的功能。当然，如果把所有的讼师都称作恶讼师，那也是不对的，大家知道讼师里边也有积德行善，与人方便的。

在从前讼师的社会地位不高，经济收入也不很好，这是不用怀疑的，但是钱家却有一定的家产。像钱家这样的讼师人家，恐怕也是讼师中为数不多的出类拔萃者。别的许多做讼师的人，都没有这样的运气，捉襟见肘、勉强维持家小糊口的为多，或许连糊口也觉艰辛，以至做出一些下三滥的事情来。

现在钱老师送陆先生走出备弄，他们停下来，钱老师笑着说："我小时候，最恨人家说恶讼师。"

陆先生说："所以你不做讼师。"

其实钱老师不做讼师，倒不是因为讼师的名声怎么样。钱老师开始做事的时候，讼师这个称呼已经很少见了，钱老师做了律师。讼师和律师虽说有种种不同，但两者之间的延续性，却是不可否认的。所以说到底钱老师也还是子承父业了。

陆先生走了以后，钱老师在门口站了一会儿，看看过往的人，有邻居过来说："钱老师，出来走走啊？"

钱老师说："出来走走。"

邻居说："钱老师，今年水仙头好不好？到时候还要讨几个呢。"

钱老师说："到时候你来拿吧。"

邻居说："已经立过冬了，也快了。"

钱老师说："也快了。"

每年钱老师都要培育好多水仙头，等水仙头长到时候，钱老师细细地分好根茎，送给邻居和亲戚，钱老师对于花卉盆景，是很有造诣的。钱老师搞盆景的时间要比他做律师的时候长得多。钱老师的律师其实只做了五六年，弄盆景倒弄了几十年。

钱老师从小聪明好学，志向远大，毕业于东吴大学法律系，又出洋留学，专攻法学，回国后很快成为当时律师界中年轻有为的律师。但是钱老师做律师未能做得长久，几年以后就惹了一场大祸。

1947 年秋天钱老师受理了一桩案子，出庭辩护，被告是他的同事秦律师。秦律师擅长占卜休咎之术，尤长测字，但平时并不以此为生，偶尔为朋友测字问卜。这一年春天，有一位政府要人不知怎么听说了秦律师能测字，其时这位要人正为太太的病发愁，便找上门来，秦律师再三推辞不成，只好起测。问其测什么字，那要人随口说，就测你的秦字。秦律师说，秦字从"夹""禾"二字，按字意看，不是佳兆，"夹"为春之首，"禾"为秋之傍，从春到秋，其时不长也。要人当时就面露愠色，秦律师再三说这只是儿戏，不必当真。哪知到了秋天，那太太果真一命呜呼。那位要人居然告秦律师用巫术害人性命。这种事本来是要被人嗤笑的，更不要说上法庭了，可是法院偏就受理了，要开庭审判。钱律师自告奋勇做了秦律师的辩护律师。

钱律师办过许多大案要案，对这个案子是不放在心上的，开庭时他三言两语就把诉方说得哑口无言。在第二次开庭之前，住在钱律师家隔壁的杨老先生带了厚礼上门来，虽然杨老先生闪烁其词，但钱律师一听就明白，杨老先生是来替政府方面说话的，意思是原告方面只是憋了一口气，也不是要取秦律师的性命，判个年把两年，让要人出出气就行了。钱律师严词拒绝，一点面子也不给，而且在下一次开庭时，公之于众，最后以原告败诉，被告无罪结案。

从此钱律师就和政府方面一些官员结了怨。不久政府方面就找到一个报复的机会，指定钱律师为一个人赃俱在的湖匪辩护，一方面又收买了那个湖匪，要他向钱律师做伪供，大诉冤枉。钱律师不知有诈，为其做无罪辩护。与此同时他们又栽赃陷害，找人做伪证，指控钱律师通匪。遂到钱宅搜查，果真查出赃物若干。钱律师通匪罪成立，立即被捕判了两年。

两年以后，钱律师已经不再年轻气盛，退出律师界，在家中侍养花草遣日。好在钱家家底尚丰厚，不靠薪俸也能维持。

1949 年以后，钱律师在自己家中开辟花圃、苗木园，经营自给，一年以后受聘于一家新建的宾馆做园艺工作。

钱老师夫妇没有子嗣。在 1958 年钱老太太病故后，钱老师和钱太太都觉得有些孤凄，到 1959 年就领养了一个女儿，取名钱独梓。

1959年钱独梓一周岁。

1967年钱独梓九周岁，其养母钱太太投水于万年桥下死去。

钱老师于1979年退休，时年六十二岁。

钱老师退休后，又在家中开辟小花园，培育花卉盆景。

钱老师一生的大部分时间都是在养花弄草，所以现在年纪轻一点的人，多半不知道钱老师从前做过律师，就是知道，也是听陆先生这样的老人说的。

钱老师在门前站了一会儿，他看见九婶婶拎着菜篮走过，就说："你歇歇吧。"

九婶婶笑笑说："我歇的。"

钱老师说："陆先生来过了。"

九婶婶说："噢。"

钱老师看看九婶婶，他觉得九婶婶有点麻木了，大概是做得太凶了。钱老师看九婶婶的手，很粗糙，暴着青筋，九婶婶的脸，哪里还有荷花的样子！

荷花嫁的时候已经耽误到二十八岁，嫁给拉黄包车的夏九，以后就叫作九婶婶了。夏九没有文化，脾气也不好，他们家里，只有夏九的场势，夏九骂人，夏九摔东西，从来听不见九婶婶回嘴的。早几年钱老师还到夏九那边去为九婶婶说说话，钱老师给夏九说说做人平等的道理，说说一个人要知书达理，人的素质就会改变，等等。可是夏九这人是很粗俗的，他听不进钱老师的话，反过来却说，我夏九是拉黄包车的命，不想改变什么，荷花是你们钱家的丫头，你这么看重她，当初怎么不升她做太太呢？老话说，只有丫头升太太，没有长工做老爷。钱老师听了这话很生气，以后就不再去跟夏九说什么了。钱老师跟夏九，原本是说不到一起去的。

九婶婶看钱老师有点发愣，就问他：“钱老师，你有什么事情要我相帮做做，你只管说好了。”

九婶婶现在也跟着大家叫钱老师。

钱老师说：“没有什么事情，有事情正红他们会做的，你省省心吧。”

九婶婶说：“我反正是歇不下来的，歇下来反倒不适意了。”

钱老师说：“你也是个劳碌命。”

他们说说话，钱老师的女婿正红下班回来了，见钱老师站在门口风头里说话，就叫钱老师回去，说小心受凉。钱老师就跟着女婿回去。

正红到家，开炉子弄饭，家里的事情，多半是正红做的，正红待老人也比较体贴，钱老师到老来有这样一个女婿，也算是可以了。可是女儿对正红不好，常常横挑鼻子竖挑眼，有时弄得正红很难堪。钱老师看不过去，说女儿几句，女儿就说我们夫妻之间的事不要你管。钱老师想女儿这样说也是有一定道理的，他就尽量少插嘴，但是一看到女婿委屈的样子，他又忍不住要多嘴。女儿虽然是领养的，脾气却很像钱太太，很固执，有时有点蛮不讲理。照钱老师看起来，女婿和女儿大体上也算是般配的，既然大体上般配，还嫌什么呢。

正红忙了一阵，喝了口水，对钱老师说：“今天夜里我加班。”

钱老师说：“怪不得早回来呢。”

正红说：“我带点饭先走了，等会儿她回来，你跟她说一声。”

钱老师说：“这么急，还早呢，你不是加夜班么？等一等吧。”

正红说：“这几日她看见我有气，我还是避一避，也可能调几个夜班做。"

钱老师连忙说："独梓的脾气，你知道的，气不长的，一两天就会好的，你不要去调夜班。"

正红说："这一回她的气长了。"一边说一边就带了饭盒走了。

钱老师听正红在外面开自行车锁，然后推着自行车出去了，钱老师心里有点难过。

过一会儿外孙小强放学回来，再过一会儿女儿独梓也回来了。独梓进门就问："他还没有回来？"

钱老师说："回来过了，做好了饭，加夜班去了。"

独梓拉开碗橱看看，把正红烧好的菜端出来，说："他躲开我。"

钱老师说："你想得出的，正红为什么要躲开你，他加夜班。"

独梓"哼"了一声，叫小强洗了手来吃饭。小强说："妈妈，你和爸爸，到底是谁躲谁呀？"

独梓说："谁心虚就是谁躲谁。"

小强一笑说："那肯定是爸爸心虚，爸爸为什么要心虚呢？"

独梓瞪了小强一眼，说："吃饭！"

钱老师看看女儿的脸，女儿的脸绷紧了，和当年的钱太太真是很像。

小强吃了几口饭，又说："据我了解，夫妇间出现矛盾，多半是有了第三者，对不对？"

独梓脸色一变，说："你废话！"

小强说："不是废话，是真理。只是不知道你们两方面，是哪一方面有了第三者，还是双方都有了第三者。"

钱老师听小强这样说话，他真是有点吃惊，不由得朝女儿看看。

独梓说："你看我做什么，我脸上有什么？"

小强吃完了饭，就去看电视。钱老师对独梓说："你们要好好的，小孩子长大了，懂事了，你们做家长的，要有个好样子。"

独梓说："他再乱说，我打死他。"

钱老师生气地说："你这算什么？自己做得不对，反而怪孩子。"

独梓说："我做得不对？我哪一点做得不对？"

钱老师说："这我就不知道了，反正我看你和正红之间，不应该有什么不可解决的矛盾，再说，正红的为人也不坏的。"

独梓说："你是说我的为人不好？"

钱老师说："你这个人就是多心，我没有说你为人不好，我只是觉得你的脾气不大好。"

独梓停了一会儿，忽然叹息了一下，说："你是只看表面现象的。"

钱老师说："我怎么只看表现现象？"

独梓说："我不跟你说，你不懂。"

独梓收拾了碗筷到厨房去洗。

钱老师刚吃了饭胃有点胀，他出来在天井里站站，天还没有黑透，他看看自己的花草盆景，很有生机。

这天夜里来了两个人，一个是钱老师从前带出来的徒弟，现在在万景山庄做园艺师的小王，另一个是万景山庄的张主任。他们是来向钱老师求助的。万景山庄近日失窃，几盆最名贵的树桩盆景被盗，偏巧遇上某外国代表团访问，要看万景山庄，山庄缺了那几盆东西，就撑不起场面来了。事情很急，想到钱老师这里有好货，连夜过来，想借几盆应付一下，用过即还。

张主任说："听小王说起过钱老师的为人，我们只有求钱老师帮助了。"

小王说："是呀，张主任一定把我拖来。"

钱老师说："借就借几天吧。不过一定要小心，这些东西都是很娇贵的。"

张主任说："钱老师你放心，我们都交给小王，小王是你的学生，你知道他的，是不是？"

钱老师点点头，又关照了小王几句，然后说："你们怎么拿走呢？"

张主任说："我们有车子来的。"

钱老师说："你们倒断定我肯借的，一般人是不肯借的。"

张主任说："钱老师的为人，大家都晓得的，所以就只找钱老师，不找别人。"

钱老师看他们把盆景搬出去，车子停在大门外，他们搬着盆景要经过一条长长的备弄，钱老师不放心，跟在后面，一边走一边说："小心，小心一点。"

张主任和小王走了几个来回，终于把盆景全装好了，钱老师说："路上小心车轮子硌了，要颠碎花盆的。我还以为你们是汽车呢，怎么弄一辆黄鱼车呢？"

张主任说："我们会当心的，我们都知道这些东西的价值，出了问题，我们也没法担当呵。"

钱老师看小王骑上车子，张主任坐在后边护住花盆，车子走远了，钱老师一颗心还是放不下来。

二

早上起来钱老师好像有一点头重脚轻的感觉，他开了门走到外面，外面有点凉，钱老师打了两个喷嚏，有一缕清水鼻涕挂下来，他觉得身上有点发寒，钱老师想可能是受了凉的缘故。

独梓也已起床，正在刷牙，钱老师对她说："我今天身体不大好，再进去躺一躺。"

钱老师回到屋里又躺下了，独梓跟进来问是不是生病了，要不要看医生。

钱老师说："没有什么毛病，躺躺歇歇就好了，你们只管做自己的事情好了。"

独梓摸摸钱老师的额头，不烫，她就自顾去弄了早饭，叫醒了小强，吃过早饭，一个上班，一个上学，都走了。

独梓娘俩走了一会儿，九婶婶就过来了，说："钱老师，身体怎么样，要不要紧？"

钱老师说："你怎么知道我不大好。"

九婶婶说："刚刚独梓碰到我，跟我说的。"

钱老师说："唉，又没有什么大毛病，独梓这个小人，叫她不要烦别人的。"

九婶婶不再和钱老师说什么，就动手帮钱老师收拾房间，又把衣服洗了，再看看厨房，说："中午你要是没有胃口，我去做碗刀切面给你吃。"

从前钱老师身体不适时，就想吃刀切面。九婶婶做的刀切面，很韧很韧，钱老师非常喜欢吃的。

钱老师说："不过意的，烦你了。"

九婶婶也不跟钱老师客气，做干净屋里的事情，又到天井去扫地，后来她就进来问钱老师浇水的家什放在什么地方。

钱老师说："花不要你浇。好了，没有事情了，你去吧。"

九婶婶不回去，到天井里找到了水壶，就帮钱老师浇水。

钱老师的小花圃九婶婶是比较熟悉的，她也知道钱老师对哪些花木是最看重的，现在她看到花架上少了几盆最好的，连忙隔着窗子问钱老师。

钱老师在里边听见九婶婶弄花，连忙穿戴好了，走出来，说："几盆好的，给人家借去了。"

九婶婶说："花怎么可以随便借呢？"

钱老师说："我也舍不得的，可是他们需要用，上门来借的，我也不好意思不借，反正几天就要还。"

九婶婶说："那就好。"

钱老师走近花坛，看到九婶婶把花全浇透了，心里一急，说："哎呀，你怎么全都浇过来？"

九婶婶一愣，停了手，看着钱老师，不知自己犯了什么错。

钱老师指着几盆花说："这个，还有这个，还有这盆，是最怕水的，喜欢干的，你看你，浇了这么多水，要烂死了。"

九婶婶不大明白，花草还有怕水不怕水的区别，但她知道钱老师不会错怪她的。九婶婶放下水壶，张着两手，说："怎么办呢？怎么办呢？"

钱老师说："我叫你不要浇的。"

九婶婶说："怪我不好，我这个人，笨的，总是越帮越忙。"

钱老师说："养花也是一门学问，不是人人都会弄……"他说了一半，看九婶婶满脸的愧色，就停了下来，改口说，"算了算了。"

九婶婶仍不放心，问："有没有办法救一救，会不会死的？"

钱老师说："死倒不一定会死，总之是不大好的。好了，你回去吧。"

九婶婶又说了对不起，临走时她说："中午我做了刀切面端过来，你就不要自己弄了。"

钱老师说："好的。"

钱老师看九婶婶微驼着背穿过备弄出去，他心里就有点后悔，刚才不应该那样埋怨她，人家来帮他的忙，他还要说人家，责怪人家，很说不过去，况且九婶婶也这么一把年纪了。

钱老师回来又躺了一会儿，到中午起来，觉得精神好多了。等了一阵，不见九婶婶送面来，就有点奇怪，九婶婶做事从来不拆烂污的，这回不会把刀切面的事情忘记了吧？正想着，就听见有人进来了。钱老师出去一看，是九婶婶，一手拎只篮子，另一手挂了一根拐棍。

钱老师吃了一惊，连忙问怎么回事。

九婶婶笑笑说："老了，走路不当心，脚拧了，不好走路，送面送晚了，你饿了吧？"

钱老师又是意外又是感动，说："真是不过意的，你的脚，要不要紧？"

九婶婶说脚有点肿，不过没有伤筋骨，一两日就会好起来的。九婶婶把面拿出来给钱老师吃，九婶婶说："也不知道好吃不好吃。"

钱老师听九婶婶这样说，不知怎么受用才好，守着香喷喷的面倒吃不下去了。

九婶婶看钱老师不吃，说："吃吧，冷了不好吃的。"

钱老师吃了面，心里暖暖的。九婶婶收拾了，又放进篮子。这时候就听见备弄里人声脚步声嘈杂起来，接着就见张主任和小王等人捧着钱老师的盆景进来了。

钱老师迎上去说："用过了？"

张主任说："要谢谢钱老师帮大忙呢。"

钱老师笑笑。

他们把借去的盆景都搬回来放在原来的位置上。钱老师一眼就发现少了一盆古雀梅树桩盆景，这是钱老师最得意的一盆。

钱老师问小王："还有一盆呢？"

小王脸有点红，看了张主任一眼。

张主任说："钱老师，关于那盆雀梅，是这样的，那个外国商人看中了，想出高价……"

钱老师立即打断张主任的话，说："我不卖！"

张主任愣了一下，朝小王看看，小王张了张嘴，没有说话，还是张主任说："钱老师，我们再商量，人家愿意资助我们扩建万景山庄，扩建的面积，是现在万景山庄的两倍，代价是那盆……"

钱老师说："雀梅盆景是我的。"

张主任说："当然是钱老师的，没有你的同意，我们不好做主的。钱老师你知道，扩建万景山庄，是我市特色文化建设十大项目之一，可是说了好多年了，因为没有钱，现在……"

钱老师说："你们那么多的盆景，怎么就看中我的一盆？"

张主任说："当然是钱老师的水平高呀！"

钱老师仍然摇头。

张主任回头看小王，"小王，你说呢？"

小王一直不好说话，但再不说几句，主任恐怕会有看法，所以小王说："钱老师，你——"

钱老师看小王这样，他有点生气，说："小王，你是吃这碗饭的，你说，有谁肯卖自己弄出来的盆景？你们怎么想得出来呢？"

小王很尴尬，过了一会儿，他说："钱老师，你要是愿意，可以到山庄去挑几盆。"

张主任说："对，我们拿最好的跟你换。"

钱老师说："这是不可能的。"

张主任和小王没有话说了，张主任自言自语地说："那怎么办呢？"

站在一边半天没有说话的九婶婶这时候说："这有什么不好办的，帮钱老师把花盆搬回来就是了。"

张主任慢慢起身，小王也跟着站起来，都灰着脸，张主任说："只有这样了。"

小王低着头，也不看钱老师的脸，跟张主任朝外走。钱老师也灰着脸，不说什么。到门口，张主任回头说："钱老师实在不愿意，我们也不好勉强，过几日我们帮你送回来。"

钱老师看他们很沮丧的样子，倒有点不过意了，他说："借几天放放倒也算了，多几天少几天也无所谓的，不过我的东西总要还我。"

张主任说："是的是的，我们也知道我们的想法是不切实际的，我们没有设身处地地为你想想，就冒昧地提出来了。"

张主任说着就往门外走，钱老师却喊住他们，说："你们要是还需要借，再来好了，那一盆雀梅，隔几日还也不要紧。"

张主任和小王对视了一眼，觉得事情好像有转变的希望，他们回过来，很小心地看着钱老师。钱老师却不再说什么了。

张主任说："钱老师借盆景的事情，我们都向上面汇报了。"

钱老师说："这也用不着的，只要小心一点不出问题。"

张主任说："过几日我们要商量一下给钱老师补偿的事。"

钱老师连忙摇手。

张主任和小王又说了一些恭维的话，告辞了。

九婶婶看他们走了，对钱老师说："他们怎么这样？"

钱老师说："他们也是为公家的。"

九婶婶说："钱老师，你真是好说话！叫别人肯定是不肯的。"

钱老师说："怎么办呢？看他们也难呀。"

九婶婶说："你叫他们过几日再还，他们不会不来还吧？"

钱老师说："不会的。"

九婶婶又问："那盆什么梅，很好是吧？是什么？"

钱老师说："是雀梅树桩，你知道我弄几年才弄出来的？八年呢。"

九婶婶说："所以是不能卖的。"

钱老师说："他们回去怎么交账呢？这些人也是很难为他们的。"

九婶婶说："做人总是很为难的。"

钱老师说："其实我倒不是一定要叫他们难堪，主要是这种雀梅树桩很难觅的。"

正说着，隔壁的一个小孩子跑进来叫九婶婶，说夏九站在大门口骂人，叫她回去。

九婶婶急急忙忙走了。

钱老师一个人站在那儿，看着放置古雀梅盆景的空位子发了一会儿呆。

过了几天，居委会的干部陪着另外几个干部来，说是代表了上面什么部门来给钱老师发一张奖状，还有一个红纸包。他们一一和钱老师握了手，七嘴八舌地说了好多话，都是说钱老师好的。这样闹了一阵上面来的人先走了。钱老师问居委会的干部奖他做什么，居委会干部都笑，说，钱老师你真是心很静的，奖了你你也不知道奖什么呀？不是说你有什么花给了公家么？

钱老师说："我没有送，也没有卖呀！我只是给他们用用的。"

居委会干部说："那也不错的，一般的人都不肯借，所以要奖你。"

钱老师说："不要的。"

居委会几个人又叫钱老师把红纸包拆开来看看，钱老师拆了，一看是五百块钱。

钱老师说："我说过不要钱的。"

大家说，现在就兴这个，要拿的，不拿不好。

钱老师就收下了。临走时，居委会主任说："钱老师，有桩事情想要麻烦你一下。"

钱老师问什么事。

主任说地段上有一位老太，要打官司，买了状纸，自己不会写，请律师代写要十块钱，老太太没有钱，找到居委会要求帮助。居委会几个人，文化都不高，怕写不好，想请钱老师代代笔。

钱老师应允了，主任说回头叫那老太来。

隔了一日，那老太太果真来了，钱老师认得她，是前面街上丁家的老太。

丁老太一见了钱老师就哭起来，哭得钱老师手足无措，只是说："哭什么呢？哭什么呢？"

丁老太哭过了，用手绢擤了鼻涕，又擦了眼泪，这才从口袋里掏出两张揉得很皱的状纸。

钱老师接过去一看，是民事起诉书。他问丁老太："你要跟谁打官司？"

丁老太说："跟儿子媳妇打官司。"

钱老师一听，说："哎呀，自己人打什么官司？打官司要出钱的，你晓得吧？"

丁老太说："我晓得的。"

钱老师又说："今天火气大，明天消了气，要后悔的。自己人，有什么过不去？"

钱老师这样说了，丁老太又伤心，说："钱老师你不知道呀，什么自己人，他们跟我过不去呀！"一边说一边又哭起来。

钱老师说："你这样说，我也听不明白，你好好说，为了什么事情？"

丁老太说了半天，钱老师才听明白。

丁家原先有两间平房，丁老爹过世后，户主就是丁老太，两年前儿子媳妇翻建了楼房，有了两楼两底四间。当时说好了丁老太住楼下一间的，现在长孙结婚，儿媳妇就把丁老太赶到灶屋搭铺。丁老太气不过，又争不过他们，只好去告。

钱老师说："既然这样，告他们一下，也好。"

丁老太眼巴巴地看着钱老师问："这样不要紧吧？"

钱老师不明白，说："什么不要紧？"

丁老太说："我告他们，跟他们打官司，会不会惹事的？"

钱老师说："这惹什么事，我跟你说，你这个官司，能打赢的。"

丁老太哆嗦了一下，支支吾吾地说："我，我倒不一定讲输赢。你想想，我这一把年纪了，就这么一个儿子，房子总是他们的，我只是要他们待我好一点，不要这样没良心。"

钱老师说："唉，你这个老太糊涂不过，你也有道理，软的说不听，吓他们一吓，说不定有点用的。"

丁老太又吞吞吐吐地说出来另外一些担心，比如怕打了官司，儿子媳妇在单位里不好做人；又怕影响他们的工作；又怕告了他们不怕，反而更凶。

钱老师说："你这样前想后想，不告了吧。"

丁老太说："要告的，要告的，钱老师你帮我写。"

钱老师帮丁老太写了两份起诉书，交给丁老太，说："你胆子大一点，不要怕，现在的社会，不允许欺负老人，要给你做主的。"

丁老太点头称是，将两份起诉书放好，谢过钱老师，走了。

丁老太走后钱老师坐了半天没有动，他由丁老太儿子媳妇的所作所为想到现在的一些小辈的不孝，钱老师自己的女儿女婿，不能说他们不孝，但是他们两个人之间的问题，却总是钱老师的一块心病。钱老师已经想不起来独梓和正红是什么时候开始冷战的，也不知道是为了什么，钱老师现在只有一个感受：小辈的事情，他管不了了，他老了。

钱老师胡思乱想了一会儿，心里很烦闷，他穿过备弄，走到大门前，就看见九婶婶急匆匆地走过来。

九婶婶见了钱老师，说："本来上午要过来的，抽不出身体，这阵有点空，过来一趟，你身体好点了吧？"

钱老师说："好了好了。"

九婶婶从篮子里取出一件东西，给钱老师，钱老师一看，是一块树桩。

钱老师连忙拿过来仔细看，这是一个雀梅树桩，自然造型比较别致，钱老师认为这是一个难得的天然材料，再加功夫攀扎培养，一定能造就出一盆一流的树桩盆景来。

钱老师说："这是谁的？"

九婶婶说："这是给你的。"

钱老师说："给我，这是哪里来的？"

九婶婶说："是夏九弄来的，他一天到晚在外面跑，有办法的。那天我跟他说你喜欢树桩，他就去弄来了，也不知道有用没用。"

钱老师连连说："有用有用。"他捧着树桩，闻到一股泥土香，心里很感动。

九婶婶没有多说什么，又匆匆走了。

钱老师小心地把树桩捧回来，又看了一会儿，找出几个花盆，但都不合适，不是太小，就是太浅，只好在花圃中挖了一个小坑，先把树桩暂时安置下来。

钱老师觉得夏九这个人还是不错的，过去自己对他有点误解，钱老师想不如趁这个机会到夏九那边去一去，一则道谢，二来也使关系融洽一些。

钱老师就往夏九家去，经过小店，想到夏九喜欢喝酒，就买了两瓶白酒，叫营业员把酒瓶扎紧。营业员看来是个新手，扎了半天才把酒扎好。钱老师付钱的时候却后悔了，心想买酒送人不大好，夏九的脾气就是被酒泡出来的，酒还是少喝一点的好，不如买点营养品。钱老师叫营业员换两瓶麦乳精，被营业员说了几句，也无非是老糊涂什么，花样经多之类。钱老师也没有计较，营业员还是给他换了。这回钱老师请她再扎一下，说什么也不肯了，钱老师只好买了一只袋子装了。

钱老师带着麦乳精到了夏九家门口，刚要敲门，忽听里边"咣当"一声响，把钱老师吓了一跳，麦乳精差点掉在地上。

紧接着是夏九的粗嗓门，在骂九婶婶，"死老太婆，你活够了是不是！"

听不见九婶婶的声音。

夏九又骂："你吃饱了饭没事情做去管人家什么闲事？你还是管管自己家的事吧！"

九婶婶仍然没有声音。

夏九再骂："我在外面做死做活，赚一点钱，你倒出去做好人！"

这时夏九的邻居见钱老师站在门口发愣，一脸惊惶，都跟他说，夏九骂人是家常便饭，你有什么事找他们尽管敲门好了，不碍事的。

钱老师摇了摇头，后退了几步。

里边夏九又骂了一会儿，骂声渐渐停了，九婶婶神色平静地走出来，手里端着簸箕，簸箕里是打碎的碗片。

九婶婶看钱老师在门口，说："呀，钱老师，你什么时候来的？

怎么不进来？"

　　钱老师连忙摆手，他跟九婶婶往垃圾箱那边走几步，说："我是来谢谢夏九的，他给我那个树桩。"

　　九婶婶说："这有什么好谢的。"

　　钱老师说："走到门口，听见里边在吵，我吓了一跳。"

　　九婶婶说："又喝了点酒。"

　　钱老师说："叫他不要喝酒了。"

　　九婶婶说："说不听的，再说，喝了这么多年的酒，一时叫他不喝，很难过的。"

　　钱老师说："这样下去怎么办？"

　　九婶婶笑起来，说："什么这样下去呀，都过了这么多年了。走吧，钱老师，进去坐坐。"

　　钱老师说："不了，这个给你，你帮我谢一谢吧。"

　　九婶婶说："到了家门口，不进去呀？"

　　钱老师心有余悸地朝里边看看，问九婶婶："你天天听他这样骂人的？"

　　九婶婶笑着说："听惯了，就当他是唱歌。"

　　钱老师也陪着逆来顺受的九婶婶笑了一笑。

三

　　来人自报家门，说他是第三律师事务所的小赵，并且递上一张名片。

　　钱老师不知道律师事务所上门来做什么，他给小赵泡了茶，取出老花眼镜看名片，又看看小赵。小赵看上去不过二十出头一点，很嫩的样子。

钱老师问："大学刚毕业吧？"

小赵说："工作一年多了。"

钱老师又问："读的哪所学校？"

小赵说："东吴法律系。"

钱老师笑起来，说："我们是校友呢。"

小赵说："我早就听说钱老师了，我们系里的老师，上课时讲到您的。"

钱老师说："好多年了，一些老人都不在了。"

他们小叙了一会学校的事情，小赵就说明了来意：小赵是丁淑贞诉丁国平、姜丽娟房产侵权一案的被告方请的律师，小赵去找丁淑贞老太了解情况时，丁老太说不清楚，只说是事情已经委托钱老师了，所以小赵就来找钱老师了。

钱老师听小赵这样说，很奇怪，他说："什么事情委托给我的，没有呀，我就是替丁老太写了起诉书，别的事情我不知道的。"

小赵说："其实也没有别的什么事，只是核实一下起诉书的内容。"

钱老师说："起诉书上写的，都是丁老太自己说的。"

小赵说："那当然，我只是想问一问，丁淑贞老太找你写起诉书时，有没有把产权证带给你看？"

钱老师说："那倒没有，不过丁老太不会瞎说的，他们家的事情，这里的人都知道，丁先生过世后，丁老太的日子是不好过。"

小赵说："丁老太不知为什么不肯把产权证拿出来给我看。"

钱老师说："也可能丁老太不相信你，怕吃亏。还有一个原因，产权证她拿不出来，说不定被丁国平他们拿走了。"

小赵点头。

钱老师说："这个案子其实也很明白的。"

小赵说："据姜丽娟说，翻建房子的钱是她拿出来的。"

钱老师说："拿钱出来弄房子，也是应该，但不过说起来还只是情理上的事，关键是要看产权证上的名字是谁，这是法的事情，你说对不对？"

小赵点头说："是的，所以想请钱老师帮忙。丁老太只相信你，麻烦钱老师什么时候去看一看丁老太的产权证，再跟她说说，配合我们做工作。"

钱老师说："好的。"

小赵临走时说："钱老师，想不到您七十多岁，头脑还这么灵清，我们到七十岁，还不知成什么样子呢。"

钱老师说："小赵你说笑话了。"

小赵说："最近我看了一些从前的旧律师的资料，很有意思的，什么时候来听您说说从前的事。"

钱老师说："好的。"

送走小赵，钱老师端个小凳在花圃边坐下，把那个雀梅树桩横竖地看，一边想着怎么把它攀扎起来，想了一会儿，就发现有人走进来了，抬头一看，是陆先生。

钱老师说："哟，你怎么过来了。"

陆先生喘着气说："老了，老了，这一点路过来，都走不动了。"

钱老师连忙拿凳子让他坐下。

陆先生说:"你比我大好几岁,你倒比我健康。"

钱老师说:"也不行了,跟你一样的。"

陆先生歇了一会儿,看钱老师摆弄树桩,说:"你怎么又弄了一个?"

钱老师说是夏九送的。

陆先生先有点不相信夏九会送这个给钱老师,就和钱老师争了一会儿,后来不争了,说:"就算是夏九送的吧,这个东西,秃头秃脑的,你要把它怎样弄?"

钱老师说:"当然从头弄起,我正在动脑筋呢。"

陆先生说:"弄得像模像样的,恐怕要好几年吧?"

钱老师说:"那是,这样一个树桩,弄成样子,至少要五六年。"

陆先生叹口气说:"五六年,我也不知能不能看到了呢。"

钱老师说:"你乱说什么,你比我小好几岁呢!"

陆先生停了一会儿又说:"你还记得一个叫周子深的人吧?"

钱老师想了想,点点头。他记得周子深的,和他年纪差不多,家里从前是开绸缎庄的,从前好像请他打过官司。钱老师一边想一边问:"这个周子深怎么啦?"

陆先生说:"前天我在大街上碰到他,好多年不见了,还以为他不在世上了呢,我跟他说起好多从前的事情。"

钱老师说:"是呀,从前的事情。"

陆先生说:"走吧,我跟他约好今天到同芳茶馆去坐坐,我们一起去喝茶。"

钱老师就丢开了树桩,跟陆先生一起到同芳茶馆去。

周子深已经等在那里了,和钱老师见了面,自是一番感叹。

谈了一会儿，他们就说到钱老师做律师时的事情，周子深说："我那一次多亏了钱律师撑腰呢，要不然就破产了，弄得不好家破人亡呢。"

钱老师已经记不起是哪一个案子了，那时候钱老师办过不少案子，好多人都认得他。

周子深却还记忆犹新，说："钱律师的水平，实在是很高的，在法庭上，他们就没有话说了。"

陆先生打趣说："水平高，嘴也来事，假使嘴巴不会讲，是不好做律师的，茶壶里煮饺子，有货倒不出。"

周子深说："是呀，钱律师讲起来，一套一套的，头头是道，人家驳不倒的。"

陆先生笑着说："所以那时候人家都说钱国嗣出了个有本事的小辈了。"

陆先生这样一说，三个人一起笑了起来。

钱国嗣是钱家上几辈的一位讼师，据说是很有名气也很有故事的。关于钱国嗣的传说，有一阵这地方老老少少都能说上几段。这一位先人钱国嗣是钱氏哪一辈哪一宗，他生活在哪一朝哪一代，都无关紧要，说是有一回一个死刑犯上刑场，眼看着大刀提起，就要人头落地，这时候犯人的母亲奔入刑场抱住儿子，刽子手挥刀而下，收势已经来不及了，眼看着多了一个人，心慌手乱，一刀砍下了犯人的辫子。于是犯人老母问监斩大人，大老爷，我儿犯的是几刀之罪？大老爷说，一刀之罪。老母亲说，这一刀已经砍了，就不能再砍第二刀。监斩大人一时无话可对，回去禀告上司。上面居然也无以为对，他们认为犯人老母的话是有道理的，既是一刀之罪，那就不能砍第二刀，只有放了犯人。但又觉得此老妇目不识丁，哪来如此妙算，问是谁的主意，说是钱国嗣教的。官方便前去打探这个钱国嗣。那正是六月伏天，官差到时，向邻居打听钱国嗣。邻居说，那边晒太阳的就是。官差过去一看，钱国嗣身穿皮袄，手捧铜煲，在太阳底下取暖。官差一见之下，只觉热火攻心，两眼发黑，回头便走。回去禀报说这钱国嗣是个痴子，如此这般添油加醋说了一回，大老爷一声叹，就此了过。钱国嗣救下一命，胜造七级浮屠。从罪犯的一条长辫子大概不难看出这事情发生在什么朝代，当然也只有在那样的时候才可能发生这样的事情，而且即使在那样的时代，这种传奇故事的可信性无疑也是很小很小的。尽管关于钱国嗣的传奇故事的可信性很值得怀疑，但这并不影响一般百姓对于钱国嗣的故事津津乐道。钱国嗣如此打赢了官司，钱国嗣的做法是否有些下三滥的味道？其实下三滥也好，上九流也好，为达目的，不择手段，一般的讼师都是以此为荣而不以为耻的，钱国嗣想来也不例外。

从钱国嗣的故事中不难看出即使像钱国嗣这样有名的律师，基本上也是凭着一点小聪明、小滑头，摇唇鼓舌、信口开河，甚至用装痴卖乖、弄虚作假这种上不了台面的办法来做事，根本算不了什么真本事的。所以后来的人就说钱家出了个有真才实学的后辈，就是钱鸿仪钱律师。

那时候的事情钱老师记不很清楚，他笑笑说："是吗，我是全忘记了。"

周子深说："我们不会忘记的，那一回官司打赢，我们要送点东西给你，你一定不要，我就晓得你的为人了。"

钱老师说："律师有律师的收入，不可以再收额外的份，这是我们的守则。"

周子深说:"说是守则,不遵守的人也是有的,贪赃枉法的也有,所以说到底还是钱律师的为人。"

三个人谈谈说说,茶就很淡了,他们泡的是西湖龙井,还算是禁泡的,如果泡碧螺春茶,大概早已经淡成水样了。

陆先生说要重新再泡新的,周子深和钱老师都说不用了,再坐坐也要走了。

又坐了一会儿,他们就分手了。说好由陆先生做联系人,下次再碰头。因为陆先生年纪比他们两个小一些,担任这种任务也是理所当然的。

钱老师回到家,有个妇女坐在他家门前,见了钱老师,她站了起来。

钱老师看看她,好像有点面熟,但一时想不起来是谁,就问她:"你找谁?"

那妇女说:"你就是钱家里?"

钱老师听她叫他"钱家里",有点不高兴,说:"我叫钱鸿仪,不叫钱家里。"

那妇女冷笑一声,说:"谁跟你咬文嚼字,姓钱的就叫钱家里,你这种人还想要我叫你一声好听的?"

钱老师被平白无故说了几句,更加生气,说:"你是谁?到我家来闹什么?"

那妇女说:"我是谁你还不知道,你不知道我是谁,你怎么触我的霉头?"

钱老师被说得莫名其妙,想了半天才想起来,这是丁老太的儿媳妇，好像是叫姜丽娟，是一个很泼辣的女人。

钱老师说："你有什么事好好说，不要这副凶相。"

姜丽娟说："我不明白，我跟你无冤无仇，你为什么要叫老太婆告我？"

钱老师说："你说话要负责任的。丁老太打官司是她自己的事情，她自己的主意，我只是帮她——"

姜丽娟说："帮她出主意，想办法弄我，这次官司我是打不赢了，赵律师告诉我的，全怪你个恶讼师。"

钱老师想这个小赵怎么可以这样说话，身为律师是不应该这样说话的，看小赵的样子，也不会是这样的，也可能是姜丽娟瞎说的。但是小赵向她透露官司要输，这恐怕是真的，要不然她也不会上门来胡搅蛮缠。

钱老师跟姜丽娟说："官司怎么样这是法院的事情。不过，我确实认为你是要输的，这话我是讲过的。法院是按法律办事，你违法，当然要输的。"

姜丽娟听钱老师说，愣了半天，并没有恶语相加，钱老师正觉得奇怪，就见姜丽娟朝他跪了下来，眼泪鼻涕一起流，弄得钱老师不知所措，连连说："你起来，你起来，有话好好说。"

姜丽娟爬起来，哭诉说："钱老师你的为人我们都晓得的，你是被老太婆骗了呀！你不晓得老太婆有多少恶死，刁钻促狭，天天跟我作对。她反正不上班，在家里出文章来弄我，我又要上班，又要回来弄家务，管小孩子，还要跟她讨气，这种日子……说出来你也不相信，老太婆把鼻涕擤在我的饭碗里，你想想——"

钱老师说："她怎么会这样做？"

姜丽娟说："我亲眼看见的！我假使乱说，天雷打我！去年我们小儿子考重点中学，差几分，学校里要收一千五百块赞助费，我一时拿不出，问她借，死不肯，结果儿子进了蹩脚中学，一年下来，就落拓了。钱老师，你帮我想想，这种老太婆把钱死抠在手里，恶不恶？"

钱老师说："她可能没有钱。"

姜丽娟说："她要是没有钱，把我的头割下来当夜壶，存折有好几张呢！"

钱老师听姜丽娟说这些不像是假的，一边是婆婆，一边是媳妇，各有各的怨气，钱老师说："清官难断家务事，你来告诉我，要我怎么办呢？"

姜丽娟说："你劝劝老太婆，叫她不要告了。她听你的，她说打官司也是你教的，还说你是讼师人家出身，打官司有本事的。"

钱老师说："本来不关我什么事的，既然你们把我牵进来了，我再问你一句，房子的事情，到底怎么样？"

姜丽娟拿出一张房卡，交给钱老师，钱老师一看，房证上户主的名字居然不是丁老太，而是姜丽娟。

不管这个户主的名字是在什么样的情况下改成姜丽娟的，是丁老太心甘情愿的，还是出于无奈，或者是被哄骗的，现在白纸黑字，无法否认。这样的话，这个官司的结果跟钱老师一开始预测的正好相反，丁老太要输的。但是既然丁老太赢不了，姜丽娟为什么要怕丁老太呢？钱老师把这个疑问说出来，姜丽娟顿了好一会儿，说："钱老师，我不瞒你了，当初造房子，老太婆不肯出钱，我向娘家兄弟姐妹借的，到现在还没有还。我还不出来，我跟他们说，出了钱背了债，产权也没有弄到手，他们说我也蛮可怜的，就不来要债。一打官司，把事情捅出来，他们知道产权是我的，就要来讨债了。"

钱老师还是不明白，他问："那你的产权证为什么不给赵律师看？"

姜丽娟说："我是有苦说不出呀，赵律师是我娘家兄弟的同学，我给他看了，他要去告诉的。"

钱老师听到这里，不觉又好气又好笑，这家人家，真是机关算尽，这样生活也真是太累了。钱老师觉得还是息事宁人的好，就答应去劝劝丁老太。姜丽娟谢过钱老师走了。

下午小强放学回来，钱老师说："今天早。"

小强说："今天下午不上课，我们去参观万景山庄的。哎，对了，我看见你的那盆雀梅树桩，也在那边，放在最当中。"

钱老师说："你肯定是看错了，他们说这一两日就给我送回来的，怎么还在展出呢。"

小强说："我没有看错，不相信你自己去看，我跟你赌十块钱，怎么样？"

钱老师听了小强的话，心里有点不踏实。张主任和小王说好一两日就送过来的，他已经等了两天了，也不见来，他们会不会赖账呢？钱老师越想越不放心，等独梓回来，他跟独梓说："你说他们会不会说话不算数？"

独梓说："你问我，我怎么知道？"

钱老师心里有点烦闷，转来转去。独梓说："你是自己同意借给他们的，还有什么话说呢。"

钱老师说："那不行，他们怎么可以骗我，说要还就要还回来，人不可以不守信用的。"

独梓嫌烦，说："你不放心，你自己去搬回来呀。"

钱老师没有再说什么，他见时间还早，就一个人往万景山庄去。去的时候坐车倒不太挤，可是到了那里一看，已经关了门，一问，说是提前关的，因为第二天有外事任务。

钱老师在门口张望了一会儿，只好返回。回来已经是下晚，下班高峰，坐车很困难。钱老师让过两辆车，等车的人还是满满的，他怕家里人等他，再来一辆车，就拼命往上挤。挤了两下就觉得吃不消了，想退出来，又退不出来。别人看他这把年纪也挤车，有的说，这把年纪，就在家里歇歇吧，出来轧什么闹猛。也有的人说，这把年纪，家里的小辈也不知是什么良心的，叫这样的老人出来挤车，罪过呵。

钱老师被挤得喘不过气来，两眼发黑，嘴里说："我不来事了，我不来事了。"

立即有人说："不来事还挤上来做什么。"

也有好心的人帮他撑开一点人的压力，让他站稳了，座位上有人要让座给他，可是他根本挤不过去，只好作罢。

车到了站，钱老师已经晕头转向，连家都不认识了，站在车站看着眼前来来往往的人，心里茫茫然，不知道自己要做什么。

四

星期六下午独梓和正红一起回来了，这使钱老师觉得有点意外。这一阵女儿女婿互相回避，钱老师是有数的，他们并不吵架，但脸上冷若冰霜叫钱老师心寒。现在他们一起回来，钱老师看女儿的脸色好像也缓和了一些。

独梓放下包，搓搓手，倒了一杯水喝，正红就在一边坐下，没有直接回自己房间。

独梓喝过水，对钱老师说："爸，我们办了。"

钱老师不明白："什么办了？办了什么？"

独梓说："办了离婚手续。"

独梓说这话的时候，她和正红都很平静，所以钱老师以为她在开玩笑。钱老师看看独梓，又看看正红，他从他们的脸上什么也看不出来。

正红说："爸，这么多年，我没有照顾好你，往后有什么事情，你差人来叫我好了，我会来相帮的。"

钱老师愣了半天，说："你们，你们不要当儿戏啊。"

正红不作声。

独梓说："这不是儿戏，我们反复考虑过的。"

钱老师抬一只右手指着独梓，想说什么，可是手抖得抬不起来，独梓见了，连忙过去帮他揉，钱老师说："你走开。"

独梓退到一边。

钱老师说："你们俩，谁先提出来的？"

独梓说："没有谁先谁后，我们协商好，就到办事处去办了。我们也没有什么别的瓜葛，小强跟我过，正红也同意的。"

钱老师心里一时好像有许多想法，他朝正红看看，正红朝他点点头，正红一点也不激动。

钱老师眼睛酸酸的，他揉揉眼睛。

独梓说："爸，你别伤心，这是正常的事情。"

钱老师终于流下两行老泪，说："你们，到底是为什么？我想不通有什么事情不好解决的，到底你们要做什么？"

独梓说："爸，有些事情，告诉了你，你不但不能想通，反而会难过，你还是不知道的好。"

钱老师张着嘴，木然地看着女儿女婿。

过了一会儿，正红看看独梓，说："理理东西。"

钱老师忍不住问："是不是正红马上要搬走？"

独梓说："暂时不搬，他单位暂时没有房子，等单位分了房子就搬。"

正红说："我睡小强的小床。我会盯住我们领导的，估计时间不会很长的。"

钱老师问："你们这样，小强知道吗？"

独梓说："还没有跟小强说，正红搬走之前，不说也不要紧。"

钱老师重重地叹了一口气，他知道一切已经无法挽回了。他只是觉得不可理解，说夫妻间有矛盾是正常的，他还能接受，但说离婚也是正常的，他实在接受不了。而独梓和正红的心平气和不像是做给他看的，那么既然现在能够心平气和地相处，为什么还要离婚呢？从前他们是互相不能容忍，难道离了婚反而能够互相容忍了吗？

小强这天很晚才回来，见大人在调房间，也不作声，在一边看着。

正红说："小强，今天我睡你的床，你跟妈妈睡。"

小强说："为什么？"

独梓说："这是我们大人之间的事情，不该你问，你就不要问。"

小强沉默了一会儿，突然冷笑了一声，说："你们离婚了。"

大人都愣住了，过了一会儿，独梓说："不管怎么样，我还是你的妈妈，他还是你的爸爸，懂吗？跟你小孩子没有关系的。"

小强一直在冷笑，他说："跟我没有关系，说得好听！你要是再嫁人，我就是拖油瓶；他要是再讨老婆，我就有了后娘。怎么跟我没关系？"

独梓很生气，说："这种话，你一个小孩子，怎么说得出来的？"

小强说："你们做得出来，我怎么说不出来。"

钱老师在一边听着，痛心疾首，小强见外公难过，过来说："外公你不要伤心，他们两个，我一个也不要，房子是你的，你叫他们走，我跟你过。"

钱老师对女儿女婿说："你们这种做父母的！"他只说了这一句，就回自己屋里躺下了。

不知道躺了多久，钱老师听外间没有声音，他起来解手，经过小强房间，朝里边看看，一看，钱老师就愣住了，小强还是睡在自己床上，这么说独梓和正红还是住在一起，钱老师实在是不明白。

第二天是星期天，早上起来家里气氛就比较好，独梓一边做事，一边还哼着歌，正红的脸色也很开朗。吃早饭，独梓跟正红说，上午把天井打扫一下，正红同意。

钱老师家的天井不小，有二十多平方米，但一大半地方都是钱老师养花的。近一两年钱老师精力不如从前，只能做些浇水攀枝的轻活，许多花盆有几年没有动了。

独梓和正红把一些花盆挪出来，发现花盆底下有虫子，虽是冬天，虫子也还活着。独梓说："你看，冬天都有虫子，到夏天还不知怎样呢。"

钱老师坐在一边看他们弄，他眼前只有两个影子在晃动，他好像不明白他们在做什么。

独梓说："爸，你这么大岁数了，弄这么多花，弄不过来了，不如留一些好一点的，一般性的就不要了吧。"

钱老师没有回答。

独梓说："我跟你说话呢。"

钱老师一惊，说："啊，说话。"

独梓说："这些花草，太多了，你说怎么办。"

钱老师朝她看看，说："什么？"

独梓见他听不进去，就不再跟他说了，后来她想起万景山庄借花的事，说："对了，正红，你今天去一趟，看他们到底怎么说。"

正红说："今天是星期天。"

独梓说："公园不管星期天星期几的，反正天天要开门的。"

正红说："好吧，我去一趟。"

正红走了以后，钱老师问独梓："你和正红，到底怎么样？"

独梓奇怪地看着他，过了一会儿，她说："你觉得怎么样？"

钱老师说："我觉得你们还是有感情的，没有到非分手不可的地步。"

独梓干笑了一声，不再说话。

后来正红回来，告诉钱老师和独梓，小强没有看错，那盆树桩盆景确实是钱老师的那一盆。正红找了张主任，张主任说本来是马上要送回来的，因为这几天特别忙，实在抽不出空来，所以又放了几天，请钱老师多多谅解。

独梓听了说："他们想赖账。"

正红说："爸，你要是急着要，我借辆黄鱼车去拉回来。"

钱老师说："什么？"

正红说："那盆雀梅盆景呀。"

钱老师摇摇头说："算了，不要拖回来了，拖回来做什么？"

独梓说："爸，你怎么啦？你最喜欢的那盆呀！"

钱老师说："放在那里大家看看，拿回来，有什么意思？"

独梓和正红互相看看，他们没有再说话，继续打扫天井。

钱老师独自走了出去，他慢慢地朝九婶婶家走去。到了九婶婶家门口，他站住了，这时从九婶婶家里走出一个人来，钱老师一看，是九婶婶的儿子夏国荣。

小夏见钱老师站在门口，说："钱老师，你来了，怎么不叫门？"

钱老师说："是国荣啊，什么时候回来的？"

小夏说："昨天回来了。"

钱老师说："回来过年啊？"

小夏说："回来看看，过年前要走的，到那边过年。"

九婶婶的儿子大学毕业后就留在省城的机关工作了，进步很快，年纪轻轻就已经做了什么干部了。

小夏让钱老师进屋，九婶婶听见声响，迎出来了，说："呀，你来了，正要和国荣说，叫他到你那边去一趟。"

钱老师说："不客气。"

九婶婶说："你要的书他帮你买了。"

小夏就把书拿出来交给钱老师，是一本北花南养方面的书。

钱老师接过书，看到从里屋出来一个年轻的女子，小夏介绍说这是他的妻子小吴。小吴很尊敬地叫了一声钱老师。

小夏说："钱老师，我们不陪你了，我们有点事情出去一下。"

钱老师说："你们忙，你们忙。"

他们走了以后，钱老师跟九婶婶说："国荣真是有出息的。"

九婶婶笑笑。

钱老师又说："儿子回来，你很开心吧。"

九婶婶又笑笑，然后说："古话说，儿子当官归，不如丈夫讨饭归。"

钱老师听了，一时竟也说不出话来。

九婶婶说："今天礼拜天，独梓他们都在家吧？"

钱老师点点头。

九婶婶说："他们都在，我也不好留你，不然的话就在我这里吃一点，怕他们等你回去。"

钱老师说："不等的。"

九婶婶说："那好，就在我这里吃。"

钱老师也没有推辞，坐在一边，看九婶婶忙。

到吃饭的时候，小夏他们回来了，见钱老师还在，小夏朝小吴做了个眼色，小吴笑了一笑。

小夏问九婶婶："爸爸中午回不回来吃？"

九婶婶说："不回来。"

小夏说："他这个人，怎么说不听的，这一把年纪，还拼什么命，又不是没有钱用。"

九婶婶说："他动惯了，不做很难过的。"

小夏说:"这就叫劳碌命。"

小吴笑。

九婶婶摆好了菜,招呼钱老师入座,钱老师也不客气,就坐了。九婶婶觉得有点奇怪,平时钱老师一向是很拘谨的。

他们正要吃,就听见有人敲门,九婶婶去开了门一看,是独梓。

独梓一眼看见父亲在里边,松了一口气,说:"你怎么出来也不说一声,叫我们好找。"

钱老师说:"找什么,我在这里吃饭。"

独梓说:"回去吧,家里有人等你呢。"

钱老师问什么人,独梓说:"是丁家里的。"

钱老师说:"丁家里的,又来了,是老太太,还是媳妇?"

独梓说:"老太太、儿子、媳妇都来了。"

钱老师说:"我不理他们。"

独梓说:"非要见你的,不见你他们不走。"

钱老师无奈,只好跟着独梓回去。丁老太和儿子、媳妇已经在门口张望,见了钱老师,都笑起来,婆媳俩抢着说是来谢钱老师的,钱老师被他们吵得头涨,说:"你们坐下来慢慢说。"

丁家三个人坐下了,他们告诉钱老师,官司不打了,家里也和好了。

钱老师说:"这样好,这样好,自家人,和和气气的好。"

他们说多谢钱老师调解。

钱老师倒有点不好意思,说:"我没有什么,我又没有做什么。"

丁老太的儿子丁国平说:"钱老师你不知道,她们两个人,一个犟一个倔,别人的话都听不进去的,只有你钱老师的话她们听得进去。"

婆媳俩也在一边点头称是，又说了一会儿，后来就拿出礼来。钱老师说什么也不收，推了半天，姜丽娟是真心要给，就说了急话，她说："钱老师你不收就是看不起我们。"

钱老师任她说急话，就是不肯收，最后丁家只好把礼收回去。

丁老太感动地说："钱老师的为人真是好。"

姜丽娟说："大家都知道的。"

丁老太说："从前钱老师做律师做得有名气，就是因为做得公正，自己不贪，是吧钱老师？"

钱老师和丁家的人说话的时候，独梓和正红就站在一边，也不插嘴，看上去很恭敬的样子，所以后来丁老太他们就说到了独梓和正红，说他们是很孝顺的，街坊邻居大家都很羡慕的，等等。最后姜丽娟说："钱老师的为人这样好，钱老师的小辈怎么会不好，我前次听人家说独梓和正红要离婚了，我说你们放屁，我说人家钱老师家，规矩人家，怎么会有这样的事情，给我骂了一顿，哪个烂舌头的瞎说出来的？"

钱老师听了姜丽娟的话真是哭笑不得，他朝独梓和正红看看，他们脸上，什么表情也没有。

过了几天，周子深突然到钱老师这边来了，告诉钱老师，陆先生中了风，瘫了。

钱老师听了心里一急，说："怎么会？他的身体比我好得多，怎么会？"

周子深说："这也难说的。"

钱老师又详细问了陆先生的情况，周子深说不算太严重，头脑是清醒的，只是身体不能动了，只好躺在床上。周子深因为和陆先生住得近，去看了他两回了。第一回去，是陆先生的小辈在服侍陆先生，端屎端尿，小辈是有点怨气的。第二回去，已经弄了个保姆，是个乡下女人，一个月给九十块钱，还不大情愿，嘴里一直啰啰唆唆，拿陆先生不当回事。陆先生不能动，只好受气。

钱老师说："陆师母怎么不相帮弄弄？"

周子深说："不要提陆师母了，陆先生中了风，她好像没有事一样，仍是天天出去打麻将，不到吃饭的时候不回来，儿子、女儿拿她也没有办法的。"

钱老师想陆先生的一世人生也是不大顺的，娶了个女人心不向他，真是没有什么意思。这样一想钱老师又想起当年荷花的事，钱老师想到这个就要责怪自己，他真是不明白，一个人在年轻的时候怎么会有那么多不好的想法，现在是懊悔也来不及了。

周子深说了陆先生的困难和苦恼，钱老师心里很不安，当时就要跟了周子深去看陆先生，周子深说："不行不行，路太远了，要换两趟车，你恐怕不行。"

钱老师只有叹口气。

周子深临走时说："我先给陆先生带个口信，你要去看他，最好弄一辆三轮车，不然你吃不消的。"

周子深走后，钱老师就到九婶婶那边去把陆先生中风的事告诉九婶婶，九婶婶听了也很急。

钱老师说："我是要去看陆先生的，走不动也要去的，再远也要去的。"

九婶婶说："是要去的，你什么时候去，跟我讲一声，我和你一起去。"

钱老师说:"你恐怕不来事,要转车的。"

九婶婶说:"我来事的,你去的时候来叫我。"

钱老师答应了。

隔日倒是九婶婶过来约钱老师了,钱老师说:"你行不行,你自己有数啊!"

九婶婶笑了一下,说:"走吧。"

钱老师跟了到门口一看,夏九坐在三轮车上,在门口等着。

钱老师有点吃惊。

九婶婶说:"上车吧。"一边就搀了钱老师上车,她自己坐在钱老师边上。

夏九踏起三轮车,开始有点颠,上了大马路,就平稳了。

这时夏九回头朝他们一笑,说:"人家看了,以为你们是一对老夫妻呢!"

夏九这样说,弄得钱老师有点难堪。

夏九又回头看了他们一眼说:"我这个人,老不正经的,这一把年纪了,还说戏话,钱老师不要跟我们这种人当真啊。"

钱老师看九婶婶抿嘴一笑,他也跟着笑了起来。